JN122032

目次

四国遍路における四つの道場

阿波《あわ》の国――発心《ほっしん》を因となし
仏教用語で発心は発意《ほつい》とも呼ばれ、正しい目覚めに対して心を起こすことを意味し、この道場で巡拝者は初心に戻って仏に帰依する心を養う。

土佐《とさ》の国――修行《しゅぎょう》を行となし
札所《ふだしょ》間の距離が長く、厳しい自然の中、肉体的にも精神的にも修練が重要となる。青年空海《くうかい》が修行した室戸岬《むろとみさき》や足摺岬《あしずりみさき》は聖地とされる。巡拝者は真言《しんごん》密教の三密の修行を深める。

伊予《いよ》の国――菩提《ぼだい》を証となし
菩提とは、道、目覚め、知などを意味する。巡礼者は修行を経て、一切の煩悩から解放され、心が清浄になり、菩薩《ぼさつ》修行の実践を確認する。

讃岐《さぬき》の国——涅槃《ねはん》を入となし

涅槃とは、仏教における修行上の究極目標、つまり解脱《げだつ》を意味する。巡礼者は、悟りの境地を仏の慈悲と智慧《ちえ》の両面から考えて修行を続け、最終的に遍路《へんろ》修行を完成する。

第一章　発心

昭和十五年　一月十八日

和歌山《わかやま》、加太浦《かだうら》から船に乗り、徳島《とくしま》、撫養《むや》港に着く。遂《と》う〳〵四国に来た。よくもこゝまで来たものだ。ホツトしたりする身分でないのはよく〳〵わかつてゐるのに、瞼《まぶた》が熱くなつた。さうすると、耐へやうにも耐へられぬ泪《なみだ》がハラ〳〵と頬を伝つてこぼれ落ちる。

此処《ここ》より三里の坂東町《ばんどうちよう》に、第一番の札所霊山寺《りようぜんじ》があるのだ。

霊山寺の門前の小店で遍路の支度を調へる。つま折れの菅笠《すげがさ》、行李付荷台《こうり》、おひずる、脚絆《きやはん》に足袋、草鞋《わらじ》、手貫《たぬき》。頭陀袋《ずだぶくろ》を首から下げる。これで金剛杖《こんごうづえ》をつくと、すつかりお遍路さんに変はる。

「あんたさん、これからお四国かね」

行李に荷物をつめ替へている妾《わたし》に、店のお婆アさんがうたがはしげにジロ〳〵と見て云《い》つた。こんな寒い時期にお遍路を始める人は奇《めずら》しいにちがひない。奥で人の話し声がすると思つたら、ラヂオ放送がかかつてゐるのだつた。

妾はだまつて低頭《おじぎ》して去つた。仁王門《におうもん》をくゞる。矢《や》つ張《ば》り人影は尠《すくな》い。なかに五智如来《ごちにょらい》をおまつりしてあると云ふ多宝塔《たほうとう》、本堂、大師堂《だいしどう》におまゐりした。大師堂の前で、親子らしい二人連れのお遍路が御詠歌《ごえいか》を歌つてゐた。

「霊山の釈迦のみまへにめぐりきて　よろづの罪もきえうせにけり」

身震ひして背中を向けた。御詠歌は尚《な》ほ永く続いて余韻嫋々《じようじよう》。耳を傾け、手を合はす人もゐたが、妾は其れどころではない。

罪深き妾が遍路する可笑《おか》しさ、卑しさ。それでもお大師様にすがらうとする浅ましさ。

手首に巻いた男ものの数珠《じゆず》をまさぐる。高邁《こうまい》無迷《むめい》な信仰には程遠い大愚《たいぐ》な妾のお四国が始まる。庶幾《ねがわ》くは、打ち納め出来ますやうに。いや、六ヵ敷《むつかし》いことは考へまい。ただ一筋の道を行かう。この身が果てるまで。此れが妾の発心だ。

此処から第八番までは六里半、十番までうてば十里とか。行ける処まで行かう。こころを虚にして。


無音の世界。

ただがむしゃらに水を掻《か》く。体の横を夥《おびただ》しい小さな泡が流れていく。

肉体という檻《おり》から抜け出して、自分が水と一体になっている感覚。カタチを失《な》くし、無欲で無心で無情――。

まさに冷たい水そのもの。

息を継ぐことさえ忘れている。肺が狂おしく空気を求める。それを許さないでいる自分に酔っている。このまま息をせずに沈んでしまえたら、いっそ楽になるだろう。焦がれるほどの気持ちでそう思った。

途端にひと搔きした腕の先が、プールの側面に触れた。

固いコンクリートの感触が、鞠子《まりこ》を現実に引き戻した。顔を上げ、勢い込んで水を蹴《け》っていた足をプールの底につける。両腕をプールの縁に掛け、口を開けて大きく喘《あえ》いだ。肩が上下する。ふいに重い肉体の感覚が戻ってきた。むしり取るようにゴーグルを外す。

胸が空気を取り入れて膨らむ。煩わしい肉。ほとんど憎しみに似た感情で、それを見下ろした。

二十五メートルプールを全力で十往復。自分に課していたノルマを果たして、プールから上がった。水から出ると、重力のせいで体の重さがさらに増す。水着から垂れた水滴が、肌を滑り落ちていく。

もう若くはない――四十歳を超えた年齢の、自分がそこにいた。こうして体を虐《いじ》めるせいで、同年配の女性よりは引き締まった体をしていると自負してはいるが、そんなことにもう何も意味を見出さない。

虚無と怒りがない交ぜになったような気持ちを持て余し、どかりとプールサイドのデッキチェアに腰を下ろした。

「東京オリンピックにでも出るつもり？」

隣のチェアから声がかかる。

「まさか」

口をきくのも億劫《おっくう》だ。最初にここの高級スポーツクラブに誘ってくれたのは、友人であり、仕事のパートナーでもある白川《しらかわ》真澄《ますみ》だったのだが、今や鞠子の方が頻繁に訪れている。

「あら、そうなの。でもマスターズ水泳ならいけるわよ」

「冗談言う元気もないわ」

鞠子の共同経営者は、首を回《めぐ》らせてこちらを見た。ウォータープルーフのアイブローできれいに描かれた片眉《かたまゆ》がすっと持ち上がる。

「それか、何かを吹っ切ろうとしてる、とか？」

真澄が何のことを言っているのかは察しがついた。鞠子は答えず、前を向き直った真澄の体をじっと見つめた。確か、鞠子より三つ年上のはず。四十代半ばに差しかかった真澄の肌は、透明なほどの白さを保っている。だが年相応に脂肪もまとい、たるんでもいる。彼女はそんなこと、気にもしていないだろうが。この肉体は自分だけに帰属するもの、と声なき声が主張している。男に触れさせることも、子を生《な》すこともない、ただ純粋に一人の女の身を包むもの。その潔さに羨望《せんぼう》を覚えた。

「『ディープインパクト』を起《た》ち上げた時――」真澄はさりげなく話題を変えた。「あなた、言ったわね。今までの人生なんか、もううんざり、っていうお客さんを勝ち取るんだって」

「そのきっかけを提供したいって言ったのよ」

つい釣り込まれてそう答えた。

「で、それから八年よ」

「八年と四か月ね」

また優雅に眉を持ち上げる仕草で、真澄は応《こた》えた。

「私たちは、成功したのかしら？　つまり、会社が大きくなったとか、そういうことじゃなくて、あの時の気持ちを忘れないでいるかってことだけど」

鞠子はうつむいた。足の指先のマットなブルーのペディキュアを凝視する。

――それ、瓶覗《かめのぞき》っていう色なんだよ。

ふいに幹久《みきひさ》の声が耳元でした気がした。

――瓶の底に溜《た》まった水の揺らぎ。空の色を映しとったような、そんなはかない色。空を恋う色。

「人は変わるものよ」

「それが答え？」

不満なのか、予測通りだったのか、真澄は表情を変えることなく言った。

「変わらずにいることなんてできる？」

「そうね。変わらずにいることが、必ずしもいいことだとは言えないわね。周りが変わっていくのなら、なおさら」

「仕事のことを言っているなら、私は――」

「よくやっているわよ、マリコは」

決めつけるように言われて、鞠子は少なからず傷ついた。共同経営者という立場になった時から、真澄は鞠子のことを社員の前では「竹内《たけうち》さん」と呼ぶようになった。同じ旅行代理店に勤めていた時は、いつも「マリコ」と呼んでいたのを改めたのだ。年上の真澄に頼り切っていた、右も左もわからなかった時分に急に戻った気がした。

あそこから、私はずっと変わらずにいるのか。私というものの中味は――。

真澄はさっと立ち上がった。

「リンパマッサージを予約してあるの。うんとリラックスしてから帰るわ」

唐突に話を打ち切った真澄を、心細げに見上げた。初めから、プールで泳ぐ気なんかなかったのだ。鞠子の姿を認めて、プールサイドに来ただけだ。一言、二言、言葉を交わすために。

忠告などしなくても、それで通じると踏んだのだろう。長年の付き合いで、そこのところの呼吸はわかっているから。

乾いたままの水着で去っていく真澄の後ろ姿を見送りながら、鞠子は思った。

あの時の気持ち――。

「グルメにショッピング、それとありきたりな観光。もう飽き飽き！」

自分が企画した旅程表を、デスクの上に投げ出して叫んだ十年近く前の自分を思い出していた。深夜の旅行代理店。照明は半分落としてあった。残業しているのは、鞠子と真澄だけだった。パソコンに向かっていた真澄が顔を上げた。

そのまま回転椅子《いす》を滑らせて、鞠子のそばに寄って来たのだった。

そしてこう言った。

「機は熟したわ、マリコ」

二人が起ち上げた旅行代理店「ディープインパクト」は、既存の旅行会社にはないユニークな企画を次々と提供して話題になった。穴場の神社仏閣を御朱印帳《ごしゅいんちょう》を携えて回るツアー、桜前線を追って何日もかけて列島を北上していくツアー、船を駆っての海の上からの工場地帯の見学、ヨガと断食道場と人間ドックを合体させた健康合宿、岬に特化したトレッキング、海外のアンティーク市場をはしごして、最後に古城に泊まるツアーなど、マニアックな趣味や珍しい体験を中心に据えたものだ。印象的な場所での目先の変わったブライダルも企画した。

マスコミでも取り上げられて注目された。際立った企画を起ち上げる度《たび》に、面白いように客が集まった。「おひとりさま」と呼ばれる人々や、若いファミリー層、元気な熟年層は、新しい体験に飢えているのだとわかった。彼らの要望に応える企画を考えて形にしていくのは、やりがいがあったし楽しかった。

たった二人だけで始めた会社は、どんどん大きくなって、今や社員三十数人の大所帯だ。一応、代表者は白川真澄ということになっているが、真澄も鞠子も社内ではたいした地位の違いはなく、「チーフ・マネージャー」と「マネージャー」と呼ばれている。

「ディープインパクト」は若い社員に支えられている。旅行業務取扱管理者の資格を持った彼らは、固定観念にとらわれることなく、新しいアイデアを繰り出してくる。企画会議では、熱い議論が飛び交う。そこから学ぶことも多い。もはや、マネージャー二人の仕事は、それらの企画を吟味してアドバイスをし、ゴーサインを出すことに限定されてきた。

目が回るほどの忙しさに翻弄《ほんろう》され、七転八倒していた時期は過ぎ去ったのだ。生活にもゆとりが生まれ、こうして高級スポーツクラブの会員になれるほどの収入も得られるようになった。

鞠子は、プラスチックのデッキチェアから立ち上がった。ゆっくりとプールサイドを歩き、シャワー室に入った。熱いシャワーを浴びながら、さっきの真澄の言葉を頭の中で反芻《はんすう》した。彼女が言いたかった変化とは、そういうことではない。それはよくわかっている。

真澄は知っているのだ。鞠子が部下の南雲紘太《なぐもこうた》と深い関係に陥っていることを。そして彼との関係に迷いを感じていることを。

紘太は、二年近く前に入社してきた。年齢は鞠子よりも十一歳も下だ。どうしてこんなことになったのだろう。今まで何人かの男性と付き合ってはきたけれど、すべて社外の人間だった。部下とこういう関係になることを、自分に禁じてきたはずだ。いや、社内の男性に惹《ひ》かれることなど、初めからなかった。

南雲紘太は、姉、亜弥《あや》から頼まれて採用したのだった。ちょうど有能な女性社員が退社したばかりで人手が欲しかった。面接した真澄もいい感触を持った。姉の知人の息子ということで、鞠子は採用には関《かか》わらなかった。真澄がすべてを決めたのだ。

「よかった。私も顔が立つわ」

知人から、旅行業務取扱管理者の資格を取得したばかりの息子の就職先を頼まれていた姉は、電話の向こうで弾んだ声を出したのだが、亜弥も紘太本人には会ったことがなかった。だから、鞠子も入社してきた紘太に特別の思いを抱いていたわけではない。

ただの若い部下――のはずだった。

縁故で入社したことは、息子に知られたくないという母親の意向を亜弥が強く言うので、間に亜弥や鞠子が介在したことを紘太は知らないだろう。入社後、変に恩に着られるのも嫌だったから、鞠子もその辺のいきさつは本人にも黙っていた。特別な関係になった後も紘太には告げていない。

彼を最初に意識したのは、ピアノだった。入社後何か月かして、鞠子は若手の社員たちの飲み会に誘われた。真澄も一緒だったと思う。社員たちとの意思の疎通を大事にするために、真澄も鞠子もたいていの集まりには参加していた。起業当時からの習いだった。

居酒屋で飲んだ後、二次会に流れた。真澄はそこには参加しなかった。五、六人になったグループは、地下にある小ぢんまりしたバーへ入った。誰《だれ》かの行きつけのライブバーだと記憶している。場所はもう忘れた。そこに小さなステージが設《しつら》えられていて、アップライトピアノが置いてあった。決まった曜日に生演奏があるのだということだった。

席に着いてしばらくして、女の子の一人が、「南雲君、ピアノ弾いてよ」と言った。他の誰かが「何？　南雲君、ピアノ弾けるの？」と尋ねたのに、紘太は照れ笑いで返した。

「ていうか、なんであんたが南雲君のピアノのこと、知ってんの？」

　別の女性にそう突っ込まれた女の子は、自分もピアノを習っていて、コンクールに出ていた頃《ころ》、南雲紘太の名前をよく目にしたのだと言った。

「ちょっと珍しい名前だし」と彼女は言葉を継いだ。「それにすごくうまかったし」

　コンクールに出るほどの腕前なら、ぜひ聴いてみたいと皆が言うのに、紘太は尻込みした。

「もう何年も弾いてないんです」

　バーのマスターにも促されて、とうとう彼がピアノの前に座ったのは、それからかなり時間が経《た》った頃だった。アルコールも進んで、興に乗ったのだろう。ちょっとした余興程度のものだと誰もが高をくくっていた。

　だが、そうではなかった。紘太のピアノのことを口にした女の子が「なんでプロのピアニストにならなかったのか不思議」と後で言った通りだった。

　演奏後にシューマンの「幻想小曲集」の中の一曲だと知った。夕暮れから夜に移る幻想的な情景描写とロマンに満ちた楽曲だという。ピアノ曲のことはよくわからないが、夢見るような詩情と静かな熱情のこもった曲だと思った。そう広くはないライブバーの中は、水を打ったように静まり、マスターを始めとした全員が、紘太の演奏に耳を傾けていた。

ピアノの一番近くに座っていた鞠子には、紘太の指の動きがよく見えた。細くて長い指だった。鍵盤の上を軽やかに行き来している優雅な指を見ていると、ピアニストに適した者の指だとわかった。そこに目が釘付《くぎづ》けになった。

あの指で触れられたいと痛切に思った。頬を指の背ですっと撫《な》でられたい、髪の毛をまさぐられたいと。そうなることはあり得ないとわかっているからこそ、彼の指とそれが演奏する曲は官能そのものだった。鞠子は短い一曲が終わるまで、身を固くして聴いていた。

演奏が終わって皆が驚きの声混じりに喝采《かっさい》を送る間も、甘美でせつない思いに圧倒されていた。そしてそう思う自分に戸惑っていた。年を重ねた後の恋愛では、自分も相手も完全にコントロールできていると自負していたから。出会いも別れもセックスも。

はっと我に返って、肩の力を抜いた時には、もう紘太は席に戻って、周囲の賞賛に顔を赤らめていた。

「なんでピアノをやめちゃったの？」

同僚からの不躾《ぶしつけ》な質問にも「才能がないと悟ったから」とさらりと受け流していた。そして、すっと顔を上げて鞠子を見た。視線が合った瞬間、自分はこの男に欲されているのだとわかった。自分が今感じた官能と情欲が、相手に伝わったのみならず、彼もそれを望んでいるのだと。

それでも、鞠子は分別臭く微笑《ほほえ》んで目を逸《そ》らせた。

ばかげている。指に恋をするなんて。十九歳や二十歳の女じゃあるまいし。

若い頃の真《ま》っすぐな熱情を叩《たた》きつけるエネルギーは、もう自分には残っていない。それくらいの抑制はきくと思っていた。

でも結局それは失敗したわけだ。

鞠子はシャワーを冷たい水に切り換えた。弾《はじ》ける水滴を全身で受ける。どうしても無色透明の水にはなれない。火照った体を鎮めるように栓をいっぱいに開けた。

「ディープインパクト」は、江東区東陽《こうとうくとうよう》のビルにオフィスを構えている。初めは五反田《ごたんだ》の小さなビルの一室を借りていたのだが、会社が大きくなったので、一大オフィス街になった東陽に越してきた。真澄は、そのまま東西線《とうざいせん》の先にある西船橋《にしふなばし》にマンションの一室を買った。

鞠子は、「ディープインパクト」創業当時から住む三田《みた》の賃貸しマンションから動いていない。通勤に時間がかかるが、引っ越す方が面倒なので、そのまま暮らしている。三田も近年都心オフィス街化の波を受けている。が、鞠子の住むマンションは、慶應義塾大学《けいおうぎじゅくだいがく》やイタリア大使館の近くなので、視界が開けていてゆったりした雰囲気だ。東京タワーも見えるし、当分ここを動く気はない。

そういえば、父が生きている時に、イタリア大使館の敷地は、江戸時代に伊予《いよ》松山藩《まつやまはん》の中屋敷があったところで、今もその当時の庭園が残ってるのだと言っていた。松山は父の故郷だから、じゃあ、公開日に一緒に行こうか、などと言ったものだが、それを果たせず、父は逝ってしまった。

日本橋《にほんばし》で東西線に乗り換えて会社に向かう。大手町《おおてまち》から来た東西線は、日本橋、茅場町《かやばちょう》とオフィス街の駅を通り過ぎるが、通勤客はあまり降りていかない。朝のラッシュ時には、逆に乗り込んでくる人の方が多い。そして東陽町で多くの人が降りていく。それほどオフィスビルが増えたということだ。人波に押されて改札へ向かいながら、鞠子は思う。

東陽町の駅を出ると、永代通り《えいたいどおり》には大きなビルが立ち並んでいる。三年以上前にここに社を構えた時は、降りるたびにそのビル群を見上げていたものだ。今はその光景に慣れてしまって、越してきた当初、「こんな大きなビル街の一角にオフィスを構えられたのだ」と感慨にふけっていたことすら忘れてしまった。

真澄が、「あの時の気持ちを忘れないでいるか」と問うた内には、そのことも入っているのだろうか。

砂町《すなまち》北運河を見下ろすオフィスは、ビルの十二階にある。ワンフロアを借り切って「ディープインパクト」はある。鞠子のデスクの後ろが大窓になっていて、出社した時は、どうしてもそこからの街並みが目に入る。子供の頃、公社南砂《みなみすな》住宅に伯母夫婦が住んでいて、従姉《いとこ》たちもいたので、たまに遊びに来ていた覚えがあるのだが、記憶の中の風景はおぼろだ。今もまだあの大型団地はそのまま残っていて、昭和レトロな景観が、団地マニアの間では人気だと聞いたが、ここに通うようになっても団地には足を踏み入れていない。

伯母夫婦も亡くなり、従姉たちとも疎遠になってしまった。

何もかもが変わっていくのだ。

「おはようございます」

直属の部下の広瀬由夏《ひろせゆか》が声を掛けてきた。

「おはよう」

「早速ですけど、沖縄ダイビングツアーのホテルが、今年は部屋代を値上げさせて欲しいと言ってきてます」

「どこのホテル？」

鞠子は広瀬が差し出す資料を受け取った。

最近では、後追いで体験型の企画を押し出す旅行代理店が増えてきた。そこに対抗するには、企画の目新しさや利便性の他に価格も重要だ。若い世代は、ネットでいくらでも検索して、少しでも安くていいツアーを探し出す。

「値上げする理由は何だって？」

「諸費用の高騰、だそうです」

「それで納得するわけにはいかないわね。もっと具体的な理由を訊《き》いて。それから同じような企画を出しているよそがどれくらいの料金でやっているか調べて」

「わかりました」

背を向けた広瀬の向こうから、こちらに歩いてくる紘太の姿が見えた。

「おはようございます。竹内マネージャー」

「おはよう」

紘太は、自分のアイデアで企画をまとめようとしている「フィンランド絶景ツアー」についての報告をしに来たのだった。フィンランドにある「サンタクロース村」というアミューズメントパークとオーロラ観光とを組み合わせたものだ。

「この村に行くまでの足が問題なんですよね。観光に力を入れているといっても北極圏の小さな村ですから」

「村？」

アミューズメントパークというから、もっと整った施設だと思っていた。それを口にすると、紘太は言った。

「そこがいいんですよ。ひなびた村で、いかにもサンタクロースの家がありそうなところが」

熱心に日本の概念との違いを説く。

「雪の中にかわいらしいサンタの家が埋《うず》もれていて、ぽっと灯《あか》りがともっているところを見たら、感激しますよ」

自分が書いた企画書を、人差し指と中指の二本を揃《そろ》えて軽く叩く。その動きを、鞠子はじっと見ていた。すんなりと伸びて細い指だ。なんだってこの指に惹かれたのか。

「三百六十五日、いつ行ってもサンタクロースに会えるんだけど、そこへたどり着くのに苦労するってとこもこのツアーの魅力だと思うんですよね。世界の果ての地で、会えないと思っていた人に会えるって感触を持ってもらえるじゃないですか」

――会えないと思っていた人に会える。

その言葉にはっとした。まだ熱心に説明を続ける紘太の顔を見上げた。軽くウェーブした髪の毛、浅黒い肌、薄いがきりっとした唇。そのすべてに触れてすべてを知った後で、「私の会いたい人はあなたじゃなかった」と言えば、この男はどんな反応をするだろう。

もし別れても、この人は「ディープインパクト」に留《とど》まるだろうか。おそらくは、失意のうちに会社を去るだろう。そこまで大人になりきれていない。感情に溺《おぼ》れてしまうタイプの人間なのだ。

紘太は二十代半ばの頃に、バックパッカーとして、世界を旅して回ったという。あらゆる場所でいろんな体験をしてきた。それが真澄が、彼を雇い入れた大きな理由でもある。そのことは、社内でも公になっていて、海外旅行の企画には、誰もが紘太に一目置いている。二年と八か月もかけて世界を見て回った人物として、目新しいユニークな旅程を考え付くだろうと認めているのだ。

その経歴からタフな男というイメージがあるが、本当は傷つきやすく、脆《もろ》い精神の持ち主だと、鞠子は知っていた。年上の鞠子と深い仲になったのも、もしかしたらそういう性情が関係しているのかもしれない。興味もなかったし、本人も話さなかったから、家族や生い立ちのことは聞いていない。今、都内で独り暮らしをしていることだけ聞いた。それで十分だった。

紘太の母親と自分の姉が知り合いで、彼の雇用に少しだけ関係したということも伏せたままだ。母親に、上司である鞠子と肉体関係に陥っていることなど話されるのはごめんだった。

「何人集まるかがネックね。大勢のツアーだったら興ざめだし、少なすぎては採算が合わない。こういう辺境へのツアーは、うちの特色を出せる企画ではあるけど、難しいわね」

上司目線で、そう答えた。その上で、まだ企画会議には載せられないと告げる。紘太は、いくぶんがっかりした様子で、もう少し検討してみますとデスクを離れていった。

とはいえ、紘太が企画した「世界の滝を巡るシリーズ」や「世界の奇怪な建造物を見物するシリーズ」は、回を重ねるごとに参加者を増やしている。もし紘太がいなくなったら、会社にとっては痛手だろう。そうして、もう自分はこの男と別れる気でいることに気づく。

姉の亜弥にもどう説明すればいいだろう。亜弥も、彼の母親とはそう親しいようではなかった。ただちょっと頼まれただけといった口ぶりだった。その後、姉の口から特に紘太のことを訊かれたり、母親の話題が出るということもなかった。

周囲に知られないように小さくため息をついた。紘太と別れることよりも、姉に知られることを恐れる自分がおかしかった。

八歳年上の亜弥は、早くに母を亡くした鞠子にとっては母親同然だった。父は母が死んだ後、再婚することはなかった。だから、亜弥が主婦のように家のこと全般を引き受けていた。妹の面倒もよくみた。食事を作って食べさせてくれ、勉強もみてくれた。当然のなりゆきで、鞠子は姉べったりになった。その精神構造は、今も変わっていない。亜弥が結婚してイギリスに住むようになった今も。

子供に恵まれなかった姉も未《いま》だに、遠くに離れて住む妹のことが気にかかって仕方がないというふうだ。

父は四年前に心臓疾患で突然亡くなった。それまでは、姉はイギリスから年に二度ほど戻って来て、父の世話を焼いていた。そういう性分なのだ。父も近くに住む鞠子よりも、亜弥の方を頼りにしていた。無口な父も、亜弥には本心を言うようで、

「お父さん、あなたが結婚しないのを、ほんとはすごく心配してるのよ」

などと亜弥から言われることもあった。

「だからね、鞠子は心配ないわよって言っておいた。あの子はあの子の考えでしっかり生きてるんだからって」

姉は鞠子の一番の理解者だった。

それなのに――鞠子は亜弥を裏切った。

昭和十五年　一月二十日

第十一番藤井寺《ふじいでら》から第十二番焼山寺《しようさんじ》までは四里八町。こゝまで来るのに、繊弱《かよわ》い妾は、もう音をあげてゐる。野宿山宿はその心算《つもり》できたからい、けれど、足がズク〳〵痛みだした。

ふら〳〵草に仆《たお》れふし、目を瞑《つむ》つてゐると、「お遍路さん、差上げませう」といふ声。民家から出てきたお内儀が、手を差出してゐる。さうして妾の手のひらにふかし芋を載せてくださる。お内儀の背中で、二歳位の小児《こども》がスヤ〳〵と眠つておいでだ。

「お食《あが》りなさいまし。元気が出ますよ」

さう言つて径《みち》の向かうに行つて了《しま》ふ。あゝ、世の人々は、かくも罪深い妾をこんなに労《いた》はつて下さるのか。羞《は》づかしい。情ない。

偶《ふ》と光明真言《こうみようしんごん》を唱へようと思ひたつ。ぬくい芋を手に、草の上に端座して、有難い真言を唱へた。お大師様を信心するには、妾の体は穢《けが》れきつてゐる。ただ虚心平気になることを一心に努めた。他力信心。いつか罰が当たるなら、夫《そ》れでいゝ。夫れこそが妾の望むところだ。

芋を半分だけ漸《やっ》と食べて、半分は頭陀袋へ。すつくりと立つ。

焼山越えは名にし負ふ難坂《なんはん》。杖をたよりにヨロ〱と越す。細い坂道に草が相当かぶさつてゐるので、可《か》なり疲れて来た。大雨の為めに道がいたみ、加ふるに水が道路を流れてゐる處《ところ》が多い。

遠近《おちこち》の森から吹く風はウソ寒く、痛む足を引きずつて行く。

最後に下つた處に柳《やなぎ》の水《みず》奥の院があつた。お大師様が柳の枝を取つて加持《かじ》をされると清水が湧き出たと云ふ。「お加持水」の話を庵主《あんじゅ》さまが五六人のお遍路にしてゐるのを黙つてきいた。清い真清水である。杓《しゃく》と茶碗が備へてあつたので、そつと掬《く》んでいただく。近在の人か、瓶を持つてもらひに来てゐた。

一息入れてまた歩く。足の達者なお遍路さんが妾を追ひ抜いていく。柳水庵《りゅうすいあん》の境内には、立派な大師堂があつた。柳水庵から杉木立の茂るなかを下り、また上る。奇巌《きがん》の多い渓流も越える。道は一そう急峻《きゅうしゅん》な上りになる。

焼山寺についたのは、正午を過ぎてゐた。焼山寺は四国霊場中での第一の難所で、四国の関所と云はれ、罪障深い人はいかにお参りしようとしても、お参りできないとか。恐ろしい云ひ伝へに、本堂を遠くで拝む。

窓の外を、雨が流れている。水の筋で、街の灯りが滲《にじ》んでいる。

ベッドの上でうつ伏せになった鞠子の背中を、紘太の指が撫でている。窪《くぼ》みを探り、背骨をなぞり、惑うように行ったり来たりを繰り返す。果てた後の心地よくだるい戯れ。

ベッドサイドの時計は、午後十時十一分を指している。もうそろそろ帰らなければならない。紘太の指は、ぐずるように鞠子の背中を行き来する。シティホテルの一室。鞠子は決して自分の部屋や紘太の部屋で交わろうとはしなかった。それは恋愛において、自分に課したルールで、そこまで相手に深入りしないというさりげない通告でもあった。

そんな煩わしいことを考えるくらいなら、男なんかと付き合わなければいいのに、と自分に言い聞かせたこともある。だが、その答えはとうの昔に出ているのだ。

自分は女でいたい。いや、女であることを確かめ続けたい。

それが結婚という形態をとらず、なぜ恋愛関係だけで終わるのか。それもわかってはいるつもりだ。

紘太が身を寄せてくる。背中から抱きしめられた。

「きれいだね、鞠子さん」

耳のすぐ後ろでそう囁《ささや》く。

初めて体を重ねた時もそう言われた。紘太のピアノ演奏を聴いてから三か月ほど経《た》った時だった。

紘太の前に付き合っていたのは、青山でワインバーを経営する男だった。五十代で、出会った時は妻子と暮らしていた。妻と離婚したのは、別に鞠子と付き合ったせいではない。

それまでにも店の女性客や、夜の街の女と気まぐれに関係していたようだったから。彼とは相性がよく、よく食べ歩きをし、コンサートを聴きに行き、旅行に出かけた。

その男が独身になっても、結婚の話は出なかった。向こうも鞠子との関係が心地よかったに違いない。鞠子と付き合っている間は、別の女の気配はしなかった。穏やかな関係が五年以上は続いた。ワインバーの経営が思わしくなくなった時、彼から別れを言い出した。特に理由を口にすることはなかったが、鞠子には、男の気持ちがよくわかった。つまり、経済的な理由で今まで通りの優雅な関係が続けられなくなったことが、彼の心を変えたのだ。

鞠子という自立した女性と付き合う上質な生活が維持できなくなった時、潮が引くように、彼の心は冷めてしまった。鞠子は、彼のワインセラーの中の一本の上等なワインと同じだったわけだ。

そのことに気づいていなかったわけではない。でもそれでよかった。鞠子の方も、必要以上に相手の領域に踏み込まない穏やかな関係に満足していた。要するにお互いの恋愛に対する指向が合致していたのだ。いや、恋愛と呼ぶべきものではなかったような気もする。ある程度、年齢を重ねた男女が求める人生の彩りとか芳醇《ほうじゅん》さを象徴する逢瀬《おうせ》だったのかもしれない。

だから、その別れを鞠子はすんなりと受け入れた。

部下である紘太に惹かれ、そのことに相手も気づいているという関係は、居心地のいいものではなかった。あの指を身近に見ながら過ごす時間は、鞠子を苛立《いらだ》たせた。先の男と別れて一年以上は経っていた。

四十一歳だわ、とその時自分に問いかけた。この年はもう恋愛から足を洗う時期かしら？

それでも不都合はない、ともう一人の自分が答えた。別に男が欲しいわけじゃない。前の男と付き合っていた時も、セックスはそう重要な部分を占めていなかった。ただ精神的な安定はあった。男と時折会っておしゃべりをし、食事を共にし、ホテルで愛し合う関係を持っていることが、鞠子の生活を豊かにし、仕事にも打ち込めた。

出来たら、もう一度ああいう関係性が保てる相手が欲しい。多分、紘太では、そうはいかないだろうと漠然と考えた。あの人は若すぎるし、第一、社内の人間だ。毎日顔を合わせる類《たぐい》の男と複雑な関係に陥りたくはなかった。

だったら深入りするのはよそう、と分別臭く考えた。

「すごくきれい」

紘太が耳たぶを軽く嚙《か》んだ。

女でいたい。いや、女であることを確かめ続けたい。呪文《じゅもん》のようにその言葉を頭の中で繰り返す。その方法がセックスをすることに収斂《しゅうれん》するのかと問われると、そうじゃないと否定したい。だけど、どうやって——？　体以外の何でそれを証明すればいいのか？　今はもうわからない。

最初の決心が揺らぎ、この男と体を重ねてしまった後では。

後ろから伸びた紘太の手が胸をまさぐる。あの指だ。鍵盤を強く、優雅に叩いていた指が、熱心に鞠子の体を探索する。

紘太を誘ったのは、鞠子だった。二人きりで食事をしようと。それが何を意味するのか、紘太にはわかっていたはずだ。食事の後、都心のホテルの地下のバーで飲んだ。どちらからということもなく、ホテルの部屋へ入った。

一年と一か月前のこと。そういえばあの時もこんなふうに雨に閉ざされた晩だった。

「きれいだなあって思ってた。鞠子さんのこと」

鞠子さん、とその時初めて呼ばれた。そのことには何の感慨もなかった。ただ若い熱情の発露のような愛撫《あいぶ》に身をまかせていた。

肌の上を動き回る紘太の手をつかまえた。二匹の敏捷《びんしょう》な生き物のような両手を握りしめ、目の前に持ってくる。そしてしなやかな長い指をじっと眺めた。

「何を見ているの？」

「なぜピアノを習ったの？」

背中に顔を密着させて、クックッと紘太は笑った。

「何で今頃そんなことを訊くの？」

だって、あなたの指がこうでなかったら、私はあなたに惹かれなかったもの、という言葉は心の中だけで呟《つぶや》いた。

「ただ楽しかったから。ピアノを弾くのが」紘太は、しごくありきたりなことを言った。「母は僕をピアニストにしたかったみたいだけど、そんな気はさらさらなかったな」

だからかなりのレベルに達して、周囲からも期待され始めた時、すっぱりとピアノをやめて、世界を見て回ったんだと続けた。

紘太の手を放した。紘太は腕を鞠子の体に巻き付け、ぎゅっと抱きしめてきた。

「ずっとこうしているためには、どうしたらいいんだろう」

鞠子は二本の腕を振りほどいて、ベッドから下りた。

「もう帰らないと」

ピアニストにならなかった男は、悲しい目で年上の恋人を見上げた。

「ねえ鞠ちゃん、あの松山の家のこと、どうなってる?」

「どう――って。あのままよ。私は行ってないから」

「あれから一度も?」

「ええ」

なぜ急に姉がそんなことを訊くのか、戸惑った。電話の向こうの亜弥は、いくぶん弾んだ声だ。イギリスと日本の時差は、サマータイムの今は八時間。日本が午後九時だから、まだ午後一時のはずだ。仕事をしていない亜弥は、たいていこの時間に電話をかけてくる。

「なんで行かないの」

「だって興味ないんだもん」

姉としゃべっていると、ついつい子供っぽい口調になってしまう。

亜弥が言っているのは、姉妹で受け継いだ四国、松山にある古民家のことである。二十年近く前まで、父の伯父、つまり鞠子たちの大伯父が一人で暮らしていた。竹内匡輝《たけうちまさてる》という名の大伯父は、生涯一度も結婚しなかった。だから彼が亡くなった時、唯一の身内であった父が遺産を相続した。遺産といってもその家屋敷だけのようだった。そして父が亡くなった後は、必然的に亜弥と鞠子のものになったわけだ。

父親からすれば、本家筋に当たる家になる。鞠子の祖父、つまり匡輝氏の弟も松山に住んでいたから、祖父母が健在の時は、松山には何度も足を運んだ。その折りに何度か匡輝氏の家にも連れていかれたことがあると亜弥は言うのだが、鞠子にはその記憶がない。おそらく鞠子が生まれる前に、亜弥だけが父と訪ねていったのではないかと思う。

大伯父が長く一人で暮らしていた家は、かつては遍路宿だった。五十二番札所太山寺《たいさんじ》の門前にある古い民家だ。屋号があって、金亀屋《きんき》というのだと聞かされた。金亀屋には匡輝氏の葬儀で行ったのが、鞠子にとっては初めての訪問ということになった。

広大な家だった。広い土間の奥に、遍路を泊めていたのであろういくつもの畳敷きの部屋が連なっていた。父は、いちいち「ここがナカノマ、ここがマエザシキ、奥がザシキ」と教えてくれたが、もうよく憶《おぼ》えていない。

天井も高かった。鞠子の印象は、総じて「暗い」ということだった。それがこういう古民家に共通した造りなのか、軒が深く、奥が深いので、隅々まで日が射《さ》さないのだ。都会の機能的で明るい家に慣れた者にとっては、その無駄に広い構造が、住みやすさとはかけ離れているように思えた。

葬儀の前後、鞠子は父と金亀屋に宿泊した。その時は、亜弥はもうイギリス暮らしだったから、彼女は匡輝氏の葬儀には来ていない。

匡輝氏から受け継いだ金亀屋を、父はそのままの形で残した。同じ松山市内にあった自分の実家は、両親が亡くなった後、さっさと更地にして売り払ってしまったのに、こういう歴史のあるものは、おいそれとは壊してしまうわけにはいかないのだと、維持していた。といっても、父も東京に住んでいたから、時折訪れて片付けをする程度だったと思う。

外国に長く住むと、ああいった古風なものに興味が湧くのか、亜弥は日本に戻って父の面倒をみている時、父と二人で金亀屋に行って泊まったりしていた。鞠子は誘われても、忙しさを理由に松山行きを断った。

そういうことがあって、亜弥は金亀屋に愛着を持ったのだろうか。父が亡くなった後も、あの家はあのまま維持すると言い張った。その折りに数度、姉に促されて二人で訪ねていった。種々の手続きやら、近所、親戚への挨拶《あいさつ》やらがあって、仕方なく付き合ったのだった。

亜弥は妹を熱心に説いた。姉妹二人の名義になってはいるが、固定資産税は自分が払うからと。税金のことこそどうでもいいのだが、面倒だな、と鞠子は思った。あんな大きな空き家を背負い込むのは億劫だった。それも東京から離れた田舎だ。おいそれとは行けないし、第一、残してどうしようというのだろう。歴史のある遍路宿なのだから、松山市に寄付して管理してもらうという手もある。そうすれば、もっといい形で活用できるだろう。

亜弥夫婦には子供がないし、自分も結婚する予定はない。先々のことを考えると、しかるべき活用法を考えるべきだとも思う。しかし、相続の手続きだけでも煩わしかったのに、市に寄付するとか、どこかの組織に運営を委託するとか考えるだけでうんざりした。それに亜弥が処分する意志がないのなら、今は現状維持で放《ほう》っておくしかない。

父が生きていた時から、近所に住む老女に管理を頼んでいた。そのまま いくばくかの管理費を払って維持管理を託したまま、様子を見に行くということもしていない。亜弥も父が亡くなってからは、日本に帰ってくる回数が減ったから、あの古民家がどうなっているかよくわからないのだった。

何度か顔を合わせたことのある老女は、不愛想な人だった。年齢も年齢だし、脂肪のついた体でのっそりと動く様を見ていると、せっせと働いて家を整えるというふうではなかった。せいぜい時々風を通し、家の周囲の草引きをする程度だろう。

「鞠ちゃんはそう言うけど、竹内家のルーツだからね。あの遍路宿は」

遠い国から亜弥の声が届く。家を残そうと言い張った時も同じ言い分を聞いた気がする。

「匡輝さんは文化人だったから、いろんな資料が残ってると思うのよ。歴史的に価値のあるものが。本だっていっぱいあったし」

「そうだっけ」

「そうよ。お父さんもね、貴重な資料が散逸してしまうのを心配してたわ。あの家は四国遍路の歴史でもあるし、大事にしないとって」

正直言って、父とはそこまで深い話はしなかった。長女である亜弥には、竹内家の歴史や匡輝大伯父のことを話したのかもしれない。

九十歳過ぎまで生きた匡輝氏は、活動的で誰からも慕われた人だったようだ。葬儀の時の写真も、それを表していた。白く伸びた眉毛の下から覗《のぞ》く目は、知的探求心を持つ人のそれだったし、丸顔は慈悲深く穏やかな性格を感じさせた。地元の商工会に勤めながら、郷土史の研究をし、親戚や近隣の人の手伝いを仰いで昭和五十年頃までは遍路宿も経営していたそうだ。父の弁によると、独り者だが社交性がある人で、音楽や芸術にも興味があって、その方面の人々とも盛んに交流していたという。広い座敷で句会も頻繁に開いていたようだ。

松山にいた頃の学生の父は、しょっちゅうあの家に出入りして匡輝氏に可愛《かわい》がられていたらしい。そういえば、父も俳句をたしなんでいた。それは伯父からの影響だったのかと、その時に納得した。

父は東京で高校教師をしていた。物理を教えていたが、多岐にわたる広い知識を持っていた。物静かな人だったけれど、年をとっても新しいことを学ぶ姿勢は衰えなかった。そういう部分も、伯父から受け継いだ資質なのかもしれない。

「私たち、こっちでの生活を畳もうかと思ってるの」

物思いにふけっていたせいで、姉の言葉をあやうく聞き逃すところだった。

「え？」

「いえ、まだはっきりしたわけじゃないんだけど……」亜弥は言い淀んだ。「幹久もじき六十歳でしょう？」

自分の夫のことを、姉は結婚当初から幹久と呼んだ。子がなかったせいで、それが習いになっている。

「イギリスは気に入ってるし、生活も安定してるんだけど、いずれ仕事は引退するわけでしょ？　うんと年をとってからじゃあ、生活の場をがらりと変えるのは難しいんじゃないかって話し合ってるの」

「日本に帰って来るってこと？」

そう問うた鞠子の言葉に、「いやだ、そこまで言うつもりなかったんだけど」と亜弥は言った。そして慌てたように、「先の話よ、先の」と続けた。

夫婦で日本に帰ることを考えているということか。

どこに住もうかとか？　それで亜弥と妹の名義になっている古民家のことも話題に上ったのだろうか。ようやく得心した。

まだ決まったわけじゃないから、黙っててよ、と亜弥は電話を切った。

ローソファの背にもたれて、鞠子は目を閉じて大きく息を吐いた。

途端に髪の毛の中を、立てた指ですくい上げるように撫でられた感触が蘇《よみがえ》ってきた。瞬間鳥肌が立ち、すっと気が遠くなるような感覚を覚えた。


エレベーターのドアが開いた。鞠子が先に降り、木谷《きたに》エリカがそれに続いた。エレベーターホールに出た途端、木谷は「すみませんでしたっ！」と体を半分に折るようにして頭を下げた。明るい栗色のポニーテールが、後頭部で弾んだ。そのまま、頭を上げようとしない。

「いいよ……」

こんなところで頭を下げるくらいなら、どうして最終確認を怠ったの、と言いたかったが、疲れていて、そんな元気もなかった。

「もうやるべきことはわかっているでしょ？」

木谷はそろそろと顔を上げた。

「はい」

「なら、それをして」

「わかりました」

短く、素っ気ない言葉の方が彼女にはこたえたようだ。

「失礼します」

木谷は小走りに廊下を去っていった。廊下の先には「ディープインパクト」のオフィスがある。鞠子は、吐息をつくと、反対方向へ歩きだした。各階に設けられた談話スペースへ足を向ける。全面ガラス張りのスペースに、個性的なデザインのベンチやソファ、サイドテーブルがぽんぽんと配置してある。「ディープインパクト」の社員が休憩や、簡単な打ち合わせに利用している。

一人だけ先客がいた。白川真澄だった。

「お疲れ」

それだけ言われたのに小さく頷《うなず》いて、自動販売機で缶コーヒーを買った。

真澄の向かいに腰を下ろした。炭酸水のペットボトルを手にした真澄は、それ以上、何も訊かなかった。鞠子がうまく苦情処理をしてきたことは、もう彼女にはわかっているのだろう。鞠子はゆっくりと缶コーヒーを飲んだ。

木谷エリカが担当した、ある企業の東京湾クルーズで手違いが起こったのだ。クルーズ船が岸壁を離れる時刻までに、注文したデリバリーランチが届かなかった。有名なレストランが手掛けるランチで、味には定評があり、企業側からリクエストされたものだった。

出航時間が変わったのに、木谷がレストランに訂正するのを失念していたのだった。スケジュールの関係で、レストランから届くのを待つわけにはいかず、そのまま出航した。

結局クルーズはランチ抜きで行われ、参加者は空腹のまま東京湾を一回りしながら、クルーズ船の中で研修を行った。百数十人分のデリバリーランチは無駄になり廃棄された。

当然のことながら企業はかんかんで、年に一度、「ディープインパクト」に委託してくれていたイベントは、今後キャンセルすると通告してきた。鞠子が木谷を連れてお詫《わ》びに行った。もともと鞠子のセールスで取ってきた企画だった。もう七年も付き合ってきた。担当を木谷にしたのは、昨年からだ。

今回のクルーズの代金は一切いただかない、来年も任せてもらえるなら、格安な値段設定でさせていただくという条件で、何度も頭を下げた。研修を企画した総務部長の怒りはなかなか収まらなかった。が、鞠子が来年向けに提案した企画を差し出すと、「ほう」と一言唸《うな》った。担当時の何気ない会話の端々から、彼が宇宙や天体に興味があるらしいと感じていた。山梨に今年オープンしたばかりのプラネタリウムとその関連施設を借り切っての企画に、彼は興味を示した。それから少しずつ会話が和んできた。鞠子の提案を前向きにとらえているようだった。

この企画が実現可能なら、考え直してもいいというところまで話を持っていけた。プラネタリウムが借り切りにできるということは、事前に確認していたが、来年、企業が希望する日が押さえられるか、参加者の交通手段や施設と研修との絡《から》み、食事の手配などをこれから詰めなければならない。そのために、木谷は今、必死にプランを立てていることだろう。

どちらにしても、今回の失態で「ディープインパクト」は多大な損失を被ることになった。白川真澄には、クルーズ船の顚末《てんまつ》は報告済みだ。

「何とか収まりがつきそうだわ」

「そう」

信頼を寄せている鞠子に、多くは尋ねない。いずれ木谷の方から報告書が上がるだろう。

「二度とこういうことを起こさないように、よく釘を刺しておいた」

真澄は「ふむ」と呟いただけで、目を伏せた。何事か考えを巡らせているのだ。

「大きな企画は怖いわよね。失敗したら、とんでもないことになる。事後処理に労力だけ使わされて」

まだ真澄は口を開かない。

「やっぱりうちは個人客を相手にした方がいいのかなあ。それが特色だったんだから。でも最近ではなかなか集客が難しいのよね」

「少しマンネリ化しているのかも」

ぐびりと一口、炭酸水を飲むと真澄は言った。

どういうこと？　というふうにチーフ・マネージャーを見返す。仕事の上でも、二人の間では阿吽《あうん》の呼吸でことが進むことが多々ある。

「若い子たちの視点で旅行の企画を進めることが多かったけど、逆に斬新さが失われているんじゃないかと思う時がある。発想が似たようなものになってきてるような」

「そうかしら」

三年ほど前から、感覚の新しい若い社員に何でもやらせてみようと言い出したのは真澄だった。

「うちでないと打ち出せないものっていう特色が失われて、魅力がなくなってきてる気がする」

真澄が言い出したことを、鞠子はじっくりと吟味した。新しいもの、個性的なもの、目を引くものにこだわり過ぎて、客の方に飽きられているのか？　後発のよその企画に客を取られていらいらすることもある。個々の嗜好《しこう》が多岐に分かれる現代は、それに合致した上に採算ベースに乗るほどの集客力のあるツアーを考え出すのは難しい。

「斬新なものが新しいものとは限らないわよ」

真澄の言わんとすることはわかった。ネットが発達した今では、どんなものでも調べられるし、実現する方法も検索できる。極端にいえば、旅行代理店など通さなくても、自分ですべての段取りを立てられるのだ。そこをよくわかっている若い社員は、しゃかりきになって目新しさを追求している。ユニークツアーの元祖として、誰もが思いつかない突拍子のないものを提供するのが、魅力的だと勘違いしている。

「要するに、人間力と企画力よ、マリコ」

真澄は、いたずらっぽく目配《めくば》せした。

この人の着想と洞察力にはいつも感嘆させられる、と鞠子は思った。目の前の仕事に追われる自分と違って、全体を見渡し、常にちょっと先を考えているのだ。

「具体的にいうと？」

だから、素直にこう訊くことができる。

「古いものをもう一回見直すのがいいかもしれない。飽きられたはずの行き先や、ありきたりな企画を新しい方法でもう一回注目してもらうの」

「例えば？」

「そうね――」真澄はちょっと考え込んだ。「国内のありふれた観光地でも、温泉地でも、少しずつ変わってきているでしょう。みんな、客を呼び込むために努力しているはずだから。そこをもう一回洗い出して、うち独自の理由付けを持ってくるとか」

「なるほどね」

「そういうの、若い子はやりたがらないし、不得意だと思う。まず地味に私とマリコとで取り組もう。結論はそれから」

「わかった」

急に元気が湧いてきた。缶コーヒーを飲み干す。

「失礼します」

目を転じると、南雲紘太がファイルを手に談話スペースに入って来るところだった。彼は二人の上司のそばをすっと通り抜け、端っこの椅子に腰を下ろした。邪魔にならないよう、静かにファイルを開いて読みふけりだした。

紘太の背中を見やった真澄の顔に、ふっと不快感が浮かぶのを、鞠子は見逃さなかった。

それはほんの一瞬の翳《かげ》りのようなもので、これほど親しい間柄の者でなければ、気づかない些細《ささい》な変化だった。

「じゃあ」

真澄はそつなくその不快感をしまい込むと、立ち上がった。鞠子もその後を追った。

紘太はファイルから顔を上げることはなかった。

鞠子は、目の前に置かれた小さな包みに目を落とした。品のいいラッピングペーパーで丁寧に包まれ、ゴールドのリボンが掛けられている。それに手を伸ばすことができなかった。食後のコーヒーとデザートの皿が出されたタイミングで、紘太がそれを差し出した。

言葉もなく、それを凝視し続ける鞠子に、焦《じ》れた紘太が声を掛ける。

「開けてみて、鞠子さん」

副都心のホテル、最上階のレストラン。ここは紘太が予約を入れた。食事やホテルの代金を年上の鞠子がいつも払うのを彼が嫌がるので、紘太が予約した時には、彼に支払いをまかせるようにしている。

彼のサラリーからすれば、かなり無理をした場所だと思う。が、そんなことはおくびにも出さない。つまらないことに気を回すのはよそう、と早い段階で自分に言い聞かせた。紘太の家庭環境は知らないが、案外裕福な家なのかもしれない。ピアノをあれほど熱心に習わせる家庭の息子だから。

「プレゼント？」

ばかなことを口にしていると思った。ふいにこのシチュエーションが、ひどく滑稽《こっけい》なものに思えてきた。一目見て、指輪とわかる包みを前にして戸惑う年上の女と、気もそぞろな年下の恋人。鞠子はそっと周囲を見渡した。誰もこちらを注視しているようには見えない。静かに食事を続ける客たちも、テーブルの間を優雅に通り過ぎるホール係も。

もう一回紘太に促されて、仕方なく包みを手に取った。努めて平静な仕草で包みを解く。テーブルの向こうで紘太が微笑んで手元を覗いているのがわかった。白い紙箱には、老舗《しにせ》の宝石店の名前が刻印されていた。そこから指輪ケースを取り出す。それをそっと開けてみる。てらてらしたサテン生地の切り込みの中に、細いプラチナ台のリングが収まっていた。小粒のダイヤモンドとサファイヤが交互にあしらわれたデザイン。サファイヤは鞠子の誕生石だ。

「どう？　気に入ってくれた？」

ごくりと唾《つば》を呑《の》み込んだ。

「これ、どういう意味かしら？」

「だからプレゼント。特に意味はないって言いたいところだけど――」

クスッと笑った男の顔が見られない。指輪に目を落としたまま、顔が火照るのを感じた。もちろん、喜びではない。これは怒りだ、多分。冷静に自分の感情を分析した挙句、顔を上げた。

「意味はあるんだ、本当は。いつまでも鞠子さんと一緒にいたいっていう僕の意思表示」

――ずっとこうしているためには、どうしたらいいんだろう。

この前、ホテルの部屋で紘太は言った。これが答えなのだろうか。この男が出した結論
――？

「悪いけど」リングを手に取りもしないで、ケースごと、紘太の方に押し返した。

「これは受け取れない」

紘太の顔に柔らかく浮かんでいた微笑みが、固まった。すがるような視線をテーブルの向こうから投げかけてくる。

「いつかは――受け取ってくれる？」

まるで子供のように言った。それには答えず、目を窓の外にずらす。眼下に広がる都会の夜の光が目に刺さる。ほんの一瞬そうしただけなのに、視線を戻すと、紘太は明らかに傷ついた表情を浮かべていた。

怯《ひる》むことなく、言葉を継いだ。

「約束はできない。何も」

「なぜ？」性急に紘太は尋ねてきた。「なぜほんのちょっと先のことがわからないの？」

目の前のコーヒーと同じように急速に気持ちは冷めていく。

「ほんのちょっと？」

年下の恋人ではなくて、年下の部下を相手にしゃべっている気分になる。形のよい指が、テーブルの上でぐっと握り込まれた。

「僕はあなたにプロポーズする。近い将来」

「私は――」

「だって、そういうことでしょう？　僕らの関係を考えれば」

「紘太、落ち着いて」

一輪挿しのバラから、はらりと花びらが一枚落ちた。

「私は今年で四十三歳よ」

「だから？」

「あなたは三十二歳よね、確か」

「だから、結婚はできないってこと？」

「常識的に考えればそうでしょう」

「じゃあ――」紘太は語気を強めた。「今の関係はどういうこと？　僕たちは愛し合っている」

こういうところでそんな話はしたくなかった。

「お願いだから、それをしまって」

紘太は紙箱に納めたリングケースを、乱暴に革の鞄にしまった。ラッピングペーパーとリボンはテーブルの上に残された。鞠子は席を立った。レストランの外に出て、紘太が勘定を済ますのを待った。

　無表情で出てきた紘太は、先に立って歩きだした。エレベーターには、二人きりだった。紘太が十四階のボタンを押そうとしたのを、鞠子は押しとどめた。

「今日は帰るわ。そういう気分じゃないから」

「気分？　鞠子さんは、気分で僕と寝てただけなんだ」

うんざりした。この男と関係を持ったことを後悔した。

「結婚なんて誰ともする気はないの。それだけははっきりしている」

　かまわず、紘太は十四階のボタンを押す。

「でもあなたは大切な人よ。私たちは恋人同士。そうでしょ？　それで充分じゃない」

　その青臭い言葉に自分でも閉口した。四十女が口にするような言葉じゃない。紘太は何とも答えなかった。

　十四階で降りた。廊下には人の姿はなかった。無言の紘太について歩き、彼が予約していた部屋に入った。きっちり話をつけておきたかった。それには適当な場所が思いつかなかった。若い恋人は感情的になっていて、どこででも声を荒らげそうだった。

　さっきと同じ夜景を見下ろせる窓際のソファに、鞠子は腰を下ろした。紘太は冷蔵庫からペットボトルの水を取り出した。キャップを力まかせにねじって開けて、一口あおった。その様子を、鞠子は黙って見詰めていた。

　紘太は鞠子の向かいのソファには寄ってこず、ベッドの一つにどかりと座った。マットが深く沈んだ。

「先のことはわからない。それが私の率直な気持ちなの」

紘太はもう一口、水を飲んだ。喉仏《のどぼとけ》が上下した。

「だから、今のことを言うわ。私はあなたが好きなの。一緒にいると幸せ。それは確か。それで満足なの。でもそれは私の一方的な考えよね。あなたは違う」

「今だけ？　今の満足を得るため僕といるわけ？」

落とした照明の中、それ以上に暗い紘太の声が届く。

「鞠子さんの満足って体のこと？　僕はあなたの性欲のはけ口？」

「まさか！　そんなことを言ってるんじゃない」

「じゃあ、結婚して。僕は一生鞠子さんと一緒にいたい」

紘太は駄々っ子のように言い募った。鞠子は相手に気取られないよう、ため息をついた。

「私はもう子供も産めない」

苦いものを吐き出すようにその言葉を絞り出す。どんよりとした目で紘太は見返してくる。

「あなたは若いわ。その年に見合った女性と結婚すべきだわ」

「そうか！」突然大きな声を出した紘太に慄《おのの》いた。「いつか僕が若い恋人を作って、鞠子さんから離れていくのをあなたは待っているわけだ。僕との恋愛ごっこはそれまでのお楽しみ？　中年女の刺激的なお遊び？」

何と言われても仕方がなかった。この男が結婚を望むなら、全身全霊でそれを拒否しなければ。たとえひどい言葉で非難されても。

鞠子が反論しないので、紘太はさらに突っかかる。

「僕には鞠子さんしかいないんだ。誰にも心を移さない。あなたと一緒にいられないんだったら、生きている価値がない」

「紘太」

努めて冷静に呼びかける。

「人は変わるものよ」

ついこの間、真澄に言った言葉――。それは救いなのだ。だからこそ、人は前に進んでいける。

「いや、変わらないよ。僕が欲しいのは、鞠子さんだけだ」

驚いたことに、紘太は泣いていた。そしてもっと驚いたことに、泣く紘太は美しいと感じられた。本当にうっとりするほどきれいだった。癖のある短い髪の毛。男にしては長い睫毛《まつげ》。とがった顎《あご》。頬の涙を乱暴に拭《ぬぐ》う指先。

思わず腰を浮かせた。

「泣かないで、紘太」

紘太の頭を抱き寄せる。若い男は、年上の女の胸に顔を埋《うず》めて泣き続けた。

昭和十五年　一月三十一日

慣れないお遍路旅。夫《そ》れ許《ばか》りか、天候頗《すこぶ》る悪く、雨また雨。雨具も持たず、すつかりずぶ濡れになる。もう什《ど》うしてい丶かわからなくなり、大樹の根元に凭《もた》れてゐた。

「お遍路さん、お泊まんなさい」

雨音にまぎれて、まぼろしのやうな声がした。腰の曲がつたおぢいさんが、番傘を差し掛けてくださつてゐた。

「いえ……」

吃驚《びつくり》してろくに声も出ず、立たうとすれども、腰が立たない。

「え丶ですがな。さあ」

莞爾《につこり》笑ふおぢいさんの顔がゆがんで見えた。妾はひどく発熱してゐた。

おぢいさんの善根宿《ぜんこんやど》へお世話になる。お婆アさんも蒲団を敷くやら、着物を脱がせるやら、何と云ふ仰山《ぎようさん》なことになつたらう。併《しか》し乍《なが》ら、妾はされるま丶にしてゐるより他はない。床に這入《はい》つても、転々悶々。火を吐くほど体が熱い。このま丶死ぬるなら、楽だなどと思ふ。

此《こ》の家のおぢいさんもお婆アさんもそれは〳〵よくしてくださる。只管《ひたすら》恐縮した。

さうしてすつかり元気になるまで、六七日もお世話になつた。而《しか》も一銭だつて取らうとしない。

「そんなものは決して不要《いらない》。わしらは年を取つてお遍路には出られんから、替はりに恁《こ》うしてお接待をしてをるのぢや」

必《きつ》とこの人たちは観音様に違ひない。死をねがつても助けられる運命の数奇さ。お大師様は生きよと云はれるのか。

名前も名乗らず、納め札も渡さぬ妾を、ふたりは何んとも思つてをらぬ。恭《かたじけ》ない。出立の時にお婆アさんが手づくりの雨合羽をくださつた。和紙を幾重にも貼り合はせ、柿渋《かきしぶ》を塗つて雨をはじくやうにしてある。それからふたり並んで見送つてくださつた。

妾は手を合はすより他ない。


「もしもし。宮田《みやた》さん？」

相手は答えない。だが身じろぎした気配は伝わってきた。

「あの――、竹内です。金亀屋の管理をお願いしている」

「ええ」

痰《たん》が絡んだような低い声が返ってきた。

「いつもお世話になっております」

やっぱり答えはない。かまわず続けた。

「まかせっきりにしてしまってすみません。どうでしょうか？　家屋の方は。何か修理とか必要な部分はありませんか？」

少し間があって、老婆は答えた。

「いいえ、なんも心配することはないです。ちいと雨戸の建てつけが悪なったぐらいで。そんでも、具合のようないとこは、吾郎《ごろう》に直さしとりますけん」

「そうですか……」

吾郎とは、宮田ふき江《え》の息子の名前だ。母子《おやこ》で二人暮らしをしているということは、金亀屋を相続する時に知った。五十年配の吾郎は、すこぶる体格のいい男だが、やはり無口だった。鞠子ら姉妹に会っても、目も合わさないし、挨拶もしない。そのことを姉に愚痴ると、彼は聾唖《ろうあ》者《しや》だと説明してくれた。何度も父とあの家を訪れていた亜弥は、金亀屋のことも、周囲の事情にも明るい。

金亀屋の前の坂道を下っていったところに住む母子のところには、四年前に一度だけ訪ねていった。父亡き後も、今まで通り金亀屋の管理をお願いするためだ。管理費は、鞠子の銀行口座から月々自動的に振り込まれることになっている。そうした手続きもあって、亜弥と二人で行ったのだった。

敷地は傾斜地でまずまずの広さだが、掘っ立て小屋といった方がいいような、粗末な家だった。鞠子が振り込む金額は微々たるものだ。ふき江が死んだ後、息子はどうやって生きていくのだろうと一瞬思ったが、そんなこと他人が心配することではないだろうと思い直した。

「様子を見に行けなくてすみません」

毎回（と言っても年に一度か二度だが）、口にすることをまた繰り返す。

「いや、ええです」

これでは、あの家屋敷が全焼したって、この人は何も言ってきそうにない。苦笑交じりにそんなことを思った。鞠子の携帯番号は伝えてあるが、一度もかかってきたことはない。

「もしかしたら――」弾まない会話に、つい言わなくてもいいことを付け加えた。「姉夫婦が帰国するかもしれないので、一度そちらにお伺いするかもしれません」

「はあ」

やはり素っ気ない。どういういきさつで父はこの老女に家の管理を頼んだのだろう。きっと適当な人物が見つからなかったのだろう。亜弥の話では、宮田親子は人付き合いも悪く、地元でも偏屈者で通っているらしい。でもあれこれ口を挟むことなく、言われたことは真面目《まじめ》にこなす人だから、おとなしい父には、付き合いやすかったとは思う。

「いえ、近々ということではありません。まだずっと先の話で――」

「はあ」

ぼんやりした声を出すふき江に挨拶をして、早々に電話を切った。

亜弥の電話を受けてから、ふと松山の金亀屋のことを思い出した。普段は、頭の片隅にもない。あの母子のことを思うこともない。近頃では、父のことを思い出すことすら少なくなった。

父、竹内一郎《いちろう》は、鞠子のことを可愛がってくれた。姉と年の離れた末っ子だし、母親を早くに亡くして不憫《ふびん》だったのだろう。いつも気遣ってくれていたと思う。だが、そういった感情を大仰に表に出す人ではなかった。亜弥に世話を焼かれる鞠子を、少し距離を置いて見守っているという感じだった。

鞠子の記憶の中の父は、いつも静かに本を読んだり、庭の植物の手入れをしたりしているのだ。決して声を荒らげることなく、よって娘らを叱《しか》ることもなかった。妻を亡くしてからも、身なりはきちんとしており、家の中でもだらしなくソファに寝そべったりはしなかった。

痩《や》せていたが、貧相ではなかった。森のような静けさと奥深さを持った人だった。

物理を教えていたから、理数系が不得意な鞠子は、よく父に教わったものだ。

「どれ、見せてごらん」

落ち着いた声でそう言って、鞠子の教科書やノートを覗き込んでいた。勉強を教わるというよりも、父とそうして会話をできることが嬉《うれ》しかった。金亀屋から連想した父の思い出に、鞠子は久しぶりに浸った。

なぜ父は再婚しなかったのだろう。今さらそんなことを考える自分がおかしかった。その疑問は、父が生きている時にこそ、持つべきものだったろう。あの頃は、妻を亡くした父が娘たちのために生きるのは当たり前だと思っていた。でも、もしかしたら、父にも別の人生があったのかもしれない。

母、順子《じゅんこ》が亡くなったのは、亜弥が十七歳で、鞠子が九歳の時だった。父はまだ四十三歳だった。交通事故だった。誰かの車に乗せてもらっていて、対向車と衝突したのだと聞いた。

「きれいな顔をしているね。よかったね」

家に戻ってきた母の顔を見て、親戚の誰かがそう言ったのだけは憶えている。

泣いた――と思う。その辺の記憶は曖昧《あいまい》だ。怒濤《どとう》のように人が押し寄せ、儀式が粛々と行われ、そしてひっそりと静まり返った。そんな印象しかない。

母は高校の美術教師で、父とは赴任先の高校で知り合ったということだった。父とは対照的に、明るく活発で、よく笑う人だったように思う。が、今となっては母の輪郭は、父のそれよりももっとぼやけている。幼い鞠子のことを慮《おもんぱか》って、父は再婚しなかったのか。

とにかく、父も姉もあの当時、幼い鞠子が寂しがらないように心を砕いていたことは確かだ。二人とも学校が終わると、先に帰宅している鞠子の許《もと》に飛んで帰ってきた。鞠子は、家の中にいて、父と姉の自転車の音を聞き分けていた。

「おかげでお母さんが死んでしまった悲しみなんて、ゆっくり味わう暇がなかったわよ」

だいぶ後になってから、亜弥が言った。父はいつものように微笑んでそれを聞いていた。

鞠子は、ただこの二人に甘えていたらよかったのだ。母の死という衝撃は、緩やかに癒《いや》された。父と亜弥は、鞠子をいたわるために協力態勢をとった。直接に世話をするのは、亜弥。再婚もせず、その環境を守るのが父、というふうに。知らぬ間に役割分担ができていた。鞠子が長じてから、父と亜弥がより親密になったのは、そういう理由からかもしれない。

姉が結婚したのは二十七の時で、相手の幹久は再婚だった。それも父は、すんなりと受け入れた。幹久が離婚したばかりで、おそらくは離婚の原因には、亜弥が関係していることにも言及しなかった。幹久と前妻との間に小学生の男の子がいて、慰謝料の上に養育費を払い続けなければならないことも、黙って許した。

父はそういう人だった。

耳のそばで小気味のいい鋏《はさみ》の音がしている。

週刊誌から顔を上げて鏡を見ると、鞠子の背後で鋏を動かしている入江《いりえ》ヒカルと目が合った。「サロン・ヒカル」のオーナーは、まだ三十代半ばだ。この年で自分の美容室を構えられるのだから、たいしたものだ。以前、通っていた美容室からヒカルが独立するというので、鞠子も店を変えた。

ヒカルが小さく笑みを浮かべるのに、同じ微笑みで返す。若い美容師は、必要以上に話しかけてこない。そこが鞠子の気に入っているところだ。こんなところまで来て、うるさく話しかけられたのではたまらない。

ヒカルが鋏を置いた。コームでささっと切った髪の毛を梳《と》かす。

「長さ、これくらいでいいですか？」

鏡越しに尋ねられた。鞠子も鏡に向かって返事をする。

「いいわ。いい感じ」

「お似合いですよ。これからの季節にぴったり」

肩にかかるくらいの長さがあったのを、少し短くしたのだ。

「ショートにする勇気はないからね」

「何ですか？　勇気って」

ヒカルはブラシとドライヤーを手に取りながら笑った。

「年をとると、顔の輪郭がぼやけるでしょ？　ショートにしたら、ますますそれが強調されるのよね」

「いやだ、竹内さんはお若いですよ。それにきりっとした顔をされてるもの」

ブローをしながら、ヒカルがまた笑った。独立するだけのことはあって、彼女の腕は確かだ。客の希望を聞きながらも、本人に一番合った髪型にしてくれる。ここ六年ほど、入江ヒカル以外の美容師に髪を触らせたことはない。

ブローが終わると、ヘアクリームを手につけて、毛先を整えてくれた。ケープをはずすと、首の後ろに熱いタオルを押し付けて、肩のツボを強く押す。鞠子はされるがままに目を閉じていた。

じんわりと体が温まる。

「気持ちがいいわね」

「疲れてます？　竹内さん」

「そうかも。ここんとこ、忙しかったからね」

いつもはそれで終わるのに、ヒカルは指を頭の両側に当てて、ぐぐっと押した。そのまま、すうっと後頭部まで指を滑らせる。何度も同じ動作を繰り返されると、気持ちがいいと思う反面、息が苦しくなってくる。

「もういいわ」

「あ、ごめんなさい」

いくぶん乱暴に放った言葉に、ヒカルは驚いて手を離した。もう一回コームで仕上げて、襟足《えりあし》の部分を合わせ鏡で見せてくれた。

「ありがとう」

そそくさと椅子から下りた。

カウンターに回ってきたヒカルに、代金をカードで支払った。

「髪型、気に入らないようでしたら、いつでもお直ししますから」

「大丈夫。気に入ってるわ」

なんとか落ち着いてそう答えられた。

入れ違いに入って来た客に、店の若い美容師らが「いらっしゃいませー」と声をかけている。鞠子がこの店に通う理由は、働いているのが女性美容師だけだからだ。

少し歩いて、適当なカフェに入った。

ハンカチを出して、額の汗を拭う。まだそれほど気温が高いわけではない。風も強く、五月にしては肌寒いほどの天候だ。街路樹に植えられた白いハナミズキが揺れている。

髪をいじられて義兄を思い出すことなんか、近頃ではなかった。姉夫婦が外国で暮らすようになってから、もう二十数年が経つのだ。亜弥が帰国を匂《にお》わせるようなことを言ったせいで、動揺しているのだろうか。

彼らがもし戻ってきたら、自分はどうしたらいいのだろうか。その可能性は充分あるのに、今まで考えなかったことの方が不自然だ。いや、何も変わることなく、平然としていればいいのだ。

義兄の幹久は、ヘアスタイリストだった。姉から聞いた彼の経歴は変わっていた。映画に興味があって、入ったばかりの大学を中退して撮影現場で雑用をこなすアルバイトをやっていた。手先が器用な彼は、見よう見真似《みまね》で何でもこなすようになった。小道具でも撮影助手でも照明係でも、手伝えと言われれば、何でもやった。

戦場のようにごった返す撮影現場で、幹久が一番気になったのが、ヘアメイクアーティストと呼ばれる人の仕事ぶりだった。近年はヘアスタイリングとメイクアップの担当が分かれるということが定着してきているが、四十年近く前の現場では、まだ一人でそれを受け持っていた。

撮影が始まる数時間前に現場入りし、スタイリング剤やメイク道具、機材を揃《そろ》えておく。映画に出演する女優のヘアメイクをする時には、作品のストーリーや内容をよく把握しておかなければならない。その上で演出家や監督の意向を聞いて自分なりのイメージを作り上げる。撮影のスケジュールに追われるから、手際のよさも重要だ。髪を巻きながらベースメイクを施すこともある。それでも現場で急な変更があったりすると、それに応じなければならない。

美しく仕上げるだけではない。「振り乱した髪型」「寝起きの髪型」「昭和二十年代の街《がい》娼《しょう》の髪型」などと指定されることもしばしばだ。撮影中はずっと同席し、メイクや髪型の崩れがあれば素早く対応するというのも、重要な役割だ。

そういう仕事に惹かれたのは、幹久の祖母が下町で小さな美容院を一人で切り盛りしていたからかもしれない、と後で本人からも聞いた。腰がかがむほどの年になっても、しゃきしゃきと動いて、手早く仕事をこなす小柄な祖母の仕事ぶりを身近で見ていたのだという。

決断した幹久の行動は早かった。映画会社専属のヘアスタイリストに弟子入りし、夜間の美容学校にも通った。初めから美容院で働く気はなかった。めきめきと腕を上げた彼の仕事場は、映画やテレビドラマの撮影現場であり、それからファッションショーの裏方としても働いた。たまにタレントや女優の写真撮影にも呼ばれた。時はバブル期前夜で、ヘアメイクアーティストという概念が日本でも定着していった時期だった。まだプロとしての人材も少なく、需要は急激に高まりを見せていった。

バブル期を迎え、その世界で第一人者と呼ばれた幹久は、モデル出身の女性と結婚した。バブル崩壊後も仕事が減ることはなかった。だが幹久自身は、裏方に徹する生き方が身についた男だった。そんな派手な業界に身を置きながらも、地味なスタンスを貫いた。カリスマ美容師がもてはやされる中、表に出ることを嫌った。雑誌の取材は断り、この仕事に目覚めた映画撮影の現場を中心に活動するようになった。ただの撮影スタッフとして働くことを選んだのだ。

業界では、欧米に倣《なら》って撮影用のヘアスタイリストと、メイクアップアーティストが完全に分化される方向に動いていた。そういうところも幹久には合致したあり様だった。撮影チームの一人として女優のヘアスタイリングを担当するという位置に、彼は満足していた。

多分、ファッションショーだとか広告ポスターや雑誌のスチール撮影などという華々しい現場は、彼には合わなかったのだろう。もともと映画好きが高じて、あの業界に飛び込んでいったのだから。それを意識し、裏方仕事に回った時、モデル出身の妻とはうまくいかなくなっていた。

そういう時に、姉の亜弥と出会ったのだった。

亜弥は映画配給会社で事務をしていた。鞠子は、幹久の前妻という人に会ったこともなければ写真も見たことがないが、たぶん姉は、その人とは性格も見てくれも正反対だったと思う。物言いはのんびりしていて、おおざっぱで素朴で鈍感で、およそ「急ぐ」という行為からは遠い生き方の人だった。体も大造りで、腕も指も太かった。美人ではないけれど、愛嬌《あいきょう》があって、誰からも好かれていた。

「たぶん幹久は、前の奥さんとの生活に疲れていたんだわ。スタイリッシュで交際範囲が広くて、賑《にぎ》やかな毎日なんて、思ったほどいいもんじゃないわ」

結婚当初、亜弥がそう言ったのをよく憶えている。それに大いに納得したものだった。姉はそういうものには全く無縁だと。まさに姉のゆったりした大らかさに、母亡き後自分も救われたのだから。

その時、鞠子はまだ十九歳だった。父以外の男性との初めての接触だったといっていい。姉は二十七歳で、父子《おやこ》だけの閉じられた生活から出ていかず、このまま一生独身を通すのではないかと懸念していた父を安心させた。たとえ相手が再婚であり、亜弥より九歳も年上の男であっても。

幹久は、おとなしいけれど、芯《しん》を持った人だという印象だった。自分の生き方を貫き通すような一途な頑《かたく》なさを持った人――。自分でも、「アーティストではなくて、職人だよ」と言っていた。監督や演出家の意図を汲《く》んで、手を動かし映画のクオリティーを高める職人だと。しかし、素材は生きた女性の髪の毛である以上、彼女らがどう見られるか、どう見られたいかを考える。それはきっと下町の美容師であった祖母から受け継いだものだろうと幹久は言った。

「そういうことは、いちいち女優と会話しなくてもわかる。髪の毛には魂がこもっているから」

義兄となった幹久と話すのは、楽しかった。知らない世界が開けた気がした。

地味で目立たない格好を好むが、決して質の劣るものは身に着けない。自分の中に、しっかりとした基準を持った人だった。そういうところも、色黒の肌に年相応の皺《しわ》が刻み込まれた風貌《ふうぼう》も、若い鞠子に成熟した大人という印象を植え付けた。

幹久が姉と共に渡米することになった時も、父は特に反対はしなかった。純朴な亜弥に対してアメリカなんかでやっていけるのか、とも言わず、送り出した。ロスアンジェルスの映画産業で働くことにした娘婿の決断を、黙って受け入れた。

亜弥は向こうの生活にすぐに馴染《なじ》んだ。特にこだわりもなく、あっけらかんと生活を楽しむ姿勢が姉にはあった。しかし、ロスでの生活も数年で終わりを告げた。幹久は、今度はイギリス、ロンドンにできたヘアスタイリングの専門学校へ招聘《しょうへい》されたのだった。舞台演劇が盛んなロンドンで、そこに特化した技術者を育てる話がきたということだった。

幹久は第一線から退いて、後進の指導に当たることになった。

イギリスでの穏やかな生活は、子もなく、ある程度の年を重ねた夫婦には、ちょうどよかった。彼らはロンドンのフラットで暮らし、あちこちを旅して回った。亜弥は年に二度ほど父のところに帰って来たが、幹久は同行しなかった。

「あの人、もしかしたらイギリスに骨を埋《うず》めるつもりなのかも。それぐらい、向こうの水が合ってるみたい」

一度、そんなことを亜弥は言った。それは、すなわち自分もイギリスに永住するということだろうに、そんなことには頓着《とんちゃく》しないというふうだった。

父は、寂しそうに笑って聞いていた。

だから――姉夫婦が日本に帰ってくることはないだろうと漠然と考えていたのだ。

よもや義妹の近くに住もうなどと、彼が思うはずがないと。それなりの結論を出したのだと。自分が犯した間違いを償うために。


「ねえ、それ、なかなかいいアイデアだと思うわ」

「アイデア？」

鞠子は眉をひそめた。珍しく真澄が興奮している。

「つまり、四国遍路よ」

足を止めた真澄に釣られて、鞠子も立ち止まった。二人で大口のクライアントを訪ねた帰りだった。戸惑う表情を浮かべた鞠子を、真澄はカフェに誘った。

「ああ、喉が渇いた」

どっかりと席に腰を下ろすと、真澄は言った。おしゃべりな会長に付き合って、長い間応接室に座らされていたのだった。菓子問屋の協会で、年に一度、会員の懇親のために、変わった趣向を提示する「ディープインパクト」に依頼が来る。先月、その団体旅行が終わったので、お礼と来年のお願いとで足を運んだのだった。

どんより曇った空は、雨を孕《はら》んでいる気配がする。だが鞠子も実のない会話に疲れ果て、雨が落ちないうちに会社に帰ろうという気力が殺《そ》がれてしまった。二人で地下鉄の駅に向かう途中、ぽろっと自分と姉が受け継いだ、松山の元遍路宿のことを口にした。それに真澄が反応したというわけだ。

別に何かのアイデアを持ち出したつもりはなかった。

「アイデアってどういうこと？」

アイスコーヒーが二つ運ばれてきてから、鞠子は尋ねた。

「だから、古くて新しいものってことよ。四国遍路が」

真澄はストローも使わず、いきなりコップに口をつけた。鞠子はクリームだけを入れたコーヒーをゆっくりとかき混ぜた。真澄の言葉をよく吟味してみる。

「今、自分探しの旅で、歩き遍路が静かなブームなのよね」

そう言われてもピンとこなかった。金亀屋を相続した時、真澄には遍路宿を受け継いだことを告げたはずだ。その時は、ただ聞き流しているように思えた。静かなブームはいつから始まったのだろう。

「若い人も、リストラされた元サラリーマンも、定年後の人も、空の巣症候群の主婦も、何かを見つけたいわけよ」

「自分探しねえ」

いかにも胡散臭《うさんくさ》い言葉ではないか。そんなキャッチフレーズで飛びついてくる人々がいるとは思えない。

「うちのコンセプトに合うかしら。何かしらの提案ができる？」

「それを調べるのよ。これから」

また考え込んだ。

「案外、さっきの会長さんなんか、目を輝かせたりして」真澄は畳みかけてくる。「お四国さんって、うちの祖母なんかは言ってたわ。年配の層には絶対受け入れられると思う。それがただのバスでの巡拝旅行ではなくて、別のオプションを付けて、目新しいものにすれば、他の層にも注目されるんじゃないかしら」

たとえば、と真澄は身を乗り出した。こういう時の彼女の閃《ひらめ》きは鋭いものがあるともう知っている。鞠子も耳を澄ませた。

「遍路宿に泊まるっていうのは？　ありきたりなホテルじゃなくて。今は遍路宿に泊まる人なんてほとんどないでしょう？　そのせいで、遍路宿も廃れていったのよね。でも、面白いと思わない？　年のいった人には懐かしい遍路宿は、若い人にとっては、バックパッカーが泊まる格安ホテルと同格なわけ」

バックパッカーという言葉を聞いて、紘太のことが頭をよぎった。

「誰もが和気あいあいと交流できる場よ。しかもその根底には、四国八十八か所巡礼という共通の精神的よりどころがある」

真澄は自分の思いつきに、口が滑らかになってきた。もう何か月もこういう真澄を見ていなかった。ただの管理職になってしまった元同僚は、鋭敏な感覚を取り戻したようだった。

「で、マリコのところの遍路宿ってどんなのだったっけ？」

マリコのところの遍路宿という言葉に苦笑した。金亀屋のことをそんなふうに思うことはなかった。そういう来歴の家だったというだけで、遍路宿としての営みはもうとうに閉じてしまった過去のことだった。

「広いの？　そこ」

「もしかして、あの家を遍路宿として復活させようって思ってる？」

冗談めかして言ったはずなのに、真澄の目には、かなり真剣な光が宿っていて、怯んでしまう。

「格好のアイテムがあるってのに、遊ばしておくなんてもったいない。もしかしたら、四国にはそういう家が案外たくさんあるのかもしれないわね」

「格好のアイテムねえ」

「そうよ。これからは、既存のものに付加価値をつけて売る時代よ」

この人の先取の気質には舌を巻く、と鞠子は思った。

「ねえ、その家がどういうふうに残っているのか、活用するとしたら、どういう方法があるのか、調べてみてよ」

「私が？」

当然、というふうに真澄は大きく頷いた。

「それから、四国遍路そのものもね」

この間、宮田ふき江と交わした会話のことを思い出して、ため息をついた。維持管理をしてもらっているとはいえ、人が住まなくなって何年も経っているのだ。家自体の機能は相当落ちているだろう。ガスはプロパンだったからボンベは撤去してもらい、水道と電気はそのままにしたのだったか。気にしたこともなかったが、管理費と同時に、基本料金程度のものが、鞠子の口座から落ちているはずだ。

真澄の提案は、目の付けどころがいいとは思うが、それが自分名義の家を活用するとなると、気が重かった。

「ただ姉と私が受け継いだってだけで、どうこうしようって物件じゃないのよね」

恨みがましくそう言ってみる。真澄は退《ひ》かない。

「それじゃあ、何に使ったっていいってことでしょ？　遍路宿復活の足掛かりにちょうどいいじゃない」

もう一口、がぶりとコーヒーを飲む。

「お姉さんは反対するかしら」

「それが――」

つい姉夫婦がイギリス生活に見切りをつけて帰って来るかもしれないと口にした。もしかしたら、あの古民家に住む心づもりなのかもしれないと付け加える。

「それなら、お姉さんたちに管理人になってもらうってのは？　ほら、イギリスのB＆Bみたいな感覚よ」

この人の思いつきから逃れることはできそうもない、と鞠子は諦《あきら》めた。

「わかった。じゃあ、社に帰ったら早速調べてみる」

「現地調査に行くなら、出張手当を出すわ」

「それはどうも」

とうとう雨が降り出した。真澄と鞠子は、カフェの前でタクシーを拾った。


「ディープインパクト」に戻ると、鞠子は自分の席に座るなり、ネット検索でざっと知識を拾った。

四国遍路は、約千二百年にわたる歴史を持っている。その核にあるのは、弘法《こうぼう》大師信仰である。弘法大師空海が真言宗を開創した高僧であることは、誰でも知っている。弘法大師が開いた四国の八十八の札所を巡る旅は、空海への崇拝とともに、仏教への信仰を深めるものでもあった。

お遍路さんとは、四国八十八か所を回る人々のことであって、西国《さいごく》、坂東《ばんどう》、秩父《ちちぶ》の観音菩《ぼ》薩《さつ》像を祀《まつ》る寺院を巡拝する人々は、ただ巡礼とだけ呼ばれるのだそうだ。そういうことを改めて知った。

四国遍路独特の習俗が「お接待《せったい》」と呼ばれるもので、四国遍路に対して札所や遍路道沿いに住む人々が、無償で金品を与える風習のことを指す。お大師さまの足跡をたどる有難い遍路を接待すれば、自分も八十八か所を巡ったのと同じ功徳《くどく》を得られるという思想が根底にはあるようだ。

近年注目されている歩き遍路では、お接待という慣行に出会う機会が何度もあり、人と人とのつながりを認識し、素直に感謝する気持ちが芽生えてくるらしい。ストレスだらけの都会の生活を逃れて自分に向き合い、人の温かさを知るという点が、歩き遍路が見直されている要因だろうかと鞠子は思った。宗教よりもむしろそういった面の方が大きいのかもしれない。だとしたら、真澄の発案は、なかなかいいところを突いていると言える。

歩き遍路が主流だった時代に、そういった人々を支えるシステムができあがった。お接待もしかり、遍路宿もしかりである。安く泊まれる遍路宿や、住民が無償で提供する善根宿がなければ、歩き遍路は成立しなかった。

全行程千二百キロを歩くと、一日二十五キロを歩いたとして、単純計算で四十八日ということになる。毎日二十五キロの歩きは、決して楽なものではない。疲れて歩けなくなることも、体の具合が悪くなることもあるだろう。天候にもよる。いったいどれくらいの期間が必要なのか。今でこそ、一国参りとか週末遍路という方法もあるが、昔は一度遍路に出たら、結願《けちがん》するまで戻らなかっただろうし、そうしないと巡ることは不可能だったろう。

　それから、金亀屋のある第五十二番札所、太山寺を検索してみた。

　瀧雲山《りゅううんざん》太山寺――圧倒的な風格と威容を誇る本堂の写真には、見覚えがあった。国宝に指定されている本堂へは、金亀屋から歩いて五分もかからない。

　父と一緒に行ったのは、大伯父の葬儀の後だった。写真を見ているうちに太山寺や金亀屋のことが、ありありと思い出されてきた。不思議な感覚だった。しまい込んでいた箱の蓋《ふた》が開いて、目の前にいきなり情景が開けた感じだった。

　一の門を抜けて、鎌倉時代に再建されたという威風堂々とした二の門（仁王門）までは、バスが通っている。石段を上がって二の門を抜ける。その先は山の中を行く参道だ。車も通れる舗装道路だけれど、鬱蒼と広がる森の中を進んでいくので、夏でも涼しい感じがしたものだ。五百メートルほど、差し交す枝々の下、緩い坂道を上る。

　急に見上げるほど険しい坂道が現れる。車も思い切りアクセルを踏み込まなければならないほどの急坂だ。そこを息を切らして上った先に二軒の古民家があり、下の一軒が金亀屋だ。金亀屋の前は、平坦な道になっていて、参拝者はほっと息をつくことができる。だが、その先にも坂と石段が待っている。石段を上がった先が三の門。三の門をくぐると、やっと境内に出られる。

　美しいラインを描く本堂の屋根。鐘楼。極彩色の極楽絵と地獄絵図。お遍路さんが鉦《かね》を鳴らしながら御詠歌を唱えている様。ネット上にそれらの写真が出ていた。

　父が広い境内を歩きながら、低い声で太山寺の縁起を語ってくれたことも思い出した。西暦五百八十七年、豊後の真野長者《まのちょうじゃ》が太山寺のある経《きょう》ケ森《もり》沖を航行中、暴風雨に遭い、難破の危機にさらされた。この時、長者が観世音《かんぜおん》菩薩に無事を祈願すると、対岸の山の山頂から一筋の光明が差し、船は沈没することなく、無事に航行を続けることができた。その場所には、小さなお堂に十一面観世音像が祀られていた。真野長者が、恩に報いるために一宇《いちう》を建立したのが寺歴の始まりだそうだ。

　ネットでの情報に自分の記憶を重ねてみる。あの当時は、父が語るそんな霊験《れいげん》話に身を入れて聞き入ることはなかった。だがなぜか仁王門の中の仁王像のたたずまいや、杉の大木が両側に並び立つ参道や、石段の険しさ、境内を歩いた時の砂の感覚が鮮やかに蘇ってきた。

　押し寄せる記憶の洪水に慄いて、鞠子はパソコンをシャットダウンした。

　一度死んだ遍路宿を蘇らせることに意味があるだろうか。それを亡き父はどう思うだろうか。大伯父の匡輝は？　様々な思いが交錯する。

昭和十五年　二月五日

既《も》う決して善根宿は貰《もら》ふまいと決めた。仮令《たとい》どんなに難儀なことにならうとも、妾は人の情けを受けてはならない。生半可な気持ちを戒めた。

背負うた罪は重すぎて、仏に帰依することもならず、ひとつ処に居を決めることも、狂うて仕舞ふこともならず、ましてや自《み》づから命を断つこともならず。我が身巡礼となりて漂泊の旅にあり。たゞ歩く。復《また》歩く。夫《そ》れしかない。

妾には、本願成就もない。打ち納めもない。犯した大罪を懺悔《さんげ》しつゝ、このお四国をグルグル廻《ま》はつて、果てるのみ。

第二十三番札所薬王寺《やくおうじ》を打つた。寺より見晴らす海上の壮観。

戦闘帽に国防服の一団の青年遍路が境内にざわ〳〵と這入《はい》つてくる。背にはリユツクサツク、脚にゲートルをきり、と締めて、手には日の丸をしつかりとにぎつてゐる。御詠歌の代はりに唱《うた》つてゐるのは「露營《ろえい》の歌」。来詣の人ら皆、道をあける。徴兵検査の前《ま》へに、青年が年寄りの先達に連れられてお参りしてゐるのだらう。

「武運長久祈願」の旗を持つた婦人の姿もある。

戦争の影がお四国にも濃く差してゐる。支那事變《しなじへん》が起こつて、国難の時と云ふのに、妾は己の慾《よく》に溺《おぼ》れて恐ろしいことになつて了《しま》つた。嗚呼《ああ》、悔いてももう元にはもどらぬ。どうせ妾は地獄におちる。夫れまでの須臾《しゆゆ》なる人生を歩いて過ごさう。

納経帳も納め札も持たぬニセ遍路として。

のうまくさんまんだ。ばざらだんせんだん……

日和佐《ひわさ》の海岸を行く。

涯《は》てしもなく澄み切つた青い海。縹渺《ひようびよう》たる海を見てゐると、なぜか恐ろしいやうな気になつてくる。美しいもの、清いものは、恐ろしい。有りの儘《まま》に我が身を天に任せ、流る、やうに生きて死なうと決めた、その決心が揺り動かされる。

振り返へり、砂に残る自分の足跡を凝乎《じつ》と眺める。沁々《しみじみ》さびしい。宜《むべ》なる哉《かな》。無恥の者よ、さあ、歩け。牟岐《むぎ》までは七里。足を痛めつ、、追つたてられるやうに歩く。山坂を登つては、海濱《かいひん》へ降りることを繰り返へさねばならない。時折、バスが埃を舞ひ上げて追ひ抜いていく。

愈《いよいよ》、土佐に入る。発心の道場から修行の道場へ。土佐の人情は紙のやうに薄いと云はれてゐるけれどもそんなことは関係ない。妾には、どこももつたひない神々しい霊場である。

しつかりと脚絆を締めなほす。


鞠子が松山に行くと言うと、亜弥は驚いた声を出した。

「いったいどういう風の吹き回し？　この間、私がちょっとそんなことを言ったから？」

「そうじゃないの」

　鞠子は、数日前に白川真澄が提案してきたことを亜弥に説明した。彼女が、亜弥夫婦に管理人を頼んだらどうかと言ったことは伏せた。

「ふうん」

　海外暮らしが長い姉にはピンとこないようだ。

「何でも仕事、仕事ね。鞠ちゃんは」代わりにそんなことを言う。「忙しいんでしょ？　体、大丈夫なの？　ちゃんと健康診断受けてる？」

　母親口調の姉に苦笑する。遠く離れていても、老いた父親のことを労わっていた。四十二にもなる妹の健康を気にしもする。長女気質はいつまでも変わらない。

「大丈夫。毎年、異常なしの診断よ。お姉ちゃんこそ、もういい年なんだから、無理しないでね」

　亜弥は明るい声で笑った。

「まあね、年は年だけど、元気よ。この間は幹久と湖水地方に旅行したの。よかったわよ。ピーターラビットの故郷。深い森となだらかな丘、鏡みたいに空を映す湖。どこを切り取っても絵本の中の景色みたい」

　うっとりした口調で言葉を並べる。亜弥にはいつまで経っても少女みたいなところがあった。

「あ、ねえ、これ、鞠ちゃんとこの会社でツアー組んだらどうかしら。なんなら、パンフとか、資料送ろうか？」

「いいよ。資料なら、いくらでも取り寄せられるし、今はネットで何でも検索できる時代よ」

「ああ、そうだった。古い人間はだめね」

電話の向こうで亜弥はクスクスと笑った。

幹久と手をつないで、美しい風景に見入っている姉の姿が浮かんだ。亜弥は何のてらいもなく、よく義兄と手をつないだ。海外に住んでいるから、そういう習いになったというわけではない。日本にいる間も、二人並んで街を歩いたりする時には、亜弥はすぐに夫の方へ手を出した。幹久も、嫌がる素振りを見せず、すんなりと手をつないでいたものだ。

誰かが「仲がいいわね」とからかうと「でしょ？」と亜弥は軽く受け流し、幹久は柔らかな笑みを浮かべた。

幹久のあの指をくるみ込むようにしてつなぐ姉の仕草は、いつでもさりげないものだったけれど、鞠子はそれを見るたび、せつない思いを抱いた。義兄の幹久は、すべて亜弥に帰属するものなのだと告げられている気がした。当たり前のことなのに、その事実が鞠子を痛めつけた。せめてあの指だけでも私にちょうだい、と心のどこかが叫び声を上げていた。

あの指は、姉のものなのだ。たとえ一瞬だけでも自分のものだと感じられたとしても、それは姉からの借り物に過ぎない。泡沫《うたかた》のように消える快楽の時――。

体中の産毛がぞわりと逆立った。

「いいアイデアかもね」

亜弥の言葉に我に返る。

「何が？」

「いやだ。金亀屋のことよ。自分で言い出しといて」

「ああ、そうだった」

「金亀屋を遍路宿として復活させるって素敵じゃない」屈託のない調子で、亜弥は続けた。「あれ、明治時代に建てられたのよ。匡輝大伯父さんのおじい様が建てたんだって。庄屋をしていて、竹内家が隆盛を極めた頃だったから、あんな大きな家を建てたんでしょうね。それを今まで維持してきたんだからたいしたものよ。まだまだ骨格がしっかりしているし。ねえ、あの土間の梁《はり》を見た？　もう今じゃ手に入らないほど太くていい材なんだって。お父さんがそう言ってた」

「そう」

父が生きているうちに、姉はそういう話をしたのだろう。二人であの薄暗い土間に立って、むき出しになった屋根裏を見上げていたのかもしれない。

姉が最後に父とあの家に行ったのは、いつだったのか。あの頃、鞠子は「ディープインパクト」の事業を軌道に乗せようと躍起になっていたから、古びた遍路宿のことなど頭になかった。

「遍路宿を始めたのは、匡輝大伯父さんのお父さんの代からなんだって。大正、昭和にかけて四国八十八か所巡りが盛んになってきて、遍路宿が求められるようになったんでしょうね。金亀屋では、人を雇ってあんころもちやこんにゃくなんかのお土産品を置いて、茶屋も兼ねていたって」

「へえ」

思わず聞き入ったのは、金亀屋の歴史に興味があったわけじゃない。遍路宿として復活させるための知識を仕入れておきたかったのだ。

「ほら、あの遍路道に面した廊下があるでしょう？　雨戸を全部取っ払ったら、家が外向きに開ける感じの。あそこにお遍路さんたちが腰かけて休憩したんだって。それから泊まる人は、土間に入ってきて、上がり框《かまち》のところで杖と足を洗ったそうよ。そういう風景をお父さんも若い頃見たことがあったって」

鞠子もあの家に行った時、金亀屋の前を白装束のお遍路さんが通るのを見かけたことがある。チリンチリンと鳴る鈴の音が、耳の奥でかすかに鳴った。

父は、一人ででも松山へ行って金亀屋に泊まっていた。よっぽどあの家に思い入れがあったのか。そういうことに、父が生きているうちには思い至らなかった。亜弥と違って、遍路や金亀屋の話を父とすることはなかった。

父が亡くなったのも、松山から帰って来て一週間も経たない時だった。珍しく父が鞠子のスマホに電話してきた。

「ちょっと具合が悪いんだ」

一言だけ言った。それだけで緊急事態が起きているとわかった。少しばかり体調が悪くても我慢してしまう人だったから。仕事を放り出して、父が一人で住むマンションへ駆けつけた。床に倒れ込んだ父には、それでも意識があった。弱々しく微笑んで「忙しいのにすまんな」と言った。

救急車を呼んだ。救急車が病院に着くまでにどんどん具合が悪くなり、顔色は青ざめ、血圧は急激に下がった。意識レベルも下がり、言葉を交わすことはできなくなった。狭い救急車の中、鞠子は身を縮めていた。脈を取り、酸素吸入をしてくれる救急隊員にすべてを委《ゆだ》ねていた。

病院の廊下で父の死を告げられた。虚血性心不全という病名を告げられても、妙に醒《さ》めていた。大事な人を喪《うしな》ったというのに、実感がまるで湧かず、ぽかんとしていた。救急治療室で、死んだ父と対面した時も。

再び廊下に出て、亜弥に電話した。たぶん、向こうは真夜中だったと思うが、姉はすぐに反応した。

「えっ‼」と一瞬絶句した後、「鞠ちゃん、あなたは大丈夫？」と鞠子のことを心配した。大丈夫だと答えると、すぐに帰国するから、寝台車を頼んでお父さんを家に連れて帰って、とてきぱきと指示した。

それでようやく鞠子も父の死を認められたのだった。あまりに呆気《あっけ》なくて感情がついていかなかった。戻ってきた亜弥は、父の遺体にすがって泣いた。が、鞠子はまだ涙が出てこないのだった。一度、思い切り泣いたら、亜弥はさっと自分を取り戻し、ぼうっとしたままの鞠子を尻目に葬儀の一切を取り仕切った。

「そんなものよ」

後になってその話をすると白川真澄は言ったものだ。

「近しい身内が死んだ時は、なんだか気持ちが麻痺《まひ》しちゃうのよね。後から後からやらなければいけないことが出てくるし。別に泣かなかったから、悲しくないってことはないでしょう。人それぞれよ」

幾分冷たい物言いでそう言ったが、それが真澄の慰め方だとわかっていた。

「あなたの会社であそこを使うようになったら、もう宮田さんに管理をお願いしなくていいわね。あの人、もう高齢だし、息子さんは耳が不自由だし」

亜弥の声が、鞠子を現実に引き戻す。

「まだそこまで決まったわけじゃないわ」慌てて答える。「そういうプランが立てられるかどうか検討してみるということよ。金亀屋だって、候補のひとつに過ぎないんだから。もっといい遍路宿が見つかるかもしれないし」

「ふうん。まあいいわ。鞠ちゃん、あの家にあまり足が向かなかったものね。私はお父さんが亡くなってからも何度か訪ねていったけど」

そうだった。前回、姉が一人で帰国した時も、ふらっと松山に行ったのだった。あれは去年の秋のことだ。あまり関心がないから忘れていた。葬儀に来てくれた遠い血縁者や、父の知り合いなどとも、亜弥は気さくに付き合っている。イギリスに住んでいても、長女は長女だ。鞠子にはとてもそんなことはできないし、するつもりもない。

　金亀屋には、ちゃんと泊まれるように布団や食器も新しいものが置いてあると亜弥は言った。だが鞠子は、あのだだっ広い古民家に一人で泊まる気はさらさらなかった。松山市内のホテルを予約するつもりだった。

　そう告げると、亜弥はもったいないと言った。

「ホテル代のことじゃないわよ。せっかく行って、遍路宿のことを勉強するなら、ちゃんとあそこに泊まらないと」

「勉強する」という言葉がおかしくて、鞠子は忍び笑いした。そんな妹の気持ちも知らず、亜弥はどこそこに何が置いてある、プロパンガスを頼んだら、すぐに調理だってできる、水回りも行くたびに確認しているから心配ない、家の管理も細々した指示を宮田さんに出している。万事滞りなくやってくれているはずだと言い募った。

　専業主婦で家のことをきっちりこなしている亜弥には、鈍重な宮田親子のやりようが気に入らないのだ。金亀屋に行くたびに、ガミガミと苦情を言っている亜弥の姿が浮かんできて、また笑ってしまう。どんなに厳しいことを言っても、あの伊予人気質の親子には、糠《ぬか》に釘だろう。

　この姉がいてくれて、どんなに助かったか。母が死に、父を喪った。人生においては誰もが経験することだけれど、どこまでも明るくしっかり者の姉の存在が、鞠子を支えてくれていたのだと思う。

――このことは、亜弥さんには決して悟られてはいけない。彼女を苦しめたくないんだ。わかってくれるね。

幹久の言葉が、鞠子の胸を抉《えぐ》った。


ふいに紘太が動きを止めた。鞠子の上にのしかかったまま、いつまでも動かない。きしむほど、激しく揺れていたベッドも静かになった。

体の中心にある熱い快楽の心棒が、行き場を失って、鞠子を蕩《とろ》けさせる。

閉じていた目を薄く開く。眉間《みけん》に軽く皺を寄せた若い恋人を下から見上げた。紘太は絶頂を味わうというよりも、辛《つら》そうな表情を浮かべている。こういう時の、彼の顔をまともに見たことはない。

そのまま上体を覆い被《かぶ》せるようにしてきた。両腕も押さえつけられる。顔がすっと近づき、唇が吸われた。舌が絡まり合う。唾液が溢《あふ》れてこぼれ落ちるのもおかまいなしに、舌を吸い合った。痺《しび》れるほど吸われると、またあの心棒がうずき始めた。鞠子の中に入ったまま、紘太はじっとしている。ただひたすら鞠子の舌を追いかけている。

次第に鞠子は焦れてきた。一番の高みにもう少しで手が届くところだった。顔を背けて執拗《しつよう》な紘太の舌から逃れる。

「ねえ……」

「鞠子さん」顔を上げた紘太が言う。「続けて欲しい？」

一瞬答えられなかった。

「僕が欲しいんでしょ？　僕にこうして欲しいんでしょ？」

ずんと深く打ち込まれる感じがして、思わず声が漏れた。

「ちゃんと言って。僕が欲しいんじゃない。あなたはこれが欲しいだけ」

腕に紘太の指が食い込む。痛さに顔をしかめた。

「違う……」

「違わないよ。あなたはひとときの快楽が欲しくて僕を選んだんだ」

ゆっくりと紘太は腰を動かし始めた。同時に腕をつかんだ指にも力を込める。汗でしとどに濡れたシーツに体が沈む。腕は引きちぎられるようだ。

それでも体の中心にある欲望の焔《ほむら》は燃え盛っている。

「僕はあなたに体で奉仕する下僕だ」

動きはますます激しくなる。またベッドが波打つように揺れ始めた。

「僕はあなたの性具でしかない」

熱くて甘い快感の塊が、体の中を駆け抜ける。思わず声が漏れた。

「もっと叫べばいい。ほら、声を出して！　ほら！」

紘太の挑発に乗るまいと、食いしばった唇の端から、細い声がこぼれ落ちた。

「声を出さないと、やめるよ。さっきみたいに」

「いえ、だめよ。紘太」

「やっぱり貪欲《どんよく》だな。あなたの望むのは、こういうこと？」

肉と肉が打ち合わされる音がした。恥ずかしい音。淫靡《いんび》な音。それが鞠子を昂《たかぶ》らせる。

頭の中が真っ白になった。

こらえようとしても、細い笛のような声が唇から漏れる。情欲が剝《む》き出しになったあられもない声。男の腰を思い切り引き寄せて、自分の肉の最も深い部分に誘う。そこにあるはずなのだ。かつて一度だけ到達した悦楽の泉が。そこにさえ手が届けば――。

その瞬間、紘太も何か声に出したようだ。低い唸り声。天国からの急降下。墜落する罪深い恋人同士。体をつなげて醜く咆哮《ほうこう》する獣。

二人同時に果てた。

紘太の重たい体が鞠子の上に落ちてきた。熱くて冷たい男の汗まみれの体。それを全身で受け止めて、鞠子はまだ愉悦の余韻の中にいた。

いつまでも紘太は年上の恋人に身を委ねていた。目を閉じてしまった若い男の肉体を、鞠子は手を伸ばして抱きしめた。眠ってしまったのか、それとも次にどんな言葉で鞠子を傷つけようか考えているのか。

「ねえ」

目を閉じたまま、紘太が言う。

「何？」

「どこかへ行かない？　二人で」

「どこへ？」

「どこでもいいよ。誰もいないところ。どこまでも続く草原。その真ん中で好きなだけセックスしよう。どんなに大声を出しても誰も聞いていない。そこで鞠子さんを死ぬまで愛してあげる」

「愛して？」

鞠子は片手で紘太の髪の毛をゆっくりと撫でた。

「そうさ。あなたにとって愛するとは、体を満足させることだろ？」

はっとして手が止まった。

「僕が愛してあげるよ。日が昇って、暮れて、また昇って。その間、何度も何度も絶頂を味わわせてあげるから。気が狂うくらい」

紘太はぱっと顔を上げた。

「だから――」目が潤んでいる。目を逸らしたいけど、それができない。「だから、僕を捨てないで」

鞠子の体を押し返すようにして、すっと離れた。萎《な》えた彼のものも、鞠子の中から出ていく。紘太はふっと顔を曇らせた。

「いいでしょう？　いくらでも鞠子さんにいい思いをさせてあげるから。僕はそれでかまわない。あなたが愛と呼ぶカタチがそれなら」

ふいに、姉夫婦が行ったという、イギリスの湖水地方の情景がありありと浮かんだ。空を映す湖面を見下ろすなだらかな丘で、睦《むつ》み合う男と女。燃え残っていた情欲が、ぽっと小さく燃え上がった。

あまりに鮮やかな映像だった。男の肩にしがみつき、泣いているのか悦《よろこ》びの声を上げているのか、笛のような細い声を上げる女。容赦なく女を攻める男の体は、草いきれの中で猛々《たけだけ》しく盛り上がる。

あれは——私と紘太？　それとも——。

「鞠子さん」

きっぱりとした紘太の声に、幻想から引き戻された。

「こんなに真剣に僕が訴えている時でも、あなたは上の空なんだ」

「いいえ——」

違うわ、という声が続かない。

「あなたは冷たい人だ」

もう何を言っても無駄だ。全裸のまま、鞠子は若い恋人の言葉に耳を向ける。

紘太は唇の端を持ち上げ、笑おうとして泣き顔になる。

「いつか、誰かが僕らを見つけるんだ。草原の中で。僕らは絡み合った白骨になってる。

体をつなげたまま」

それにも答えない。ただ悲し気に見つめるだけ。

「ああ！　何だってあなたに恋したんだろう。あなたは遊びだっていうのに」

いきなり紘太は声を上げて、鞠子の両方の乳房をわしづかみにした。あまりの痛さに
「うっ」と声が出る。

「これは僕のものだ。誰にも渡さない。あなたのどこもかもがどんなに愛《いと》しいか――」

ぎりぎりとねじり上げられるようになって、小さな悲鳴を上げる。

「やめて！　紘太」

「どうやったら僕一人のものになってくれるの？　鞠子さん。こうしたら？　それともこうしたら？」

乳首を吸い、首を吸い、腹を吸い、足を乱暴に開かせて秘所を吸い、紘太は泣いている。

「やめて！　やめなさい！」

この男は狂っている。いや、狂った自分に酔っている。それも愛のうちか。

最初に恋した長いしなやかな指で愛撫されながらも、もう醒めた体に火はつかない。

もう疲れた。もうたくさんだ。こんな恋愛ごっこからはとうの昔に卒業したはず。

冷静な頭で、この男からきれいに離れる方法を考えていた。

ずるい女だ、私は。

第二章　修行

昭和十五年　二月八日

南国の土佐路でも、絶えず吹きつける寒風と冷たい霧が身に沁《し》みる。

阿波の國を後にして、土佐に入つてからは行けども〳〵遠い道程だ。この國が修行の道場と云はれるのも頷《うなず》ける。

もはや妾の髪は乱れ、手足は細り、既《も》う鏡も捨てゝ仕舞つて見る術《すべ》もないけれど、顔はこの世のものではないほどに窶《やつ》れ果てゝゐるに違ひない。恰《あたか》も妖鬼のやうな有様だらう。

家で呑気《のんき》に暮らしてゐた折からは、思ひもよらないあり様だ。斯《か》かる悲境に陥つたのは、予《あらかじ》め決められた運命だつたのかもしれぬ。

道程が長いので、種々《いろいろ》のことを考へる。も早《は》や考へても詮無《せんな》いことだ。あゝ、でも、ついこの間のことだのに。晋造《しんぞう》さんが来るのを待ちかねて、着物を着替へ髪を整へ、紅を差してゐたのは。

荒れ果てた嶮《けわ》しい山道で、人の耳を欹《そばだ》たしめることもないだらうと、大きな声で泣きつゝ歩いた。どうしてあの時に、共に死んで了《しま》はなかつたのか。生きて益《やく》なしの女ぢやと云ふのに。運命でも何でもない。此れは妾が選んだ道だ。どこまでも逃げると云ふ道。

狂ほしい感情が、様々な波紋をなして巻き返し寄せ返し、くまなく身を襲ふ。

二十四番の東寺《ひがしでら》、最御崎寺《ほつみさきじ》まで二十一里五町。まだ〳〵先は見えない。

こゝまで来て晋造さんを思ひ出すとは、何といふ心の醜態だ。妾は真個《ほんとう》の悪人にならねばならぬ。


建てつけの悪い玄関戸を引いた。束《つか》の間《ま》逡巡《しゅんじゅん》したが、一歩足を土間に踏み入れる。そっと息を吸い込む。覚悟していたほど、淀《よど》んだ空気も黴臭《かびくさ》さも感じられなかった。

「ありがとうございます。ちゃんと空気の入れ替え、してくださっていたんですね」

背後にのっそりと立つふき江に声を掛けるが、返事はない。どこまでも愛想のない老女だ。暗い土間で立ちすくんでいると、ふき江の息子の吾郎が、バチンとどこかのスイッチを押し上げた。わびしい光が三人の影を土間に落とした。

高い上がり框《かまち》の前で靴を脱ぐ。

父がナカノマと呼んでいた六畳の部屋に足を載せると、ギシリとわずかに沈んだ。根太《ねだ》が傷んでいるのかもしれない。白アリにやられていたらやっかいだ。そんなことを頭の中で考えた。気が進まないのに、松山の金亀屋に来たのは、真澄が思いついた遍路宿に泊まるお四国ツアーの下調べのつもりだった。

吾郎が後から上がってきて鞠子を追い抜き、道に面した雨戸を開け始めた。長い廊下に沿っているので、何枚も繰らなければならない。鞠子も手伝おうとしたが、コツがいるらしく、古びた重い雨戸はなかなか動かない。諦《あきら》めて吾郎にまかすことにし、後ろに下がった。

力の強い吾郎は、難なく十枚ほどの雨戸を戸袋に納めた。すると、何本かの柱があるきりで、すっかり遮るものがなくなった。すぐ前を人や車が通っていく。家の内と外の境界線が曖昧《あいまい》になってつながっている感がする。

——ほら、あの遍路道に面した廊下があるでしょう? 雨戸を全部取っ払ったら、家が外向きに開ける感じの。あそこにお遍路さんたちが腰かけて休憩したんだって。

亜弥の言葉が思い出された。ここはもともと、人を招き入れる構造になった家なのだ。外から家の中がいくらでも覗ける造りは、都会では考えられない。

廊下に出てみた。この廊下は、ぐるりと家を取り囲むように長く続いている。屋敷の裏手にあるトイレまで行けるのだ。昔は風呂も一回外に出た向こうにあったらしい。大伯父が住みやすく改装して、今はトイレも風呂も家の中に取り込んである。そうは言っても改装したのは昭和五十年代のことだ。

廊下を足裏でそっとなぞってみた。ふき江と吾郎は並んで立って、じっと鞠子の動きを見ている。廊下に埃が溜《た》まっているようなことはなく、手入れが行き届いていると感じられた。案外こまめにここを見て回ってくれているのかもしれない。

廊下に敷かれた黒光りする板は、柔らかくへこんでいる。長年に亘《わた》って大勢の人がここを行ったり来たりした痕跡《こんせき》だ。思いついて、明るくなった土間の天井を見上げた。亜弥が言っていた大きな梁《はり》が見えた。真っすぐの材ではなく、ややくねった太い梁だ。手斧《ちょうな》で粗く削った跡も残っている。

ゆっくりと廊下をたどって、家の奥へいってみた。宮田親子はついて来なかった。ふたつ並んだ座敷は、廊下とは障子で隔てられている。奥座敷の障子を開けた。床の間と違い棚が並んでいる。ここもきちんと片付いている。マエザシキとの間の襖《ふすま》が開いているので、広々した印象が、却《かえ》って寂しい。もうここには誰も住まなくなったし、来訪者もないのだと改めて感じられた。

延びた廊下の先にあるトイレと風呂は比較的新しい。大伯父が亡くなった時には古臭いものだった記憶があるから、父がリフォームしたのだろう。父か姉からそのことを聞いたのかもしれないが、すっかり忘れてしまっている。それほどこの家には関心がなかったということだ。

「えっと。父はどこで寝泊まりしていたのかしら」

ふき江のところに戻って尋ねた。

「旦那《だんな》さんらが泊まるんは、いっつもニワの向こうじゃ」

ニワというのは、どうやら土間のことらしい。また靴を履いて、土間を横切った。ふき江と鞠子の後を、吾郎がついてくる。百八十センチはありそうなごつい体軀《たいく》を前かがみにしてのしのしと歩く。後ろからついて来られると、かなりの圧迫感がある。

上部が格子になっている板戸を、ふき江は開けた。高い敷居を越えたところが、家人が住まう部分になっている。暗い土間の通路を進んだ先が開けていて、茶の間と台所がある。茶の間に靴を脱いで上がった。ふき江はずんずん進む。茶の間の奥が、どうやら寝室になっているらしい。

寝室といっても六畳の和室だ。匡輝氏が生きている間は、ここが居室だったようだ。彼の葬儀の前後、この家に父と泊まった時はマエザシキに寝た。

寝具がしまわれているらしい押入れがあった。ふき江はその押入れも遠慮することなく、ガラリと開けた。

「これ、この前奥さんが来た時に、全部新しい布団に替えましたけんな」

奥さんとは亜弥のことだろう。まだ何度も来るつもりで亜弥は寝具を新しくしたのか。それとも鞠子に泊まりに来るよう、促すつもりだったのか。寝心地のよさそうな新しい布団を、ただ黙って見詰めた。

「あんたさんが来るちゅうて聞いたけん、昨日も干しときました」

「ああ……、ありがとうございます」

泊まるつもりはないが、一応礼を述べた。

姉は奥さんで、私はあんたさんか。心の中で苦笑する。田舎の老女には、呼び名を考えるのは難しいのだろう。

それから寝室の入り口に、もっさりと立っている息子に気がつくと、何やら両手の指をせわしく動かした。同時に口がぱくぱくと開く。声は出ない。すると吾郎は、小さく頷いて出ていった。前に何度か会った時も、ふき江はそういう仕草をしていた。どうやらこれは、この親子だけの間で成立している手話もどきのようだ。

「風呂は灯油で沸かすんじゃ。灯油はタンクに入れたままになっとるけん、多分使えると思うんやが、今、息子に見に行かした。ガスが使えんから、料理はできん。けど、奥さんは電気ポットでお湯沸かして、あとはなんぞ買《こ》うて来て済ましとられたわい」

「いえ、あの、今日はここには泊まりません。せっかくですけど。そのことをお伝えしておけばよかったですね。すみません」

市内のホテルを予約してあると告げると、ふき江はわずかに下唇を突き出した。が、何も言わず、ただ手首にはめた、丸いストーンが連なったブレスレットをちょっといじったきりだった。こんな開運用のブレスレットを着けている年配者を時々見かける。この人にとって開運とは何なんだろう。

鞠子は、つくづく年老いた管理人を見やった。いつも割烹着《かっぽうぎ》を着けているから、どんな身なりをしているのかよくわからない。何年経っても、同じものを繰り返し着ているような気がする。普段は手《て》拭《ぬぐ》いを姉さん被《かぶ》りにしている。夏、外に出る時は、くしゃくしゃの布帽子を被り、寒い時期には古い毛糸の帽子を被るのだ。何度も会った亜弥がおかしそうに言っていた。もうあのバリエーションは覚えちゃったわよ、と。新しいものに替えようという気はないらしい。

老女の上では年月が止まっているのか。初めて会った時から、少しも年をとっていないという感覚を覚える。ある程度まで年がいったら、人はもうそれ以上、見た目は変わらないのかもしれない。朽ちていくのを待つだけで。

「風呂は沸かせますけんな。ほな、私らはこれで。なんぞあったら、下におりますけん」

ふき江は、戻ってきた吾郎からの手話の報告を聞くと、そう告げた。そして息子を連れて、さっさと出ていった。

下というのは、自分の家のことだろう。金亀屋の前の道の先は、すとんと落ちるような坂になっている。その急坂を下って左に折れ、軽自動車がぎりぎり一台通れるか通れないかの細道の奥に、ふき江と吾郎の家はあった。訪ねていく用事がないことを祈った。

どこかの廃材をもらってきて、あの聾唖《ろうあ》の息子にふき江が指図して建てさせたようなつぎはぎの家だった。初めて行った時には、どこが入り口かわからなかった。南海《なんかい》トラフ大地震でもきたら、ぺちゃんこになりそうな造りだ。

鞠子は上がり框に置いたままになっていたボストンバッグを取りにいった。そのまま、家の中を探索し始めた。金亀屋の間取り図を書いてくるというのが、真澄から言われた仕事のひとつだった。土間の隅に二階に上がる階段がある。父から聞いたところによると、そこは宿泊を乞《こ》うお遍路さんが大勢来て、一階だけでは収容できなくなった時に使われた部屋だそうだ。そういうことを記憶の底から掘り出した。

鞠子はそこには上がったことがなかった。

上がった取っ付きは、階段と同じ材の板敷で、部屋は左右に分かれてある。右の方は、扉も何もない畳の続き間がふたつ。おそらくは土間やナカノマやマエザシキの上部に当たる場所だろう。しかし階下の部屋と違って、そこには様々な物が押し込まれていた。古い簞笥《たんす》やひと昔もふた昔も前の電気製品、綿のはみ出した布団、座布団、たらいや桶《おけ》、破れかけた行李《こうり》、長持《ながもち》、何が入っているのかわからない段ボール箱の横腹には、「温州《うんしゅう》みかん」と印刷された文字が消えかけていた。

ここは長年物置として利用されていたようだ。収納物からして、大伯父が生きている頃から。この部屋は宮田親子もさすがに手入れを放棄したらしく、うっすらと埃を被っていた。雑多な不要物を処分すれば、宿泊室として使えないこともないだろう、などと考えながら鞠子は階段のところまで後退した。

階段を上がった左には、扉があった。桟《さん》のついた板の引き戸だ。それを引いて開けてみた。入り口のところで鞠子は中の様子を窺《うかが》った。さっきの部屋とは違い、ここはきれいに整頓《せいとん》されている。まずたくさんの蔵書に面食らった。天井はそう高くないのだが、天井までの作り付けの書棚があった。二面の壁にぎっしり詰め込まれた書物は、どれも古そうだった。入りきらなかったものは、板敷の床にまで積み上げてある。

ようやく一歩、中に踏み込んだ。ここには埃もゴミもない。定期的にふき江たちが掃除してくれているのか。出窓があって、その前にしっかりした机が置いてあった。近寄って出窓のガラス越しに外を見た。すぐ下を、道路が通っていた。向かい側は山で、明るい新緑の木々が風に揺れていた。ここに座っていれば、近所の人やお遍路さんが通っていくのを眺めることができただろう。気持ちのいい部屋だ、と鞠子は思った。

そう言えば、大伯父の書斎が二階にあると父が言っていた気がする。こんなに居心地のいい書斎なら、父も匡輝氏亡き後は、ここへ上がってきて書物を手にしたり、外の風景を眺めていたりしていたかもしれない。

亜弥はどうだろう。彼女もおそらくはここへ来ただろう。古い机の前で頬杖《ほおづえ》をついて、ぼんやりと外を眺めている姉の姿が浮かんだ。イギリスも古いものを大事にする国だ。日本的な民家に魅力を感じていたに違いない。書斎の話も亜弥から聞いたかもしれないが、興味がないので聞き流してしまったか。今夜にでも、また電話して訊《き》いてみよう。

そっと椅子を引いてみた。四本足の木製の椅子だ。座面にはビロードが鋲《びょう》で打たれて張ってあった。そこに腰を下ろす。スプリングも傷んでおらず、なかなか座り心地はよかった。前面の窓を開けてみる。木の桟で挟まれた薄いガラス戸だ。ねじり式の鍵を外して、そうっと注意して引いた。

途端に風が流れ込んできた。前の山の緑の匂い、どこかでひっそりと咲いている花の香りを含んだ風だ。その匂いを鞠子は思い切り吸い込んだ。肺の隅々まで緑の空気を呼び込む。

深呼吸することなんか、都会ではなかった。この部屋は、金亀屋で一番いい場所にあるのだと思った。きっと匡輝大伯父が学生の頃から使っていたのだ。その前は、彼の父親の勉強部屋だったのかもしれない。代々、この家を継ぐ者に与えられてきた一等席なのではないだろうか。ここで書物を読み、時にお遍路さんが行き来する様を眺め、時に友人と語らい、ちょっとした知り合いが道から声を掛けていったりしただろう。

机の上に身を乗り出して、物思いにふけっていると、すぐ下から「よーい」と声が掛かった。驚いて下を見た。七十年配の銀髪を角刈りにした老人が、窓を見上げている。

「こんにちは」と返事はしたものの、誰だかわからない。

「あれ、亜弥さんじゃないんやな」

向こうも同じように驚いた声を上げた。

「はい、私、亜弥の妹の鞠子です」

「あ、そうかね。そういやあ、一郎さんには娘さんが二人おったな」

「あの、失礼ですがどちら様でしょうか。私、東京で働いていてあんまりここへ来ないものだから、ご近所の方のお名前を存じ上げなくて」

「わしか？　わしはここらの組長の曽我《そが》っちゅうもんやが」

組長というものが、どんな役職なのかもわからないまま、鞠子は頭を下げた。高いところから見下ろすのは礼を失している。

「今下に行きますから」

大急ぎで階段を駆け下りた。地方では、東京と違って濃い人間関係があるのだと以前に亜弥から聞いていた。先々どういう展開になるかわからないが、地域の人と仲良くしておいて損はない。

よろけながら土間に下りると、曽我はもう家の中に入ってきて上がり框に腰掛けていた。

「あの、お茶も出せなくて。私、今ここに着いたものですから。すみません」

そう言うと、曽我は「かまん、かまん」と笑った。

「あ、そうだ」

奥へ持っていったボストンバッグの中から、羽田で買ったクリームサンドクッキーの紙箱を取り出してきた。どういう関係の人かもわからないうちに、曽我にそれを渡す。老人はえらく恐縮したが、結局「すまんなあ」と受け取った。さっき同じものをふき江に渡した時は、口の中でもごもごと礼らしき言葉を呟いたきりだった。

曽我は、参道を下ったところ、一の門と二の門の間に住まいがあるのだと言った。一日に一回は必ず太山寺にお参りするので、この前を通るのだと。

「いっつも亜弥さんが来とるけん、てっきりあの人かと思うた」

「すみません。姉はまだイギリスです。今日は私が――」ここに来た本当の目的をまだ口にするわけにはいかない。「たまには、様子を見に来ないとと思いまして」

「ほうかな。わしゃあ、一郎さんとは仲がようてな。年が同じやもんで、一郎さんがこっちに来た時は、よう遊んだもんよ。遊んだゆうても悪い遊びやないで。わしと違《ちご》うて一郎さんは真面目やったけん」

曽我はそう言い、一人で笑った。生まれてからずっとここで暮らしているという曽我は、匡輝氏によく叱られただの、父と一緒に経ケ森を越して三津《みつ》浜で釣りをしただの、金亀屋が接待所《せったいしょ》になった時は手伝いに来ただのとひとしきりしゃべった。元来饒舌《じょうぜつ》な人物なのだろう。

「あの、接待所って何ですか？」

鞠子の問いにも呆《あき》れるような様子もなく、答えてくれた。

「あのな、お接待をするんは遍路道に沿うて住んどる人や札所の門前の住人だけやないんじゃ。遠くの村の青年団や商家がこういう茶屋を借り切って、通りかかるお遍路さんに接待をするんよ。あずき飯を炊いて食べさしたり、お菓子やジュース、チリ紙や石鹸《せっけん》を配ったりして。まあ、昔のことやけどな」

それから一郎さんがあんなに呆気《あっけ》なく死んでしまって残念だと言った。この人は、東京での父の葬儀に参列してくれたのだろうか。会葬帳を確かめてくれればよかったと悔いた。

「四国の人は親切なんですね。そうやって見も知らないお遍路さんをもてなすなんて」

曽我は大きな口を開いてアハハと笑った。上下二本ずつの銀歯がぎらりと光った。

「お遍路さんは、自分らの身代わりにお四国参りをしてくれよるっちゅう気持ちがあるんじゃろうなあ。お遍路さんに接待したら、自分もお四国に行ったんとおんなじことになるて。それにな、お遍路さんを邪険にしたら罰があたるってわしら、親に言われとったぜ」

「そうなんですか」

「お大師さんは、お遍路さんに姿を変えて今もお四国を回っとるっちゅうてな。遍路でもヘンドでも大事にせにゃあ、おおごとよ。誰でも分け隔てのうお接待せないけん。どの人もお大師さんじゃと思えて」

「ヘンドって何ですか？」

「ヘンドか」曽我は角刈り頭を掻《か》いた。「ヘンドはお遍路さんとは違う。そういうお接待を当てにして四国中を物乞いをして回る輩《やから》のことじゃ。今はそんな人らはおらんけど、戦後もしばらくは大勢見かけたもんよ。そんでも、四国の人は、特に伊予の国の住民は、ヘンドにも優しにしてやる。まあ、信心が深いっちゅうことやな。伊予は菩提の国やけん」

そういうことを一郎さんから聞いてないんかと問われ、首をすくめた。「父は姉とはよく時間を過ごしていたけど、私は仕事が忙しくて」と言い訳にもならないようなことをもごもごと口にした。

「まあ、ええわ」

曽我は屈託なくまた笑う。

「匡輝さんもお接待の心をようけ持った人やったな。お遍路さんにもヘンドにも」

顎をちょっと動かして、坂の下を指す。

「ほれ、あの宮田の婆さん。あの人もお遍路してここに流れついたんじゃ」

「え？　そうなんですか？」

曽我はやれやれというふうに首を振った。自分は肝心な話を何も父から聞いていない。それが露《あら》わになって消え入りそうに身を縮めた。曽我はちょっと声を落とした。

「息子が耳も聞こえん、口もきけんやろ。そんでお大師さんにすがって八十八か所の霊場巡りをしよったんじゃけど、とうとうここで動けんなってしもて。匡輝さんが気の毒に思うて拾うてやったんよ」

「拾って――？」

「まあ、言葉は悪いけど、ここで生活が成り立つようにしてやったんじゃ。あれは昭和三十年、いや、四十年ごろかのう。あの親子が住んどる土地は、もともと竹内家のもんやった。空いとる土地を貸してやって住まわして、ふき江さんが働きに出て息子を養《やしの》うた。大人になって、息子も半端仕事をもろうて働いて、ちぃと金がでけたら、匡輝さんはあの土地を二束三文で売ってやったと聞いとる」

「そうなんですか」

そんな事情は知らなかった。聾唖の子を抱えてふき江は四国霊場を巡っていた。子供の障害がよくなることを願って。いつ見ても憮然《ぶぜん》としたままの老女にも苦労した過去があったわけだ。その恩があるから、匡輝大伯父が亡くなった後も、金亀屋を守っているというわけか。彼らにも思い入れのある家なのだろう。が、そんな事情をあの無口で人当たりの悪いふき江が言うはずもない。

「昔はお大師さんのおかげを乞う人らが多かった。医学も発達してないけん。わしも、盲の目が開いたとか、足の不自由な人が立ったとか、治らん病が治ったとか、聞いたな。信心して回ったら、きっとお大師さんが助けてくれるて」

曽我は両手でパンと太腿《ふともも》を叩いて立った。

「都会の人が聞いたらおかしいやろな。そんでもほんとのことや。お四国っちゅうのは不思議なとこよ」

鞠子は夢から醒めたみたいに長身の老人を見上げた。

「ほな、またな」

曽我は鞠子が渡した土産を手に、飄々《ひょうひょう》と出ていった。


その晩、ホテルの部屋で亜弥と電話で話した。金亀屋が思いのほかきちんと管理されていること、宮田親子は相変わらずだということ、遍路宿として活用するなら、相当改築しなければならないだろうということなどを報告した。

「そうねえ、やっぱりそううまくはいかないか」

「遍路宿と言っても、現代では宿泊スタイルが変わっているからね。襖で仕切った続き間に雑魚寝というわけにはいかないでしょう？　お風呂や食事のこともあるし、あの間取りでは厳しいかな」

「お寺で修行するお坊さんだってね、近頃の若い人は個室じゃなきゃだめなんだって」

「へーえ、よく知ってるわね、お姉ちゃん。どっちが日本に住んでるのかわかんないね」

亜弥は「ほんとだねー」と大げさに驚いてみせた。

「私は鞠ちゃんと違って時間が有り余っているからね。日本から取り寄せた雑誌とか、読んでるし」

それから金亀屋の二階にある書斎のことや、曽我氏に会ってお遍路のことを教えてもらったことなどを伝えた。

「お姉ちゃん、知ってたの？　あの書斎のこと」

「知ってるよ、もちろん。お父さんはあそこで匡輝さんの残した本を読むのが楽しみだったみたいよ。よく階段を上っていってこもってた。私はそんなに行かなかったけど。古くて難しい本ばっかりだもん」

「そうなんだ。私、全然知らなかった」

「鞠ちゃんはあの家に興味なかったからね。お父さんも無理に教えようとしなかったし」

「今になってみると悪かったなあって思う。お姉ちゃんがいてくれてよかった。お父さんに付き合って、松山へ何度も行ってくれてありがとう。私は自分のことばっかりで全然親孝行してなかったよね。近くに住んでたのに」

「なあに？　今頃」

亜弥はあっけらかんと笑った。

「曽我さんは、あの辺のこと、よく知ってるから何でも聞けばいいよ」

「宮田さんがなんであそこに住んでるのかも、曽我さんから初めて聞いた」

「ああ、あの人がお遍路をして来て太山寺に流れ着いたってこと？　言わなかったっけ？　鞠ちゃん、知ってるかと思ってた。お父さんからも聞かなかった？」

「聞いてない――と思う」

そう改めて言われると自信がない。ずっと以前に父から聞いたのに、忘れてしまったのかもしれない。記憶の底をさらってみるが、やっぱり憶《おぼ》えがなかった。

曽我氏の住まいの場所や、太山寺での別の知り合いのこと、その関係などをつらつら並べる亜弥の言葉を聞きながら、父と亜弥との間で完結してしまい、自分のところまで届かなかったものはたくさんあるのかもしれないと思った。

残業や出張、新会社の起《た》ち上げで、くるくると働いてばかりの自分を抜きにして、竹内家は回されていたのだ。父とイギリス在住の長女とで。彼らが鞠子のことを慮《おもんぱか》ってのことだと知っているし、それはそれで助かっていたのだけれど、少しだけ寂しい気がした。

幼い時は、二人が年少の鞠子のことを気遣い、何でも真ん中にいられたのに、いつの間にか弾《はじ》かれていたような――。そこまで考えて、まるで子供っぽい拗《す》ねた想《おも》いだと、自分を笑った。末っ子気質が抜けていないのだ。四十歳を過ぎたというのに。

「お遍路さんのこと、知りたいんだったら、それこそ、あの匡輝さんの書斎の本を読んでみれば？　きっと関連した本がいっぱいあるよ」

「うん、そうする」

「ねえ、鞠ちゃん」亜弥が改まった声を出した。「私たち、やっぱり日本に帰ることになりそうなの。まだはっきりしたわけじゃないんだけど」

一瞬、言葉に詰まった。一拍おいて「ほんと？」とかすれた声で応じた。答えた後で、もうちょっと嬉《うれ》しそうな声を出すべきだったのではと思った。長い間離れていた最愛の姉が近くに戻って来るのだから。

「たぶん、来年の春ね。幹久は今の学校とはもう契約を結ばないつもりよ。それは確か」

理事長が変わって、指導内容とか授業のやり方とかが合わず、トラブルになったのだという。

「ちょうど、東京の美容専門学校から映像クリエイティブ学科を新設するから指導者として来てくれないかという打診があったみたい。いい条件なの。幹久はイギリスの水が合ってるし、こっちにいることを望んではいるんだけど、仕事がなくちゃね。この間も言ったけど、年齢的にもきりがいいし……」

「来年の春……」

「私もそう言われると、日本が恋しくなっちゃったのよね」

すっと本来の明るい声になる。

「いい話じゃない。私も嬉しい。お姉ちゃんが帰って来てくれたら」

ようやく妹として言うべき言葉が口をついて出た。

「そうでしょう? そっちに戻ったら鞠ちゃんべったりになりそう。覚悟しといてよ」

そう言った挙句、冗談、冗談、と明るく笑った。姉の声に合わせて声を上げた。

笑いながらどうってことはない、と自分に言い聞かせた。あれはもう終わったこと。いや、始まってさえいなかった。ただ一方的に自分が義兄に恋しただけのことだ。それに応じた幹久には罪はない。あれほど強く望んだのは、自分なのだから。あの人とひとつになることを。

まだ恋愛の何たるかも知らない幼かった愚かな私が。

——僕が愛してあげるよ。あなたが愛と呼ぶカタチがそれなら。

紘太——可哀《かわい》そうな若い恋人。あの頃の私と同じだ。ただ一途なら、すべては許されると思い込んでいるのだ。

昭和十五年　二月十日

土佐の海岸線の長いこと。室戸岬を過ぎて、第二十五番津照寺《しんしようじ》、第二十六番金剛頂寺《こんごうちようじ》と打つた。立派な室戸港には漁船が犇《ひし》めきあつてゐた。

盛んに働く人を避けて、細い道に逸《そ》れたところで、足が痛くて草径《くさみち》の傍《かた》へに坐《す》わりこんで了《しま》つた。偶《ふ》と見ると、そこにひとつの古い寂しい墓標が立つてゐる。にじり寄つて文字を読まうとしてみた。長い年月風雨に晒《さら》されて、読み取るのに可《か》なりに骨が折れた。「天《てん》明《めい》二年四月」とある。戒名もある。「恵照慈空信女《えしようじくうしんによ》」と読めた。

妾もいつかは恁《こ》うした墓に納まるのだ。いや、土饅頭《どまんじゆう》に金剛杖を立てたもので十分だ。亡骸《なきがら》と一緒に此の数珠を埋めて貰《もら》はう。姓名は固く秘して、笠《かさ》にも記してゐないことを尤《とが》むる事勿《なか》れ。

死に装束に身を包み、死を希《ねが》つて漂然《ひようぜん》と歩するのみ。今些《いささ》かの元気を振り絞り、立ち上がる。

恰度《ちようど》海岸の岩窟の前を通りかゝると、草鞋の紐が切れ、バタリと倒れて了つた。さうなるともう不可《いけない》。岩で胸を打ち、息もつまるやうだ。すると「姐《ねえ》さん、姐さん」と声が掛かる。

苦しくて声もでないでゐると、岩窟の中よりバラ〳〵と人影が出て来る。

息の忙《せ》はしき妾を覗き込む日に焼けた真つ黒の人々。恰《あたか》もたくさんの影にワツと囲まれたやう。併《しか》しよく見ると、皆人である。髪の毛は蓬《よもぎ》のやうで、着物と云つたら垢《あか》で汚れきり、裾《すそ》は千《ち》断《ぎ》れてボロ〳〵。足は跣足《はだし》で泥にまみれてゐる。

妾は吃驚《びつくり》して息も吐けない。

「姐さん、こけたハヅミでどこぞ痛めたかな」

眼脂《めやに》の一杯かゝつて居る男が云ふ。「否《いい》え」ともがくやうにして起きて、「大事ありませんから」と立ち去らうとするが、足が動かない。

「オヤ、之《こ》れは草鞋がいけない」

横ざまから女の人が「新しいのをあげませう」然《そ》う云ふなり、きれいな草鞋を持つて来てくれた。

「夫れぢや、寒かろ。此処まで来るのに凍えさうな思ひをしたぢやらう」

妾の着物を見てそんなことを云ふ。

「お、、飯が炊けた」別の人が砂の上の焚火《たきび》を棒で寄せて、下から布袋を取り出した。見れば、其所《そこ》から離れた焚火には鍋《なべ》がか、つてゐる。布袋を開けば、ふつくらとした白飯が炊けてゐる。

つい凝乎《じつ》と見て了ふ。

「空腹《ひも》じう御座んせう。どうぞおあがり」然う云はれて、顔が赧《あか》らむ。

「さうだ。さうおしなされ。お休みなされ」

「否え」とはもう云はれぬ。も早《は》や先に行く力もない。ま、よ、と腹を据えた。どこかで耳にした。ぬくい土佐の海岸で冬を越しては、春になると伊予に向かひ、秋には阿波、而《そ》してまた土佐に戻る物乞ひで生きる人々のこと。物乞ひ遍路、又はヨタテヘンドと云はれてまつたうなお遍路さんとは分け隔てられて莫迦《ばか》にされてゐるのだ。

彼らの岩窟へ招じ入れられると、皆が寄つて集《たか》つて妾の世話を焼かうとする。魂消《たまげ》たことには、此の人たちには、沢山の蓄へがあるのだ。岩窟の中に米やら野菜やら古着やら草鞋やら蒲団まで置いてある。

「土佐は鬼の國と云はれるが、そんなことはない。わしらは毎年、此処で冬越しをするから、漁師が魚をくれ百姓が野菜をくれる。それを飯の菜にする」

「ヘンドはおもらひで暮らしを立てる。決して盗みはせん」

「戦争になつても、お四国にをれば安泰ぢや」

自由な生き方が茲《ここ》にひとつある。ヘンドの暮らしさへ、妾には眩《まぶ》しい。

海岸の砂の中で炊いた飯は、塩の味がした。藁《わら》を敷いた上に蒲団まで敷いてもらひ、昏々《こんこん》とした深い眠りに落ちた。ヘンドからのお接待を有難くいたゞく。


　白川真澄にも連絡を取った。帰ったら詳しい報告をするけれど、この家を遍路宿として復活させるのには、難点がたくさんあるということを伝えた。

「でもさ、元遍路宿って、どこもそうじゃない？　ちゃんとした形で残っている方が希少だよ」

　真澄は粘る。四国八十八か所霊場巡りという古くて新しい趣向にかなり熱を入れている。

「まあ、いいわ。今は古民家民宿なんかも結構あるから、もしかしたら、四国で元遍路宿がそういうのをやってるかもしれないね。そしたら、そこを拠点にしてもいいわね。もう民宿として運営しているんだったら、話は早いし。でもやっぱり将来的には四国の何か所かにそういう宿泊施設が欲しい。少なくとも一県に一つは」

　真澄の頭の中が高速回転を始めたらしい。そんな場面には、もう何度も遭遇している。彼女は、そうやって誰もが思いつかない斬新なプランをひねり出すのだ。早速誰かに調べさせるから、と言って真澄は電話を切った。

　金亀屋の、薄暗い土間に面した上がり框に腰かけて、鞠子は外を行き来する参拝の人々をぼんやりと見た。今朝ホテルからやって来て、苦労しながら雨戸を開けた。あまり重くて動かないものだから、よっぽどふき江の家まで行って吾郎を呼んで来ようかと思ったのだが、やめた。

　昨日の夕方には、吾郎がのっそり現れて、戸締りを手伝ってくれた。聾唖の彼とどういうふうに意思の疎通をはかればいいのかわからない。向こうも鞠子とは目を合わそうとしない。誰にでもそうなのかもしれないが、気づまりだった。あの親子は、自分たちだけの殻に閉じこもり、周囲とは必要最低限の交流しかしないときっぱり決めているようだ。

　まったくもって扱いづらい人たちだ。どうしてふき江は、一人で障害のある子を連れてお四国へ出ることになったのだろう。帰る家はもうなくて、大いなる決心の下、遍路に出たということか。ふき江はお大師さんの霊験《れいげん》がわが子にももたらされ、奇跡的に障害が消えてなくなると信じていたのだろうか。本当に信じていたかどうかは別にして、そこには母としての強い念があったはずだ。

そんな親子を大伯父は、受け入れてやったのだ。

会ったこともない匡輝氏は、どんな人だったのだろう。今まで一度もそんなことを考えたことがなかったのに、ふと金亀屋の主を思いやった。家族を持つこともなく、生涯独り身で、だが多くの人々と交流し、多趣味で博学で技芸にも通じ、人生を楽しむことに秀でていた人だったのか。今まではたいした理由もなく寂しい独居老人のイメージを持っていたが、案外豪放磊落《ごうほうらいらく》な人だったのかもしれない。

父が生きている間に、聞いておけばよかった。そんな事柄がたくさんあることに、今さらながら気がついた。この時間が止まったような元遍路宿のせいなのか。閉じた円環のようなお四国参りに取り込まれたか。

何をばかばかしいことを考えているのだろう。ふっと自分を笑った。

ホテルからここに来る間にコンビニで買ってきたおにぎりとサラダで昼食をとった。亜弥に倣《なら》って電気ポットでお湯だけ沸かしてお茶を淹《い》れ、インスタントの味噌汁《みそしる》を作った。湯呑《ゆのみ》も皿もお椀《わん》も、どれも馴染《なじ》みがない。どれを使ったらいいのかわからない。適当なものを選びながら、父と姉がここで食事をとっている図を思い浮かべた。

亜弥がしゃべり、父が相槌《あいづち》を打つ、いつもの食事の風景だったろう。ここでは、父は少しは饒舌だったろうか。亜弥に遍路のことや金亀屋の歴史、それに匡輝氏のことなどを話したろうか。ふいに、そこに自分がいなかったことの理不尽さに思い至った。自分から望んでそうしていたのに、少しだけ寂しさを覚えた。

立っていって、流しで丁寧に使った食器を洗った。

午前中は太山寺まで行ってきた。

石段の上まで行かないと本堂が見えないので、上りきったところでその荘厳さに息を飲む。ご本尊は十一面観音菩薩《かんのんぼさつ》だという。お賽銭《さいせん》を入れて、手を合わす。そこでやや狼狽《ろうばい》する。いったい何を拝むというのか。私の望みは何なのだろう。そう考えて、いい仕事ができますようにと心で念じた。

本堂の中を覗いてみたが、外の明るさに目がくらみ、本堂の中は暗く沈んでいた。そこに十一面観音が鎮座しているのかどうかはわからなかった。

鐘楼の中に極楽絵と地獄絵図が掲げられている。亜弥は子供の頃、あの地獄絵図が怖くてしかたがなかったと言っていた。鞠子には、これを見た記憶はまったくない。かつては極彩色で描かれていたであろう地獄絵は、今では色褪《いろあ》せて見る影もない。それでも血の池に沈められる亡者、針山を無理やり登らされる亡者、燃え盛る火の中に投じられる亡者、大臼《おおうす》の中で搗《つ》かれる亡者と、大人が見てもぞっとする絵柄だった。

気を取り直して鐘楼から出ると、団体のお遍路さんがぞろぞろとやって来た。おそらく参道沿いの駐車場にバスで到着したのだろう。笠は被っていたりいなかったりだが、皆、各々の洋服の上に袖無《そでな》しの白い羽織のようなものを着ている。背中には「南無《なむ》大師遍照金剛《だいしへんじようこんごう》」と墨で大書きしてある。

金剛杖をついて、砂の上をザクザク歩いて来たかと思うと、本堂前で声を合わせて般若《はんにゃ》心経《しんぎょう》を誦《とな》え始めた。それが終わると、大師堂の前に移動し、別のお経を誦えた。最後に御《ご》詠歌《えいか》を声高らかに謳《うた》い上げたかと思うと、また大行進して去っていった。その団体行動といったら、見事としか言いようがなかった。すっかり呆気にとられて見惚《みと》れてしまった。

驚いたが、あれとはまったく別の参拝の仕方を提案できればいいのではないかとヒントをもらった気がした。もっと個に特化したお遍路のあり方、形にとらわれない信仰、ゆったりした行程、日常からの逸脱、そういったものが現代では望まれている気がする。

鞠子は土間を抜けていって靴を脱ぎ、階段を上がった。

書斎にある書籍でお遍路のことを調べてみようと思った。四国八十八か所の霊場に関するもの、真言密教に関するもの、弘法大師空海に関するもの、遍路や巡礼に関するものと様々だ。古びて黄ばんでしまっているものもあるが、どれも大事にされてきたものだとわかる。

比較的新しそうな遍路の本を抜き取った。

窓に面した机の前に座る。本を開いて読み始めた。時折、お遍路さんの鈴の音が下から響いてくる。人の話し声や車の音も届く。だが、それが少しも気にならない。ここでは葉擦れの音と同様、耳障りな音はひとつもない。他の部屋から切り離されて雑多なことに煩わされない場所は、書斎や勉強部屋には最適の部屋だと思えた。

まず、午前中に太山寺の境内で見た一行が着ていた白衣《びゃくえ》は、笈摺《おいずる》というもので、遍路の装束のひとつであるとわかった。正式には、サラシで作る行衣《ぎょうえ》という白衣の上にこれを着る。これに輪袈裟《わげさ》や金剛杖が加わる。

笠や笈摺の背中には、「同行二人《どうぎょうににん》」の字句が書かれることがあるが、それは常にお大師様と一緒に回っているという意であるという。

持ち物は、納め札に念珠《ねんじゅ》。あとは納経帳。それからお接待品を入れるために頭陀袋《ずだぶくろ》を体の前に掛ける。納経帳には、それぞれの霊場で朱印をもらうようになっている。太山寺でも参道の途中に納経所がある。さっきのような団体参拝の場合、参拝者がお参りをしている間にバスの添乗員が全員の納経帳を預かって朱印をもらってくるのだという。非常に合理的ではあるが、味気ない感は否《いな》めない。

声を一にして勤行《ごんぎょう》をしてはいるが、八十八か所の朱印を集めるためのゲームのようだ、と言えば罰があたるだろうか。よく目や耳にする「南無大師遍照金剛」という文言は、大師宝号といい、その意味は「弘法大師に帰依《きえ》し奉《たてまつ》る」というものだそうだ。

御詠歌というのは、節をつけて歌われる短歌形式の仏賛歌で、札所ごとにそれぞれの御詠歌が定められている。ちなみに太山寺の御詠歌、「太山にのぼれば汗のいでけれど、のちの世おもえば何の苦もなし」は、険しい山道を登って来る人を励ます歌のようでも、人生訓のようでもある。しばらく鞠子は、他の札所の御詠歌を見てみた。それぞれの札所の特色が出ているのだろう。行ったこともない札所のあり様がわかる気がした。

遍路の語源は「辺路」で、四国の辺地を修行して廻《まわ》ることを指す。辺地とは、辺境地とか片田舎と解釈することができる。四国は海に囲まれ、遍路の大半は山岳と海の辺境を巡る行程であったことから、このように呼ばれるようになったのだろう、とあった。

さらに「辺地」と同じ語源から派生した「辺土《へんど》」という呼び名もあるが、曽我から聞いた「ヘンド」とは全く別の意である。俗にいう「ヘンド」とは、四国の住人が信仰からくる厚い接待を施すことを当てにして、四国に居つく人々のことを指すという。

おおかたは遍路を職業化して口すぎをする人々のことであったが、中には不始末をして故郷を追われた人々、それから業病を患ったり、身体的なハンディキャップを持って自ら家族から離れて四国へ渡って来た人々もいた。彼らは接待を受け、参詣客から幾ばくかの喜捨《きしゃ》を得て露命をつないで、何度もお四国を回る。この人たちは、端《はな》から生まれ故郷に戻る意思はなく、やがて死を待つ身の上の遍路だった。

「お遍路さん」とは違い、「ヘンド」という言葉には、軽蔑《けいべつ》と嫌悪の感情がこもっているのだそうだ。都会で生まれ育った鞠子には、思いもよらない感情が地方には存在しているのだと思った。

しかし、興味深いことに、こうした職業遍路、つまり遍路することを生業《なりわい》としている人々を、四国の住人は排除しない。純粋な気持ちで金品を無償授与する「接待」という慣習を逆に利用するような行為は四国の人々もよくわかっていて、ある意味蔑視し、明確に差別をしていた。聞き分けのない子に「そんなにわからんことを言い張るんやったら、ヘンドの子にやるよ」などという脅し文句がかつては生きていた。

「ヘンド」は四国巡礼のなれの果ての姿と位置付けられている。不潔で強欲で信心や信仰を持っているとは思えない物乞いの人々を、それでも徹底的に疎外したり忌避したりして、接待の対象からはずしたりはしなかった。

お大師様は、人々が正しい信仰心を持っているか試されるのだという大師伝説によるものである。弘法大師は、しばしばみすぼらしい姿に身をやつして乞食《こつじき》をなされたという言い伝えが、戦後になってもしばらくは信じられていたという。身なりのみすぼらしいヘンドがお修行（門付け）に来ても、人々は本格的なお遍路さんとまったく同じ分量の施しをしていた。

しかし――とこの本の著者は言う。大師伝説に根ざした「接待をしないと障りがある」という考えが多少あるにしても、そこには四国の人の慈悲と寛容の心があるのだと。祈りと巡礼の島である四国には、蔑《さげす》みながらもやはり突き放してしまえない優しさが備わっているのだ。

曽我から聞いた話をなぞるような説を読み、納得した。

遍路道沿道の人々は、お四国参りの途中で行き倒れになった遍路も丁重に葬ってやった。身元のわかる者には、国元に知らせてやるということもしたらしい。墓の形は、戒名を刻んだ石塔であったり、ただ自然石を置いただけのものだったり、いろいろではあるが。金亀屋に上がってくるまでの参道沿いにも、小さな遍路墓がいくつか寄り添うように立っている。何度かその前を通ったが、いつも誰かの手で、樒《しきみ》や供え物が置いてあった。

こうした行為は、もしかしたら四国の人のＤＮＡに組み込まれたものから来るのかもしれない。数々の事情を抱えて遠い四国にたどり着いた人々を見守る温かな眼差《まなざ》しは、脈々と受け継がれているのだろうか。

聾啞の子を抱えたふき江に、救いの手を差し伸べた匡輝大伯父のように。

山鳩《やまばと》が鳴くくぐもった声が耳に優しく届いた。

疲れて本を閉じた。ネットでざっと調べたものと違い、こうして文献に目を通すと、四国遍路には多くの背景や歴史があるのだとわかった。まだ一冊の本を読んだだけなのだ。ここにある書籍には、どれほどの情報が盛り込まれているのだろう。二泊の予定で松山に来たから、もう明日には東京に戻らなければならない。それが何だか名残惜しいような気がした。真澄が期待したような成果は上げられなかったけれど、満たされたものを感じていた。

お四国とか遍路とかにまったく興味がなかったが、自分のルーツのような気がしてくるから不思議だ。大きな元遍路宿という空間に、身の内の何かが呼応したか。

窓を通して前の山を見やると、山鳩が二羽、同じ枝にとまってこちらを見ていた。

大きく伸びをして、立った。冷蔵庫に入れてある飲み物を取りに行くために机の前を離れた。そんなつもりはなかったのに、もう少し文献をさらってみようという気になっていた。板戸を抜けて階段を下ろうとして、物置になっている向かいの部屋の中が目に入った。ガラクタの中に紛れるようにして、壁際に何枚かのキャンバスが立てかけてあるのに気がついた。

鞠子は、その部屋に足を踏み入れた。乱雑に置かれた収納品のせいで、なかなか向こうの壁際まで到達できない。大きなお盆が何枚も重ねてある。内側に「村繁《むらしげ》」「正雪《しょうせつ》」と書かれているのは、屋号だろう。曽我が言っていた商家が使っていたお接待盆と呼ばれるものに違いない。重ねた段ボール箱が倒れて、中に入っていた塗の食器が畳の上に散らばった。長持を越えて、ようやく向こう際にたどり着いた。スリッパの底もジーンズの膝《ひざ》も埃だらけになった。

額もなく、剥き出しのキャンバスを一枚取って、裏返した。見たこともないのに、これは母が描いた油絵だと直感した。静物画で、布の掛かったテーブルの上に重ねた本が三冊と、青い色の瓶、手前にリンゴとブドウの載った皿があった。背後に窓があってベージュのカーテンがゆらりと風に揺れていた。持ち上げて、隅にあるサインを確かめる。やはり「Junko.T」とある。間違いない。これは母が描いたものだ。どうしてこれがこんなところにあるのだろう。父が持ち込んだのには違いないが。

しばらく茫然《ぼうぜん》とキャンバスを手に突っ立っていたが、気を取り直してもう一枚を裏返した。こっちは風景画だった。どことも知れない野山の画だった。遠くに続く稜線《りょうせん》は灰青色で、空も似たような色をしている。山の緑は黒に近いほど濃く、手前に描かれた野原のはかないまでの薄い緑とは対照的だ。野原にはまばらに木々が生えているきりだ。その中を一本の真っすぐな道が山に向かって続いている。人物が描かれていないだけでなく、鳥の姿も咲く花もない。ただ山に向かう道と野原という構図だ。

そこから受ける印象は、寂しいということと、迷いがないということだった。どうしてそんな感じを受けるのかもわからなかったけれど。

最後の一枚をくるりと返した途端、息が止まりそうになった。そこには幼子が描かれていた。これは私だ、と瞬時に思った。一歳半か二歳、せいぜいそれくらいの時期だろう。笑ってはいない。だが、ぷっと膨らませた頬や描く母を見詰めているであろう黒い瞳《ひとみ》を見れば、誰でも微笑んでしまうような、幸福感に溢《あふ》れた画だった。

鞠子は細部までじっくりとそれを見た。失われた母との時間を探るように。

二つ並んだ赤いサクランボが全体に散らばった柄のブラウスを着て、幼児用の椅子に腰かけているようだ。腰から上を描いているので、そこのところはよく見えない。右手で人形をしっかりと抱えている。胸に押し付けられた格好の人形は布でできていて、髪は毛糸で二本のお下げが編んである。目はボタンで、鼻や口は刺繍《ししゅう》のようだ。

もっとよく見ようと顔を近づけた時、かすかに油絵具の匂いがした。途端に体に電流が流れたような気がした。別の強烈な記憶が蘇ってきたのだ。母のことではない。鞠子が高校生になってしばらくした頃、親しいクラスメイトを訪ねて美術部の部室に行った時の記憶だ。がらんとした放課後の部室には、イーゼルに載ったキャンバスがいくつもあった。そこで油絵具やテレピン油の匂いを嗅《か》いだ。

その途端、なぜか涙が溢れてきて止まらなくなったのだ。

「鞠子、どうしたの？　大丈夫？」

美術部の友人が驚いてそう訊いたが、答えようがなかった。自分でも理由がわからなかった。ただ母につながる匂いなのだとは自覚していた。あの涙は、いとも簡単に母を忘れていた自分に驚いた涙だったのかもしれない。不意打ちのように油絵具の匂いに包まれた時、どうしてこれを忘れていられたのだろうと悲しかった。

母の記憶はもちろんある。九歳までは一緒にいたのだから。母はきれいな人だった。特に横顔が好きだった。じっと物思いにふけっている時の。だが、そういう場面はあまりなかった。夫婦ともに高校教師だったから、家事をする母は特に忙しかった。いつもくるくると立ち働いていた。亜弥は「お母さんは風みたい」と茶化して言っていた。

帰って来たと思ったらすぐに台所に立ち、ガチャガチャ、バタバタ、すごい勢いで料理を作った。あっという間に出来上がる夕飯は絶品だった。どんな魔法を使ったら、あの短時間でこんなおいしい料理ができるのだろうかと不思議だった。

洗濯も掃除も、同じように手早く済ませた。まさに風のように。きっと母が編み出した大いなるコツがあるんだろうなとは思いながら、掃除機を使う母の「あっちへ行って、こっちへ来て」という指示に面白がりながら従っていた。

とうとうそのコツを訊くことはなかったけれど。

そんな母の姿は鮮明に憶えているのに、絵を描く母の姿は一度も目にしたことがないということに、高校生になって初めて思い至ったのだ。なのに、油絵具の匂いには、体が反応した。きっと見ていたはずなのだ。母が絵を描くところを。美術教師だった母にとって、絵を描くということは、家事をするより大事なことだったはずだ。その大事な部分を忘れていた、いや、記憶がないということが悲しかった。

そこまで自分の気持ちを分析できたのに、それを父や姉にぶつけるということはしなかった。彼らは母が亡くなった後、申し合わせたように（実際申し合わせていたのだろう）、鞠子の前では極力母の話はしなかった。幼い鞠子が母を恋しがるのが不憫《ふびん》で、あの風のような母の不在の穴埋めをしようと努めた。

亜弥は母の代わりになって、妹の世話を焼いた。父は学校でしなければならない雑事を断って、信じられないほど早く帰ってきた。日曜日には、親子三人で出かけて遊園地に行ったり映画を見たりした。帰りにはデパートで食事をした。そんなこと、母が生きている間でさえしたことがなかったというのに。

鞠子はあの境遇を甘んじて受け入れた。母が死んでしまい、もう会えないことはわかっていたし、寂しい気持ちはあった。しかし父と姉が必死になって自分を慰めてくれていることはそれ以上に理解していた。だから彼らの前で泣いたり、母に会いたいと駄々をこねたりすることは、してはならないという気持ちが強かった。

母の死後、ある意味いい子で過ごしてきた。そうしていれば、父は安堵《あんど》の表情を浮かべ、亜弥も幸せそうに笑っていたから。彼らが自分のために犠牲にした時間や仕事や娯楽のことを考えれば、それが一番のやり方だと学んでいた。父は結局教頭にもならずに、淡々と物理を教えることに従事していた。亜弥だって、あの年頃なら友人と遊んだり、恋人との時間を持ったりしてもおかしくなかったのだ。だが、いつでも鞠子のそばにいて、家事に勤《いそ》しんでいた。

鞠子は、彼らが望む通りに姉にまとわりついて甘え、父に勉強を教えてもらい、いい成績をとってきて喜ばせた。

でも——あの美術室で油絵具の匂いを嗅いだ時、痛切に母に会いたいと思った。母が死んだことが悲しかった。母の死後十年近く経って、ようやく鞠子は「悲しい」という感情に溺《おぼ》れた。それが正しいやり方だったのだ。母が死んだ時、思う存分悲嘆にくれ、食べるものも喉《のど》を通らないほど、母のことを思って泣くべきだった。父と姉のやり方は間違っていた。そうする機会を、どんなに小さな子だろうと、与えるべきだったのだ。

喪失、悲傷、痛哭《つうこく》——近しい者を喪《うしな》った時、そんな感情に浸った者だけが、また新しい光を見つけられる。新しい人生に向き合える。それは儀式なのだ。深いみずうみの底まで沈んで、また浮き上がるという行為は。

高校生になるまで封印されてきた感情に押し流されそうになりながら、唐突にすべてが理解できた。自分の手で自分の人生を取り戻した、あの美術室の光景は、今でも鮮やかに思い出せる。丸く並んだイーゼルとその上のキャンバス。どの画布にも制服姿の女子生徒が、椅子に腰かけた構図の絵が描かれていた。真ん中に置いてあった椅子は空っぽで、モデルになるべき少女がポーズを取るのを待っていた。

窓辺に置いてあった石膏像《せっこうぞう》には夕陽《ゆうひ》が当たり、誰とも知れぬ西洋の男の顔に深い陰影を刻み込んでいた。グラウンドからはサッカー部か野球部がランニングをする掛け声が響いてきていた。一日が静かに終わろうとしていた。なんということのない夕暮れの風景だった。

しかし、鞠子にとっては特別な忘れられない瞬間だった。友人に背中をさすられながら、慟哭《どうこく》し、嗚咽《おえつ》した。九歳の少女に返っていた。あの時にすべきことを、母に通じる匂いに包まれながらし終えた。止まっていた時間が動き出した。父と姉が二人の背中で必死に隠していた剝き出しの感情に襲われるという儀式を済ませた。

ああ、どうしてこれをさせてもらえなかったのか。

落ち着いて、心配する友人に「大丈夫」と微笑《ほほえ》んだ。

「びっくりした。急に泣き出すんだもの」

優しい友人は、それ以上何も訊かなかった。

でも、誰が父や姉を責められるだろう。彼らが考え得る最善の方法で、鞠子を守ったのだ。

鞠子は手にしたキャンバスを、表向きに壁に立てかけた。

油絵具の匂いを嗅いだはずなのだ。こんなに幼い時に、母のモデルになっていたのだから。痛烈に鞠子の記憶に刻み込まれていたはずだ。母との大事な思い出が、こんな部屋で埃にまみれているとは。

そこまでしなくてもいいのに。また子供っぽくそんなことを思う。

これを見せたら、私が悲しむと思ったのか。だからこんな場所にしまい込んでいたのか。でも大人になった時に、笑いながら見せてくれてもよかったのに。

「ほら、母さんがお前を描いた油絵だよ。どうだ？　可愛《かわい》く描けているだろう？」

そう軽い調子で見せてくれたら、「そうね、へえ、お母さん、こんな絵を描いてくれてたんだ」と返して終わりになったろうに。

母が描いた油絵は、大作は勤めていた高校に寄付し、後は欲しいという教え子にあげたと父は言っていた。その残りをわざわざ松山のこの古民家の物置部屋に持ってきたのはなぜだろう。たいした理由はないのかもしれない。これを見せる機会を逸して、いつ見せようかと考えているうちに忘れてしまったとか。

あるいは未《いま》だに、鞠子が悲しみにくれることを心配したのか。定年退職する数年前に、父は長く住んでいた一軒家を処分して、マンションに居を移した。その際に多くの家財道具を捨てた。あの時、この三枚の絵を捨ててしまうのに忍びなくて、ここへ移したのだろうか。引っ越しを手伝いに行った鞠子の目には触れなかったから、それより以前にここへ運んでいたことは確かだ。どれほど前からこの絵はここにあるのだろう。

母の描いた娘の絵を本人に見せなかったこと。父のルーツとも言える金亀屋に移したこと。ここにどんな意図があるというのか。父が亡くなってしまった今となってはもう知りようもない。

「お母さんが赤ん坊の鞠ちゃんを描いた絵？」

夕方、亜弥の方から電話がかかってきて、鞠子の話を聞くとそう言った。

「あんな絵があったこと、私は全然知らなかった」

「ああ、思い出したわ。確かにあったね。それ、私も見てみたい」

何の屈託もなく、明るい声を出す。

「何でお父さんは、この家にあれを置いていたんだと思う？　私に見せないで」

「そうねえ……」亜弥はちょっとだけ考え込んだ。「きっと鞠ちゃんに見せたら辛《つら》がると思ったんでしょ。いつか見せようと思っていて、忘れちゃったのよ、きっと」

鞠子の推察をなぞるようなことしか言わなかった。姉はこのことを、些細《ささい》なこととしかとらえていない。その事実が少しだけ鞠子を消沈させた。この人は、母が死んだ時、思い切り悲しんだのだろうか？　みずうみの底まで沈んでいって、また浮かび上がるということをしたのだろうか？　ふっとそんなことを思った。

いや、幼い妹を寂しがらせないために、自分もその感情を封印してしまったのだ。

——おかげでお母さんが死んでしまった悲しみなんて、ゆっくり味わう暇がなかったわよ。

笑顔でそんなことを言っていた姉の気持ちまで量ることがなかった。

大切な家族の一員を失《な》くすということの重さを、今さらながら思い知った。

「ねえ、それより、電話したのはね——」亜弥はすぐに自分の用件を話し始めた。しかたなく相槌を打つ。今、イギリスは朝の九時だ。そんなこともさっと計算する。

「東京で住むところを探さないといけないでしょ。だから、一回日本に帰ることにした」

「お姉ちゃんだけで？」

「ううん、幹久も一緒。だってあの人の方が細かいことに気がつくもの。私はだめ。ぼうっとしてるから」

明るく笑う亜弥に声を合わせた。

「こっちからもネットで検索はできるから、めぼしいところは見つけていくつもりだけど、鞠ちゃんも気をつけておいて」

「いいよ。資料を集めておくね。どんな条件のところがいいの？」

亜弥は望みの地域や家賃、間取り、交通の便など、次々と並べ立てた。話の途中に「幹久がこう言った」「幹久はああいうのが嫌い」という言葉が挟まる。

きっと日本に帰ることを決めてから、夫婦でいろんなことを話し合ったのだろうな、と思う。テーブルを挟んで向かい合って座った二人が、会話している光景が浮かんできた。亜弥が主に話して、幹久は静かに聞いている。が、先走る亜弥を制するように時々は口を挟むのだ。「いや、そうじゃないよ」「もうちょっとよく考えてごらん」「僕ならこうするがね」そして最後には、一歩譲るように「亜弥さんはどう思うの？」と問う。

義兄は亜弥のことをずっと「亜弥さん」と呼んでいた。

すると亜弥は、笑み崩れ、「いやだ、じゃあ、あなたが決めてよ」というのだ。

あの二人が喧嘩《けんか》をしているところは見たことがない。

初めから、そんな激しい感情は抜きにして過ごそうとすり合わせをしているみたいだった。もとよりのんびりした亜弥には、激昂《げきこう》するなどということ自体がなかった。父や鞠子にだけでなく、誰にでもいつも鷹揚《おうよう》に柔軟に接していた。独身時代でも、もし強く言い募る相手がいれば、自分から退《ひ》いてしまうようなところがあった。

亜弥が言う通り、幹久は、そんな部分に惹《ひ》かれたのだろう。ちょっと抜けたところはあるが、亜弥といる限り、穏便で廉潔な生活が送れるはずだ。

幹久は正しい選択をしたのだ。

姉夫婦が一時帰国する日時を聞いてから、電話を切った。夕闇は深く、侘《わび》しい光に照らされた書斎は、一層心細さを誘った。いつも自分の側にいてくれた姉が、今は義兄のそばにいることが、ひどく不自然なことのように思われた。

ばかなことを考えている、と思う。悪いのはすべて自分だ。

だけど、どうしようもなかった。後悔はしていない。あれは迸《ほとばし》り出た嘘偽《うそいつわ》りのない欲望だった。どうにも止めようもなく溢れ出た情念――。あんなものが自分の中にあったとは信じられない。

しかし、あれは夢でもなんでもなく、現実だった。たった三日間のことだったにしても。

昭和十五年　二月十六日

三十二番禅師峰寺《ぜんじぶじ》から三十三番雪蹊寺《せっけいじ》までの間に浦戸《うらど》湾があり、こゝに善根船《ぜんこんぶね》がある。三十町を伝馬船《てんません》で渡してもらへるのだ。浦戸湾伝ひに行くと数日かゝる行程だ。有難いと思つて、他のお遍路さんと一緒に乗つた。もう出るといふ頃に船頭が後ろを見て「一寸《ちよつと》待て。後回しにして呉《く》れ」と云ふ。

見れば、教師に引率された青年學徒が足並みを揃《そろ》へてやつてきた。一度乗つた遍路さんは黙つて降りた。生徒さんは次から〳〵やつて来るので、可《か》なり待たされた。誰も文句も云はず伝馬船が往復するのを見てゐる。女どうし、話が機《はず》み、笑ひ声も聞こえる。妾は皆から離れたところに腰を下ろして、鉛色の海を呆然《ぼんやり》眺めてゐた。

風が漸次酷《だんだんひど》くなつた。伝馬船は波に揺られてナカ〳〵進まない。天気もよくないので、水平線も判然《はつきり》とはわからない。

「早《はよ》うせんと、暴風《しけ》るかもわからんぞ」と誰かが心配さうに云ふ。

海に目を惹かれてゐたら、いつの間にか二人の巡査が船着き場に来てゐた。

「コラ、遍路」

ぎよつとして振り返へり、青くなつた。ブル〳〵と震へがくるのをおさへられない。巡査は船を待つてゐたお遍路の集団の中から、ひとりの男を引つ張り出した。一番身なりの貧しい遍路だ。着物は汗と垢に塗《まみ》れてテラ〳〵光り、おひずるも破れて仕舞つてゐるのを、無理矢理被るやうに着てゐる。目は凹《くぼ》み頰は落ち、可哀さうなくらゐ痩《や》せてゐる。屹度《きつと》可なりの年寄りだ。

「おまへ、原籍氏名を述べろ」

「へえ」

夫《そ》う云つたきり、老人は黙る。

「ナニ、云へんのか」

「へえ」

老人は汚い歯をムキ出しにした儘《まま》、ぽかんと口を開いてゐる。

「巡査の旦那、夫《そ》のぢいさんは莫迦《ばか》ですぜ」

遍路の誰かが代はりに答へて云ふ。後ろのはうに立つてゐた女遍路が小ひさな声で「遍路狩りやて。今朝もあゝやつて何人も警察へひかれたんやて」と隣の遍路に囁《ささや》いた。

ニセ遍路、物乞ひ遍路は、こんなふうに警察に連れていかれて調べを受ける。

妾はソロ〳〵と後退した。足が震へて什《ど》うにもならない。夫れでも歩むこと数町。やう〳〵ホツト息をついた。

なぜ逃げるのだらう。巡査に捕らはれて了ふのが怖いのか。然うなつて当然のことを犯してゐるといふのに。お四国を廻《ま》はつてゐるからと云つて清浄なる身になれるはずもない。

その場に仆《たお》れ込み、晋造さんの形見の数珠をさすつた。さすつてゐる中《うち》に泪がこぼれてきた。

お許しください、仏様。晋造様。あ、什うしてこんなことになつたのだらう。寧《むし》ろ一思ひに命をとつてくださいませ。


もうホテルに戻らなければならない。

辺りはすっかり暗くなっている。前の道ももう誰も行き来しない。完全なる静寂。風もやみ、木々のそよぐ音さえ聞こえない。それなのに、森の気配を強く感じる。視覚に訴えるものがなくなった分、他の感覚が鋭くなったのか。酸素濃度の高い空気、湿気、稠密《ちゅうみつ》な闇、土と緑の匂い。

ホテルで清潔な白いシーツにくるまりたい。熱いシャワーを浴びたい。早くタクシーを呼ばなければ、と思いつつ、体は動かない。ぐずぐずと書斎に居続けた。ホテルに持ち込むつもりで、書棚の遍路関連の本を漁《あさ》ったり、机の前に座ってみたりした。

思いついて机の引き出しを開けてみた。今までそれに思い至らなかった。おそらくごちゃごちゃした大伯父の文房具や書簡などが収まっていると思ったのに、引き出しは軽かった。すっと引いた一番上の引き出しには、黄ばんだ帳面が一冊あるきりだった。それを取り出してみた。古い和綴《わと》じの粗末な帳面で、綴じた糸がほどけかけている。紙も質の良くないもののようだ。とにかく年代を経ているということだけはわかった。

鞠子がその帳面を手に取ったのは、見覚えのあるものを目にしたからだ。帳面の間に栞《しおり》が挟んであった。

薄く削った竹の栞で、舞妓《まいこ》さんの絵が描いてある。もとは鮮やかな色味であったろう舞妓さんの絵は薄くなり、目鼻ははっきりしない。それを指でつまみ上げた。

これは——と思った。これは鞠子が中学生の時に修学旅行で行った京都で、父にお土産として買ったものだ。

「お父さん、こんなものまだ使ってたんだ」つい声が出た。

この栞を挟んで、父は何を読んでいたのだろう。表紙には何も書かれていない。最初のページを開いてみた。ペンで文字が綴《つづ》られている。日付があるから、日記か。もしかして父の日記だろうかと考えた。だが、昭和十五年とあるのを見て、父ではないとわかった。父の一郎は昭和十七年生まれだ。

手書きの文字を拾って読み進める。少し読んで、これは遍路日記だとわかった。昭和十五年一月十八日に和歌山から徳島に渡ってきて、第一番札所から遍路を始めた人のものらしい。書き手は女性のようだから、大伯父が書いたものでもない。だが所有していたのは、匡輝氏だったと思われる。どういう経緯か知らないが、この遍路日記を手に入れて、長い間書斎にしまっておいた。それを父が見つけて読みふけっていた。鞠子があげた栞を挟みながら。そこまでは推測できた。

たいして話をすることもなく逝ってしまった寡黙な父を、栞を見て思い出した。そのうちにいくらでも話す機会があると思っていた。でも父は突然の心臓疾患で鞠子の前から姿を消した。

戦前の女の人が書いた遍路日記に興味を持ったわけではない。ただ、末娘からもらった栞を挟んで、父がどんなものを読んでいたのかと、ふと気持ちを惹かれたのだ。ここで、この元遍路宿の中の書斎で。それがとても意味深いもののように思えた。

はっきり言って読みにくい日記だった。旧仮名遣いだし、崩し字もあるし、雨でもかかったのかインクが滲《にじ》んでしまっている箇所もある。活字ばかりを読みなれた目には、辛い読み物だった。

この女性は、たった一人で四国八十八か所巡りをしているようだ。昼間調べたことを考えあわせると、これは珍しいことのように思えた。戦前、たいていの女性は、連れと一緒に回るのが一般的だった。あるいは娘遍路といって、先達に連れられて結婚前に集団でお参りする通過儀礼的なものもあった。この遍路はそれらには当てはまらない。

読み進むうちに、何度も自分のことを「罪深い」だとか「身が穢《けが》れている」だとかという記述が目についた。いったいこの人が罪深いというのは、どういう意味なのだろう。何か不始末をして、国に戻れなくなったのだろうか。

先が気になる。だがもう時間がない。タクシーを呼んだ。日が暮れる前に吾郎が来て、また雨戸を閉めていってくれた。彼に聴こえることはないと知りつつも、「ありがとう」

と言う。その言葉が伝わったのか、吾郎はわずかに頷いて出ていった。

迷った挙句、栞もろとも遍路日記をバッグに納めた。時間があればホテルで先を読もうと思った。

真澄は四国の古民家民宿のリストを作っていた。彼女の仕事の速さには舌を巻く。

「これを点として、四国八十八か所参りの遍路道を線とするわけ」

ミーティング・ルームには、鞠子の他に、男女二人の社員が座っていた。デスクの上に広げられた四国の地図に見入る。

「遍路道沿いにあれば一番いいんだけど、それは望めない。四国でも古民家が残っているのはうんと田舎か山の中が多いから。でもまあ、その中でも札所巡りの際の宿泊施設として適した場所にあるものを、ピックアップしてもらったんだったわね？　箱崎《はこざき》さん」

「はい」

箱崎という女性は、真澄が別の旅行代理店から引き抜いてきた子で、なかなか有能な子だった。真澄の意を汲みとってすぐに的確な行動を起こす。箱崎を選んだことで、真澄がこの企画に力を入れていることがわかる。

「各県で二つずつ選んでみたんですが、今のところ、それが限界ですね。チーフが言われたように、交通の便が悪いところが多くて。近場にあっても条件が合いません」

「夫婦だけで経営していて、一晩一組しか受け入れられないとか、こだわりが強すぎて、料金設定が高いとか、そういうところはちょっと――」

真澄は「ふむ」と考え込んだ。

「交渉してこちらの条件に合う宿泊形式をお願いできないかしら」

箱崎はペンを顎に当てて考え込んだ。

「そうですねえ、それで採算が合うようなら考えてもらえるかもしれませんが」

彼女にしては歯切れが悪い。

「だって、もう宿泊施設としては営業しているわけでしょ？　施設自体をいじるとかじゃないと思うんだけど」

それから、話のついでに、「この人の実家なんてね」と鞠子を指して言った。

「すごく立派な元遍路宿なんだけど、長い間誰も住んでいなかったから設備は古いし、物は詰め込まれてるしで、遍路宿として復活させるのには相当の時間と資金が必要なわけ。いい物件なんだけど」

見てもないのに立派ななんて言うし、正確に言うと実家でもないのに、と心の中で突っ込みながら、鞠子は黙って聞いていた。

「でも、その元遍路宿の話を聞いて、このプランを思いついたんだけどね」

「いいプランだと思います」

「具体的に言うと？」

そばからおずおずというふうに、北尾《きたお》という男性が口を挟んだ。今年、新卒で入社したばかりの若い男だ。

「僕が歩き遍路をした時は――」

ああ、それでこの企画の担当に選んだのかと鞠子は得心した。

「それ、いつ?」ついそう尋ねた。

「二十歳になった記念に友人と二人で行きましたから、三年くらい前です」

北尾は軽く咳払《せきばら》いをした。初めて企画をまかされたことで、少し緊張しているようだ。

「宿泊施設ですけど、ビジネスホテルとかには泊まりたくなくて。せっかく遍路やってるんだから、そういう雰囲気のところに泊まりたかったんです」

「そういう雰囲気のところとは?」

すかさず真澄が質問する。

「たとえば、地元の人と交われるような……、民宿だといいけど、そんなにはないし、もともとお遍路さんを対象に考えてないから、話題はそっちにいかないし。他の遍路さんとも情報を交換したりしたかったけど、歩き遍路やってる人は、こう、なんていうか……」

北尾はテーブルの上で組んだ自分の手に視線を落とした。

「自己啓発とか、自分を見つめ直すためとかで歩いているから、中には交流することを嫌う人もいるし」

真澄は、「ね?」とでもいいたげな視線を送ってきた。

「北尾君のような歩き遍路は、結構いると思うの。いや、そういう遍路をやってみたいけど、どうやったらいいかわからないっていう潜在的な遍路希望者はもっとたくさんいるわよ」

「遍路希望者ね――」

真澄は、今度は牽制《けんせい》するような感じで鞠子をちらりと見やった。

「だから、そういう層を掘り起こす意味でも、うちである程度の道筋をつけた企画が打てないかな？」

「できると思います！」

口を開きかけた箱崎を押しのけて、北尾が熱のこもった様子で身を乗り出した。

「その需要は高いと思います。歩き遍路に適したお宿とコース設定をして、ツアーとして売り出す方法、いいプランだと思います」

さすがに真澄も苦笑した。

「さあ、これを軌道に乗せられるかどうかよ。うまくやれれば、だんだん参加してくれるお宿も増えてくると思う」

「普通の民宿、それから若者向けに安い宿泊を提供しているところ、そういう施設に趣旨を理解してもらって、歩き遍路を受け入れてもらえるかどうか、打診してみます」

箱崎が言った。

「そうね。そういうところも案外面白いと思ってもらえるかもしれないわ」

「私もそう思います。外国からの観光客も、歩き遍路には興味を持っている気がします。彼らは日本人以上に計画を立てるのに苦労していると思いますから」

「民宿を始めたものの、あまりお客を呼び込めなくて困っているところもあるかもね。そういうところは、逆に乗り気になるんじゃない？　うちのツアープランに組み込めば、ネット上でも宣伝するからね。年配の経営者では、そううまいホームページを作っていると思えないし」

「なるほど。お客が増えて、向こうにも利点があるということですね」

「ちょっと待って」鞠子の声に、三人が顔を向けた。「歩き遍路を若者や外国人観光客に限定するのはどうかと思うわ。今、定年退職した人や、長年連れ添った配偶者を亡くした人、仕事漬けの生活に疑問を持って退職した人とか、あらゆる年齢層の人が歩き遍路をやりたいと思ってるんじゃないかしら」

前にあなた、そういうふうに言ったわよね、という思いをこめて真澄を見返した。真澄は小さくにやりと笑った。やっとあなたも乗ってきたわね、という笑い。気心の知れた二人だから、声に出さなくても通じる。

「そういう人にとって、遍路宿は郷愁を誘うものよ。そして若い人にとっては新鮮で、でもどこか懐かしさを感じるもの。日本人の心に訴える何かを持っている。そこを外国人も求めているんじゃない？」

金亀屋のたたずまいを思い浮かべながら、言葉を継いだ。

「だから、あまり彼らに迎合しない方がいいと思う」

「それ、どういうこと？」

真澄に突っ込まれてちょっと考え込んだ。

「必要以上に快適さを求めないというか――。たとえば、さっきも北尾君が言ったように、ちょっとでもお遍路さんの心に接することができるような場所だと感じてもらえたら。歓待するっていうのとも違うのよね。お接待って。淡々と迎えて淡々と送り出す。ただ当然のように心を尽くす――」

「ああ」と北尾が声を漏らした。「それ、なんかわかります。お四国を回っている間中、じわっと感じてました。これ、なんだろうなって思ってた。当たり前みたいに親切にしてくれて、見返りも求めず、向こうの方が有難がっていて、不思議だなあって」

「きっと背景には信仰があるからよ。それが特段意識されずに慣習として浸透してるんでしょうね」鞠子は慎重に言葉を選んで答えた。

「それこそ、歩き遍路でしか味わえない四国人の気質じゃない？」

今度は「四国人」ときた。真澄も真澄なりにかなり下調べをしているようだ。いつものことではあるが。

「竹内さんの言うことはわかるけど、今それを既存の宿泊施設に求めるのは無理だわ」

しかしきっぱりと言い切る。

「でも歩き遍路の求めるものは、そういうことだという認識のもと、この企画を進めましょう。おいおい施設側にも理解が浸透してくるように。それがうちの企画力よ。成功につながる――」

企画会議はそれでおしまいになった。難しい顔をして考え込んでしまった箱崎と、いやに張り切っている北尾は、並んでミーティング・ルームを出ていった。

「さすがね」真澄が残っていた鞠子に声を掛けた。「ありきたりの企画にしないってとこ。四国遍路の元遍路宿のオーナーだもんね。あそこで感じるものがあった?」

それには軽く首をすくめてみせた。

「さすがなのは、あなたの方。うまく軌道に乗せられそうだわ」

「さあ、そううまくいくかな」

真澄はテーブルの上で、資料を立ててとんとんと揃えた。

「ねえ――」

企画会議が終わったら、たいていさっさと出ていく真澄が残っている時点で、話があるのだと感じていた。

「あなた、南雲君のこと、どうするつもり?」

驚きはしなかった。勘の鋭い真澄には、隠し事はできない。特に社内のこととなれば。

「別れる」即座にそう言い放った。

「そう」真澄の方も特に驚くことなく、受けた。「でも、少しばかり手こずるかも。あの人、ちょっとおかしくなっているから」

鞠子はため息をついた。一か月以上前、ホテルで体を重ねてから、一度も彼とは社外では会っていない。はっきりと別れを告げるべきだとはわかっていた。そうしなかったのは、紘太の異変に気づいていたからだ。真澄を含む多くの社員が認識していることだった。その原因が鞠子との恋愛のもつれだと気がついている者がいないことを祈るのみだ。

紘太はつまらないミスを連発した。指摘されると、ひどく落ち込むか、相手に食ってかかった。営業に出て、決まった時間に社に戻って来ないこともあった。食事も満足に取っていない様子で、げっそりとやつれてはいるものの、落ちくぼんだ目にはおかしな光が宿っており、絶えず周囲を見回していた。まるで自分に害を及ぼす者をより分けているような目だった。

明るくて積極的な今までの性格を知っているだけに、その異様さは社内で際立っていた。

鞠子との関係がこじれていることが理由だと知っている真澄は、おそらくなんて弱い性格なんだろうと軽い侮蔑を覚えて、部下、南雲紘太を見ていることだろう。こんな状況が続くことは、紘太にとってもよくない。

もう自分の中で結論は出ているのだから、早く紘太に伝えなければ。そう思う一方で、彼を失うことに躊躇《ちゅうちょ》してしまう自分もいた。

この一か月半ほど、鞠子は自問を続けていた。なぜさっさと紘太と別れないのか。ひとつは、突き放してしまった後の紘太がどうなるか心配だったからだ。不安定で脆弱《ぜいじゃく》で、稚拙で、自分をコントロールできない紘太は、崩壊してしまうのではないか。仕事もやめて破滅的な生活に陥るのではないか。社会ともつながらず、やがて人生の落伍者《らくごしゃ》になってしまうのではないか。

真澄に言わせれば、そんなこと、あなたが心配することじゃないということになるだろうが。正論だ。大の男が恋愛の失敗くらいでそこまでダメになるのは、自己責任というものだ。

それからもうひとつの理由。これが一番怖い。

鞠子は紘太を欲しているのだ。彼の激しい熱情や、手に負えない性格のことをわかった上で、彼が手放せないのだ。

——あなたはひとときの快楽が欲しくて僕を選んだんだ。

紘太の言葉は正しい。鞠子があの若い体に望むもの、それは肉欲だ。究極はそれだ。愛だの情緒的安定だの、きれいごとでは済まない。四十二歳になった鞠子の体の奥にある卑しい欲望を満足させてもらう装置。それが紘太なのだ。もう彼以上の相手は現れないという狡猾《こうかつ》な計算まで含めて、自分はどれほど恥知らずな人間なのだろうか。

でも、もう終わりにしなければならない。彼の狂気が自分まで及ばないうちに。ほんとうに、卑劣な女だ、私は。

昭和十五年　二月二十一日

浦戸湾の渡しに乗れなかつたから、仕方なく湾に沿つて歩いた。早く巡査たちから逃れたくて歩くのに、足はなか〳〵進まない。死に装束に身を包み、果てるつもりで四国に来たけれど、警察に怯《おび》へるとは、なんと云ふことだらう。捕まつて、洗ひざらひ顛末《てんまつ》を饒舌《しやべ》らされるところを想像すると、凍りつく。此の苦しさ、制《おさ》へがたい狂ほしさから脱《の》がれるやうに、遍路道を逸れて間道に入る。

いや、ほんたうは、怖いのだ。巡査に見つかり、繋縛《けいばく》の身になるのが。何と云ふ浅ましさ。

山伝ひに行き、ある大樹のそばで佇《たたず》んでゐると、ガサ〳〵といふ音がしたかと思ふと、草の中からのつそりと女の人が現はれた。向かうもぎよつとして立ち止まつた。

お遍路に肖《に》た格好はしてゐるけれど、様子がチヨツト異《おか》しい。破れた笠の下に御高祖頭《おこそず》巾《きん》を被つてゐるが、色褪せ、破れていかにもみすぼらしい。足に巻き付けてあるのは脚絆《きやはん》ではなくて繃帯《ほうたい》のやうだ。膿《うみ》で汚れた繃帯。妾がジロ〳〵見るので、頭巾を引つ張り、顔を隠し乍《なが》らも「お銭《あし》を些《すこ》し貸してもらへませんか」とか細い声で云ふ。まださう年を取つてゐるやうではない。

妾の財嚢《ざいのう》も空に近いのだけれど、まあ、よい。またどこぞでお修行をすればよい。

差し出した手も、ちらりと見えた顔も紫色に腫上《はれあが》つてゐる。業病悪疾と云ふのは此ういふ人のことで有らう。なんと云ふ惨《いた》ましい姿で有らうか。

肉親と別れ、國を捨て、お四国を廻はつて廻はつて死に場所を見つけようとしてゐるのだ。何百年の間、病者はこの地を巡礼して、然《しか》し、一縷《いちる》の望みにすがつてゐる。お大師様のご霊験で救はれることを希《ねが》つてゐる。

まつたうなお遍路さんが行かぬ道を選んで歩いていく。人の目につかないやうに。果敢《はか》なき人の生涯を考へた。

「お有難う存じます」と消え入りさうな声で礼を云うて、トボ〳〵とあるかなきかの山道を去つていく女遍路を見送つた。

二十二番札所平等寺《びようどうじ》に奉納してあつたギプスやら松葉杖やら箱車を思ひ出した。お大師様のおかげを蒙《こうむ》つて、足が立つた、目が見えた、病が治つたと云ふ霊験が真実で、この人も夫《そ》のおかげをいただけるやうにと祈らずにはゐられなかつた。

つい先程まで巡査に怯へてゐた自分を恥ぢた。

あの虔《つつ》ましい女遍路に比べると、妾は魂が刻々に腐敗していくやうだ。


女将が二人のビールグラスにお酌をして、頭を下げて出ていった。襖がぴしりと閉じられると、紘太は手にしたグラスを持ち上げた。

嬉々《きき》としてそう言う紘太に合わせてグラスを持ち上げた。

「乾杯しよう。鞠子さん」

「乾杯」

同時にグラスに口をつけた。日本橋にある料亭。鞠子から誘った。日本橋の南側では大規模な再開発が進んで、高層ビルがいくつも建った。ここはそのビルのひとつの中にあって、個室ひとつひとつの密閉性が高い。込み入った話をするために適している。少々声を荒らげても、誰にも気づかれない。あるいは気づかない振りをしてくれるはずだ。

「よかった。もう知らんぷりをされておしまいになるんじゃないかと思った」

紘太は明るい声を出した。先付《さきづけ》の冷やし冬瓜《とうがん》に箸《はし》を入れながら。

鞠子は、紘太の様子をじっと観察した。仕事の帰りだから、スーツにシャツ。ネクタイはクールビズなので、締めていない。そうだ、もう夏も盛りを過ぎたのだ、と今になって思い至った。

シャツは清潔で、さっき客室に入る前に脱いだ革靴もよく磨かれていた。

痩せたけれど、ひところのように病み衰えたような感じはしない。精神的に浮き沈みが激しい様子も見受けられない。落ち着いて受け答えしている。

「美味《おい》しいな、これ」

年相応の食欲もあるようだ。

「鞠子さん、実家が松山なんだ。北尾に聞いたよ。不思議だな、なんで今までそんな話をしなかったんだろう」

　そこまで深入りしたくなかったからよ、と心の中で呟いた。身の上話を打ち明け合うことに何の意味もない。そんな関係でいたかったから。前の男ともそうだった。ただ「今」があればいいのだ。

「失礼します」

　襖が開いて、女将ではない仲居が盆を持って入ってきた。細長い皿に、可愛らしい一口寿司が並んでいる。紘太はすぐにそれも口に入れた。お椀の汁を飲みながら、「ねえ、僕たちはどういう関係に見えるかな」と密《ひそ》やかに笑った。

　鞠子は塗のお椀越しに、若い男を見た。

「恋人どうしに見てくれればいいけど、もしかしたら、年の離れた姉弟《きょうだい》とか？」

　急速に食欲がなくなった。やはりまだ精神的に安定していないのではないか、と訝《いぶか》った。これから口にすることを思うと気が塞《ふさ》いだ。

　紘太は妙に高揚した様子で、口数が多い。自分が担当している秋に向けての企画商品、北尾から聞きかじったらしい、遍路宿をつなぐツアーの話、それから社内の噂話《うわさばなし》。誰と誰が付き合っていて、結婚まで考えているらしいということ。話題はころころと変わっていく。

「鞠子さんとこういう話ができなくて、つまらなかったな」

　そう言われて、今まで紘太とどんな話をしていただろうかと考えた。こんなくだらない当たり障りのない話だったろうか。いや、もっと賢明でおしゃれで興味深い話をしていたはずだ。やっぱり紘太は少し変わった。

イサキとキスの刺身が出た。それも紘太は豪快に口に運ぶ。刺身醤油《じょうゆ》がテーブルの上に散った。その小さな染みに、鞠子はじっと目を凝らす。

「食べないの？　鞠子さん」

「え？　ああ」

箸が止まっていた。透き通ったキスの刺身をつまんで、無理に飲み下した。が、それで精いっぱいだ。どうにも体が受け付けない。テーブルの上の染みが不吉な兆しのように思えてくる。どうしたって穏やかな展開にはならないだろう。

別れ話を持ち出すのに、熟考してこの料亭を選んだのに、それが大いなる間違いだったような気がしてきた。八寸《はっすん》と焼き物が続いて運ばれてきた。紘太はすべてきれいにたいらげていく。普段はそう飲まないのに、ビールも何杯か空けた。喉仏が健康的に上下する。

鞠子は残したことを詫《わ》びながら、食器を下げてもらった。

「鞠子さん、ちゃんと食べないとだめだよ」

心配そうに紘太が言った。

「そうね、でもどうしてか、今日は食欲がなくて――」

懐石料理も終わりに近づいてきた。もう持ち出さなくては。もう一回こんな居心地の悪い不快な席に着くのはごめんだった。

「栄養つけとかないと。鞠子さん」

ビールで口を湿らせた紘太は、どこまでも明るく快活だ。

「この後、ホテルに行くんでしょ？」

耳を疑った。同時にかっと顔が火照るのを抑えられなかった。

紘太は平然と、近江牛《おうみぎゅう》の炙《あぶ》り焼きを口に入れた。そして愉快そうにこちらを見た。

「僕はいいよ、それで。鞠子さんの性欲のはけ口でいい。もう迷わない。そう決めたんだ。あなたが好きだから。本当に好きだから、体だけの関係でいい。思い切り、あなたの望む通りにしてあげる」

鞠子はパシリと箸を置いた。

「紘太、もう別れましょう、私たち。それを言うために今日は来てもらったの」

紘太は動揺することなく、肉を咀嚼《そしゃく》し続けている。それが却って不気味だった。

「あなたの望む通りにしてあげるっていうのに？　鞠子さんはこのままの関係を続けたいんでしょ？　僕を嫌いじゃないんでしょ？　だから何度もホテルへ行ったんだ。僕に抱かれるために。体を満足させてもらいたかったんだ。僕はそれでかまわない」

「紘太──」

「もっともっといい思いをさせてあげるよ。気絶するほど。もうこれ以上ないってくらいの絶頂を味わわせてあげるから」

「やめて」

仲居は入ってこない。もう次の料理を運んできてもおかしくないのに。部屋の中が取り込んでいると察したか。それをいいことに、紘太は言い募る。

「今は鞠子さんの思う通りにしようって決めたんだ。もう結婚のことなんか言わないよ。あなたは僕の子供を産めないから結婚できないって言ったけど、そんなことはどうだっていい。鞠子さんは、好きな男とセックスしたいんだ。結婚とか子供を作るとか、そんなことは二の次で」

「紘太、いい加減にして」怒気を含んだ声を出す。もう周囲への気配りなど忘れて大きな声になった。「もう、あなたのことを好きじゃない。だから、別れる。シンプルなことだわ」

「嘘だね。あなたは僕から離れられないよ。あんなに相性がいいんだもの。ベッドの上でのことだけど。鞠子さん、昇りつめる時、ガクガク痙攣《けいれん》して、細い悲鳴に似た声を上げるよね。あれ以上の快感を与えてくれる人、今までにいた?」

「いたわ。もちろん」

きっぱりとそう言い切ると、紘太はびくっと震え、目の球を落ち着きなく左右に動かした。

「それから——」こんなことを言うはずじゃなかった。でも止まらない。「私はあなたの子供を産むかもしれなかった」

疑問符がいくつもついたような顔を向けられた。悪意がこもった言葉を投げつける。

「私、あなたの子を妊娠したことがあるの」

「嘘——だろ？」

「本当よ。今年の三月に、一週間ほど私が会社を休んだことがあったでしょ？　インフルエンザにかかったって言って」

硬い表情を緩めることなく、紘太は鞠子を凝視している。

「あれ、本当は子供を堕胎するためだった。あなたの子よ、確かに」

紘太はくしゃりと表情を歪《ゆが》めた。泣くかと思われたが、唇をきっと真一文字にしてこらえた。

「どうして……そんなこと、一言も——」

「あなたに言う気はなかった。初めから。自分の意思でそうしたの」

「なんでだよ！　僕の子でもあるんだろ！　どうして相談してくれなかったんだ」

襖の向こうはしんと静まり返っている。人の気配はない。いや、気配を消して聞き耳を立てているのかもしれない。

「あなたの子供を産む気はなかったから」

背中をしゃんと伸ばして、そう言い放った。途端に紘太がテーブルを回って鞠子のそばにきた。それでも、鞠子は動じない。座布団の上から動かずに、いきり立つ男を見やった。

「そんなの、おかしいだろ？　あなたが一人で決めるなんて。僕は父親なのに！」

「私は母親になんかなれなかった」

「あなたは妊娠なんかもうしないって言ったよな！　年が年だし、ピルも飲んでるからって――」

「それは本当。そう思ってた。これは予想外のことだったのよ、紘太」

幾分優しく言った。紘太は膝立ちになって鞠子の襟首《えりくび》をつかんだ。それを払いのけることはしなかった。されるままに揺さぶられた。

「いつでもあなたは自分が中心なんだ。僕らは家族になれるかもしれなかったのに！」

食いしばった唇の端から、ククク ッと呻《うめ》き声が漏れた。

「そんなこと、全然知らずにあなたにプロポーズした僕は、さぞ滑稽に見えたろうね！　そして、あなたはそんなことをした後も、僕と平気で関係を持っていたんだ」

なぜそんなことができたんだ、と男の目は訴える。どうしてかしら。それできっぱり女を捨てられたら――。いいえ、女であることはやめられない。

心の内の声は、激昂する若い男には伝わらない。

「あなたは――」目を逸らさず、紘太に向き合っていた。何を言われてもそれを受け止めなければ。ここまで口走ってしまった以上。「あなたは、人間じゃない。鬼だな。僕は鬼と交わっていたんだ」

「そうね、そうかもしれない。ただ、もう続けられない。あなたが体の関係だけだと割り切っても」すうっと息を吸い込んだ。「別れましょう。もうおしまいよ、紘太」

襟をつかんでいた紘太の手がずるりと落ちた。そのまま、畳の上に突っ伏してしまう。

鞠子はバッグを持って立ち上がった。そして振り返ることなく、襖を開けて外に出た。廊下の向こうに、仲居が立っていた。

「お勘定を――」

「はい、ではこちらに」

本来なら、部屋で勘定を済ますのだろうが、そのまま仲居はレジまで先導していってくれた。表情ひとつ変えないが、部屋の中の修羅場は承知しているのだ。

鞠子は勘定を払って外に出た。

空に三日月が出ていた。あまりに細く鋭くて、手を切りそうな月だと思った。

それ以来、紘太は会社を無断欠勤した。携帯電話も通じない。同僚が家を訪ねていっても留守のようだった。五日目に人事の担当者が、身元保証人である母親に連絡を取った。

「南雲君、お母さんのところにいるようです」

それを聞いて、真澄も鞠子もほっと肩の力を抜いた。

「何やってるの?」

安堵の表情から、不快の表情に切り替わった真澄が尋ねた。チーフ・マネージャーの独立した部屋の中。報告に来た人事担当の女性は、自分が叱られたかのように首をすくめた。

「北海道に……」

「何ですって？」

「あの、南雲君のお母さんは北海道に住んでいて、そこに会いに行ったみたいです」

「あきれた！」

「本人とも話しました。北海道に着いた途端、具合が悪くなったので、連絡が遅れて申し訳ありませんと」

「だいたい、北海道に行くってどういうこと？　仕事ほっぽり出して」

人事を担当している石田《いしだ》という女性社員は、真澄の剣幕に怯《ひる》んだ。彼女が言うには、紘太の母親は離婚した後一人で彼を育て上げ、再婚して、北海道の函館《はこだて》に住んでいるらしい。急用ができて母親に会いに行った挙句体調を崩したので、何もかもが後回しになってしまったのだと本人は言ったそうだ。

「まあ、いいわ。それで？　もう帰って来るって？」

「はい。明後日《あさって》には出社すると」

「明後日？　何ですぐ戻って来れないの？」

「まだちょっと具合、悪いそうです。そのう、お母さんがそう言いました」

「お母さんがね――」

お手上げだというふうに、鞠子に目配《めくば》せする。

「まあ、いいわ。出て来たら、本人に聞くから」

石田は大げさなくらいびくついた顔をして、頭を下げて逃げるように出ていった。

ドアが閉まるのを確かめてから、真澄は鞠子に向き合った。

「で？　別れたの？」

「ええ」

「まるく納まったわけ？」

鞠子は少し考えた。

「まるく、とはいかなかった」

「ちょっと出よう」

真澄は上着を取って、さっさと部屋を出ていく。慌てて鞠子も後を追った。

もう街は秋の装いだ。今朝はだいぶ冷え込んだから、まだ残暑が続くとのんびり構えていた人々は、驚いて秋物を引っ張り出してきたことだろう。

鞠子も、季節に置いていかれたような薄手のカーディガンを羽織っただけの格好だ。大股で先を行く真澄を追いかける。

真澄は、会社から少し離れた喫茶店に入った。ドアベルがカランと鳴るような、昭和の匂いのする喫茶店だ。何もかもが古びてくすんでいる。テーブルも壁紙も、ガラスの内側に貼《は》られた目隠しシールも。

カウンターの端っこで、年老いた店主が新聞を読んでいた。客は一人もいない。よくいろんな店を知っているものだと思いながら、席についた。

「ここ、薄汚いけど、コーヒーの味は絶品なの」

　水を持って来る店主に聞こえないかとはらはらした。二人ともブレンドコーヒーを頼んだ。

「南雲君が一時失踪《しっそう》したのは、そのせいだと思う？」

「たぶんね。前の晩に別れましょうって切り出したから」

「彼は納得したわけ？」

「わからない」

　それこそ、わからない、というふうに、真澄は緩く首を振った。

「返事は聞いてない。彼が結構取り乱したものだから、置いて出たの」

「つまり、南雲君は別れたくないわけだ」

「そうね。でも、もう無理って言ったの」

「ふうん」真澄は、グラスの水を口に含んで考え込んだ。「やっぱりあの子はあなたには合わないわよ。感じやすくて純真すぎる」

　もう一口飲む。

「若い子を選ぶなら、もっとドライな子がいいんじゃない？」

「別れることを考えて、好きになったりしないわよ」

「好き？」

　意外だったというふうに、真澄が見返した。

「あの晩、もう好きじゃなくなったから、別れるって言ったの。つまり、好きだったからこそ、彼と付き合ったってことよ。そんな計算ずくじゃなくて。若いとか年がいってるとかも関係なく」

コーヒーがきた。苦みと酸味のバランスがいい。強張《こわば》っていた体から、力がすうっと抜けていくような優しい味だった。しばらく黙ってその味を堪能《たんのう》した。

「あのね──」美味しいコーヒーのせいで、腹が据わった。真澄には、きれいごとだけを言っても伝わらない。ここまで連れてきたのだから、向こうもすべてを聞く気なのだ。

「女が異性を求める時ってどんな時だと思う？」

「それ、恋愛の対象にするってことでしょ？　私、一回あなたに聞こうと思ってたの。そういうやり取りって疲れない？　特に私たちくらいの年齢に達した者にとって。それにかけるエネルギーがもったいないと思わない？　私はごめんだわね。そりゃあ、この人って思える人が現れたら、私だって考えないこともないけど、あなたのように、いつも男とすったもんだしている状況は考えられない」

真澄の言いようがおかしくて、ちょっと笑った。

「私、そんなに男を追いかけてるように見える？」冗談めかして言った後、表情を引き締めた。「好きな人がそばにいるって状況を求めているんだと思う。あなたは恋愛がめんどくさいって言うけれど、これは大いなる探求よ。自分が一番心地いい場所を見つけるための──。年齢なんか関係ない」

「結婚という形を取らずに、それを続けているのはなぜ？　一人に決められない？」

長年の付き合いである友人の瞳を覗き込んだ。

「一人の人に決められたらよかったと思う反面、怖い気もする」

「怖い？　どうして？」

「結婚という形にかっちり納まってしまうのがよ」

そう言った一瞬、真澄の顔に不快感が浮かぶのがわかった。いつか紘太がそばを通る時、彼女の顔に同じ表情を見たことを思い出した。あれは紘太に対する不快感ではなくて、鞠子の中のそういう放恣《ほうし》な感覚に対する嫌悪感だとわかった。

それでも真澄との友情は、少しも揺らがないことは知っていた。この賢明な女性は、ひとつの事柄が異なっているからといって、信頼を寄せた相手への評価を変えたりはしないのだ。

どうして男との間には、この穏やかで心安らぐ関係が長続きしないのか。答えはわかっている。男との間には、肉の交わりがあるからだ。愛欲は肉欲であり、独占欲や嫉妬《しっと》、憎悪、疑い、様々な負の感情を生む。そしてそれらにがんじがらめになってゆく。

「まあ、明後日からは南雲君は会社に復帰するってことよね」

諦《あきら》めて首をかすかに振り、真澄はコーヒーを啜《すす》った。

しかし、南雲紘太は会社に出てくることはなかった。東京に戻って、自宅があるマンションの屋上から飛び降りたのだ。

昭和十五年二月二十八日

山の中で迷ひに迷ひ、道を見失つた。嶮《けわ》しき坂を登り峪《たに》に下りた。些《すこ》しばかりの焼米を口にし、渓流の水をすゝつた。三日目には、既《も》う一歩も歩けなくなつた。その儘《まま》、夜になつた。月が明かるい。恍乎《うつとり》して空を見上げてゐた。四辺《あたり》の森も草の一本々々も、月の光で照り満ちてゐる。なんと森厳な其《その》光よ。密《こま》かな光が降り灑《そそ》いで、恰《あたか》も極楽にゐる気がした。

生も死も天命だ。これで了《おわ》るなら、楽だ。命つきなば石を枕《まくら》に仆れもせむ。さうと極《きま》ると沁々《しみじみ》嬉しい。いや、こんな楽をしては不可《いけない》。地獄に落ちる前《ま》へにこの世でも困苦を味はねばならぬ。一度だけでもお四国を廻はりたい。併《しか》し妾のお四国参りの目的は何なのだらう。晋造さんの菩提を弔ふためか。己の懺悔《さんげ》のためか。それとも遍路かヘンドかに身をやつし、警察から逃げ果《おお》す為《ため》か。

力を振り絞り急斜面を這《は》ひ登る。着物もおひずるも泥だらけになつた。辷《すべ》りては落ち、落ちては這ひ上がる。

いつの間にか泣いてゐる。血に塗れて絶命した晋造さんを思ひ出して、許してくださりませ、許してくださりませ、と咽《むせ》び泣いてゐた。どんなに泣きわめいても、吸ひ取られて仕舞ふ様な大きい閑寂《かんじやく》だ。手足を蝦蟇《がま》のやうに無様に動かして這うてゆく。

見開いた目を閉じてあげればよかつたのに、それもせず、あの場から逃げて了《しま》つた。どんなに洗つても、妾の手はあの時の儘《まま》、汚れきつてゐる。

朝がきた。髪は乱れ手足は萎《な》へ、ばつたりと山の中に伏してゐた。細い山道の真ん中に坐《す》わり込み、色艶のないザンバラ髪を紐でひとつに括《くく》つた。暫《しば》くしてソロ〳〵と起き上がる。泥濘《ぬかる》んで歩きにくい道だが、道は道だ。奇《く》すしき運命よ。死なうとして、まだ生きよと云ふ仏の思《おぼ》し召しか。仏様の慈悲が犇々《ひしひし》と胸に迫つた。

阿弥陀経《あみだきよう》と心経を誦《ず》し、お杖《つえ》を倒してみた。その倒れた方に足を向ければ、決して間違ひがないと云はれてゐる。お大師様がお導きくださる方へ、妾は一歩を踏み出した。

昭和十五年　三月五日

山道から出て里の家の幾軒かでお修行をする。豊かな農家であつたのか、どこもお椀に一杯のお米を恵んで呉《く》れた。妾のみすぼらしい薄汚い格好を見れば、惨《いた》ましい顔をして、お米を掬《すく》つてきて頭陀袋にザアツと空けてくださる。ほんたうなら、納め札をお渡しせねばならぬのに、それもせぬ妾に嫌な顔もしない。

夫《そ》れではあまりに申し訳ないので、数珠を手繰つて回向《えこう》文を誦へて去る。

一軒の農家の旦那さんが、「ほう。あんたはえ、数珠を持つてをるな」と云はれた。

今猶《な》ほ宝物として抱くやうに持ち歩いてゐる晋造さんの数珠。

「これはな、たがやさんてゆうてな、鉄の刀の木と書くんやで。かとうてなあ、腐らんから、いつまでも保《も》つ。きれいやろ。見てみいや。リヨ」

晋造さんが妾の手に載せてくださつた数珠は、黒光りがしてゐた。そこに金色の筋が幾筋も見えて、それは〱きれいだつた。妾が見入つてゐると、肩をすつと抱き寄せられた。

「ほんまにきれい。こんな数珠、見たことない。え、ですねえ」

妾は、晋造さんのものをひとつ身に着けてゐたいから、この数珠をくださいませんかと強請《ねだ》つてみた。

「さうか。そやけど、これ、男数珠やから、お前にはやれんな。そやし、これ、のうなつたて云うたら、うちのに何て云はれるか」

わざと、晋造さんはさう云はれる。妾がお内儀に嫉妬するところを見たいのだ。さうわかつてゐるのに、妾は涕《なみだ》を浮かべて仕舞ふ。もうこんな苦しい思ひは沢山だと身悶《みもだ》える。

妾は、このお人が恋ひしいのだらうか、それとも憎いのだらうかと考へる。

それでも例《いつ》ものやうにお情けをもらふことを、心急《せ》はしく願望してゐる。なんと卑しく浅ましい心。

たがやさんの数珠を隠して仕舞ひたい。否《いな》、ひき千切つて捨て、仕舞ひたいと、乱れた心で思つた。余りに烈《はげ》しい恁《こ》うした感情に圧迫されて、動きがとれなくなつた。

もう自分の心がわからなくなつた。だから、あ、するより他はなかつた。

斯《か》くて妾は、この数珠だけは手許《てもと》に置いて、お四国を廻はつてゐる。

晋造さんは、既《も》うお内儀の処にはをられない。お数珠とともに妾がこゝへ持つてきた。

そしてあのとき、諾《うけが》はれなかつた望みの品でお修行をしてゐる。なんと恥知らずな女。

併し、かうして歩いてゐる間は許されてゐる気がする。

お大師様に。仏様に。観音様に。


鉄刀木《たがやさん》は、黒檀《こくたん》、紫檀《したん》と並んで唐木三大銘木の一つらしい。重厚感のある大変硬い木で、鉄の刀のようだと言われたことから、「鉄刀木」という字が当てられたという。腐りにくく耐久性に優れ、削ると美しい光沢を持つ、とある。

スマホでそこまで調べて、鞠子はほうっと息を吐いた。

八十年近く前に、四国八十八か所を一人で回ろうとしている女遍路の手記。ここまで読んで、ようやく名前がリヨというらしいのがわかった。戦前の女性の学識についてはよくわからないが、ここまでのしっかりした文章を漢字混じりで書くのだから、かなり教養のある人物のように思われた。

きちんとした教育を施すだけの財力のある、よい家柄の出ではないか。

それなのに、この人は、不義の関係に陥っている。既婚の男性との恋に苦しんでいるのだ。

その苦しさから逃れるために、あるいは別れを決意して、彼女は四国遍路に出たのだろうか。あの時代、女が一人で遍路に出、帰ることもできず、この地で果てる決心をしているというのは、どういう事情であろうか。そんなふうに退路を断って四国に渡る女が抱えた事情といえば、業病に冒されたか、一家離散の憂き目にあったか、何らかの事情で所属していた地域社会を追われたか、そんなことしか思い浮かばない。

リヨなる人物は、そのどれにも当てはまらなそうである。ただ晋造という他人の夫とただならぬ関係になったということが、そんなに罪深いことなのだろうか。

戦争に向かおうとしている時代、それは今よりも重く、許されない事態なのだとは推察できる。そのせいでこの人は、巡査を怖がり、遍路狩りを恐れているのか。不義の関係を結んだ女は、連れ戻されて断罪されるのか。それとも、実家から捜索願のようなものでも出回っているのだろうか。

不穏な気配のする手記を、鞠子は投げ出すように机の上に放《ほう》り投げた。

父は、なぜこんな古い書物を読みふけっていたのだろう。和綴じの紐が切れ、最後の部分が抜け落ちていることは、既に確かめた。この女遍路のゆく末は、読み進めても知ることはできないのだ。

悔悟と懺悔、嗟《さ》嘆《たん》で彩られた道中記が延々と綴られていることは、予想できた。

今のような状況で読むには最悪の書物だ。それはわかっているのに、暗くした部屋でじっと読みにくい遍路日記を読み続けていた。

鞠子はベッドの上に仰向《あおむ》けに寝転がった。天井をじっと眺める。白いボードが張られただけののっぺりした天井。２ＤＫのこの部屋が気に入っていた。たくさんのお寺や学校に囲まれていて、海風も感じられる場所。伊予松山藩の中屋敷だったイタリア大使館まで歩いていける場所。

今は、人々の生活から切り離されたような静けさ自体が苦痛でしかない。食べるものの味もよくわからないし、テレビを見ても、ただ映像が流れていくだけだ。感情が鈍麻してしまっている。ただこの数日間、時折女遍路の手記を手にとっては、少しずつ読み進めている。まだ舞妓の絵が描かれた薄い竹の栞を挟んだままにしてある手記を。すらすらとは読めない。流麗な崩し文字を追うのに精いっぱいで、内容を理解するのに時間がかかる。古い言い回しや当て字も多い。ページが破れたり、文字が滲んだりして判読不能のところは想像で補うしかない。

それでも苦労して読んでいくと、リヨという訳ありの遍路と四国という辺土を歩いているような気になっていた。

どこかへ逃げたかった。

紘太の遺体は、北海道から来た母親が引き取っていった。函館で営まれた葬儀に、真澄だけが参列しようとしたのを断られた。拒絶されたわけではない。家族葬にしたいので、と連絡があったらしい。直接母親と話したという真澄からは、静かに感謝の意を伝えられたと聞いた。

「淡々とした物言いだったから、感情は読み取れなかった。だけど、向こうからご迷惑をおかけしましたと詫びを言うくらいだから、母親にもよく事情は呑《の》み込めてないんじゃないの？　常田《ときた》君や塩崎《しおざき》さんの話では、再婚した母親とはあまり連絡を取ってなかったみたいだったし、実の父親とは別れたきり一度も会っていなかったって」

紘太と比較的親しかった同僚の名前を出して、そんなふうに言った。紘太が鞠子との別れ話を悲観して自殺したということは、真澄だけが知っていた。だが彼の死を知って以降、会社を休んでいる鞠子のことを、誰もが訝《いぶか》しんでいるに違いない。

自分でも驚いている。人間はここまで打ちのめされ、気持ちが潰《つい》えるものなのか。別れをどういうふうに言えばよかったのか。あの時、指輪を受け取ればよかったのか。気持ちが紘太から離れているのに、体の関係を続けたのはなぜなのか。

そもそもなぜ部下である彼とこんな深い関係に陥ってしまったのか。

堂々巡りの思考に疲れ果てた。

遍路にでも出てみようか？　このリヨのように、何もかも打ち捨てて。そうすればいっそすっきりするかもしれない。自嘲《じちょう》気味にそんなことを考える。

ベッドに投げ出したスマホが鳴った。たぶん、真澄だろう。彼女なりに気遣ってはくれている。会社に出て来なくていいから、食事にでも付き合わない？　と誘ってくれる。若い恋人を死なせてしまったことで参っている友人の心情を慮って心配してくれている。

でも心の奥底では、そんなことで萎縮《いしゅく》してしまった鞠子が情けないと思っているのだ。男なんかに気持ちを持っていかれる友人が、もどかしくて悔しいのだ。そこまでわかっているから、今は真澄に労《いたわ》られたくなかった。あの人が思っていることは、全部合っていると思うから、なおさら辛かった。

いつまでも鳴り続けるスマホを取り上げた。亜弥の名前が表示されていた。

「もしもし……」

「ああ、鞠ちゃん？」

来月帰国する予定をしゃべる姉に適当に相槌を打つ。数軒の不動産屋から提示された物件がいくつかあって、気に入った順に見て回ろうかと思っていると亜弥は明るい声を出す。

「ねえ、鞠ちゃんも付き合ってくれる？　全部じゃなくていいから。東京で暮らしているあなたなら、的確なアドバイスをくれるでしょ？」

「うん、わかった」

いつもと変わらない声を出したつもりだった。しかし姉には通用しない。

「どうかした？」

「なんでもない」

「なんでもなくないよ。鞠ちゃん、ひどい声してる」

「そうかな」

「そうだよ。ハナがいなくなった時みたい」

ハナは、姉妹で飼っていた雑種犬だった。一人で留守番をする鞠子が寂しくないようにと、父が知り合いからもらってきた雌の白い子犬だった。鞠子は跳び上がるほど喜び、とても可愛がっていたのだった。学校から帰ると、ハナとじゃれ合って遊んだ。友だちと遊ぶ時も一緒に連れていった。

しかし四年と少し経った時に、ふいに姿が見えなくなった。花火大会の夜に、音に怯えて首輪から首を引き抜いて逃げ出したのだ。顔色を変えて探し回ったけれど、とうとう見つからなかった。あの時は悲しかった。ご飯も喉を通らなかった。

あんな時のことを引き合いに出すなんて。もう限界だった。

気がついたら、亜弥に何もかも打ち明けていた。亜弥が口利きをして入れた南雲紘太と深い仲になったこと、彼の若いがゆえの激しさについていけなくなって別れを切り出したこと、別れ話がこじれて紘太は自ら命を絶ったこと。途中で涙が頰を流れたが、それもお構いなしに言葉を並べて亜弥に訴えた。

「そうなの。息子さんが亡くなったことも知らなかった。ほんというと、それほど親しい人じゃなかったから、向こうも知らせてこなかったの」

私がいらぬ口を利いたから、こんなことになってごめんね、と言う亜弥に、「お姉ちゃんのせいじゃないよ」と返した。ハナを失った時の心細い少女に戻った気がした。

「それでちょっと気分が落ち込んじゃって、会社、休んでるの」

さもないことのように言ったが、言葉尻は震えていた。泣いているのが伝わったかもしれない。亜弥はしばらく何も言わなかった。姉もとまどっているに違いない。こんな告白をすべきではなかったのだ。四十二歳にもなって、自分の始末もつけられないなんて。真澄があきれるのも道理だ。

「あのね、鞠ちゃん――」しばしの沈黙の後、亜弥が声を出した。「あなたが生まれた朝のこと、私、よく憶えてる」

「え？」

「九月三十日の朝だった。一人で朝ご飯を食べてた。お母さんが産気づいて、お父さんが病院に連れていったから。時間が来たら、ちゃんと学校に行くんだよって言われてた」

電話の向こうでふふふっと亜弥は笑った。地球の反対側から届く姉の温かな含み笑いに、鞠子は耳を傾けた。

「でも、学校へ行く気なんか全然なかったわよ。だって、私の妹が生まれるんだもの。男か女かまだわからなかったのに、私は妹って確信してた」

また亜弥は笑った。

「ゆっくりご飯を食べて、食器を洗って、それから窓辺に座って庭を見てたの。庭にサンシュユの木があったでしょ？」

「うん」

釣られて答える。

「サンシュユに実がなってて、それにムクドリが来てつついてた。まだ青い実なのに、しきりにつついてるの。そのムクドリをじっと見てた。すごく昔のことなのに、その情景は今もありありと憶えてる」

八歳の女の子が一人で妹が生まれるのを待っている情景を、鞠子も頭に思い浮かべた。

「お父さんが戻って来て、私が学校へ行かずに家にいるのを見てびっくりしてた。でもすぐににっこりして言ったわ。亜弥、お姉ちゃんになったよ、妹が生まれたよって」

お下げ髪の少女の顔がぱっと輝く様が、鞠子にも見えた。

「だから私、言ったの。知ってるよ、妹が生まれるって知ってたって」

「お父さんは何て言った？」

「新しい家族を見に行こうって。お母さんが産んでくれた新しい家族をって言った」

「そう」

もう泣いていなかった。ハナの話に始まって、自分が生まれた時の話まで聞かされるとは思っていなかった。意表を突かれた気がした。

亜弥は昔から絵本を読み聞かせるのがうまかった。登場人物の口真似《くちまね》は、絶品としか言いようがなかった。演じることに長《た》けていたし、自分でも楽しんでいた。高校では放送部に入って朗読劇に没頭していた。自分でシナリオも書いた上で、主役級の役を演じていた。東京都の大会でいいところまでいったと思う。

「お姉ちゃんは、女優になればいいよ」

本気でそんなことを言った。

「そうね、もうちょっとこの鼻が高かったらね。あと一センチ」

鞠子がケラケラと笑うのを、心底嬉しそうに見ていた。

そんなふうに亜弥は鞠子の気持ちを上手に掬い取り、上機嫌の時は一緒にはしゃいでくれ、しゅんとしている時はそれとなく上向きになるよう、コントロールしてくれていた。それを今思い出した。

「学校を休んでお母さんが入院している産婦人科に行ったわ。ガラス越しにちいちゃな赤ん坊を見た時の気持ちは、言葉では言い表せない。お父さんが、何で泣いているんだい、って訊いた。だって嬉しいんだものって答えた」

黙って姉の話を聞いていた。低くて静かだが、人の心にすっと入り込んでくるしなやかな声。妹の気持ちをいつだって上向きにしてくれた声。

「だからね、鞠ちゃん、どんなことがあっても、あなたは私のスーパーヒーローなの」

「スーパーヒーロー？」クスリと笑った。早くも亜弥の操る魔法にかかりかけた。「何？それ」

「突然現れた赤ん坊は、私にとって不思議の塊だった。あの、九月三十日の、庭のサンシュユがまだ青かった日の朝の」

秋の入り口の朝の冷えた空気を確かに感じられた。もう失われた家の庭のサンシュユの木。

いつまでも子供ではいられないけれど、子供だった時のことはいつでも思い出せる。

「胸を張りなさい、鞠ちゃん。起こったことは起こったこと。起こったことは、後ろに流れていくだけよ」

「それ、お父さんの口癖」

「そうね、あれはほんとにいい言葉だと思う」

「うん」

「大丈夫？」

「うん」

「よかった」

またあの温かなくぐもった笑い声が耳をくすぐった。

「じゃあ、予定通り、私たちはそっちに帰っていいのね？」

「もちろんよ。私のことで予定を変更しないで。ごめん、つまらないことを耳に入れちゃって」

「いいって。もう荷物を詰め始めているの。じゃあね、鞠ちゃん。明日から会社に行きなさいね」

ハナがいなくなって、学校へ行く気力もなくなるほどへたり込んだ時、鞠子を励まし慰めてから、やっぱり姉はこう言った。

「じゃあね、鞠ちゃん、明日からは学校へ行きなさいね」

鞠子にとって姉は、母親代わり以上のものだった。親友であり、同志であり、人生の先達だった。活動的な母が風だったとしたら、姉は小さな日だまりだった。父という森の中に生まれた温かでほっとする場所——。

そして今やたった一人の肉親になってしまった。

第三章　菩提《ぼだい》

昭和十五年　三月十一日

三十六番札所　青龍寺《しようりゆうじ》へ行くのに、細長く切れ込んだ湾を渡船で渡つた。この湾は、西に三里ほど切れ込んで入江のやうな形をしてゐるので、「横波三里」と呼ばれてゐるさうだ。鏡のやうに実《じつ》に穏やかな入江だつた。

渡船を降りて、景色のよい海岸線を歩く。山の麓《ふもと》づたひ。此《この》辺り、波が烈《はげ》しい。足下に浪《なみ》が狂つてゐる。草鞋も足袋もすつかり濡れて了《しま》ふ。岩に浪が当たると、飛沫《しぶき》が煙のやうに濛々《もうもう》と立ち罩《こ》める。

青龍寺では、百五十段もあらうかと思はれる急な石段を上がつて、本堂にお参りした。名高い波切不動尊《なみきりふどうそん》がご本尊とか。また海岸線を引き返へして部落に入る。お修行して得た有難いお米を、木賃宿《きちんやど》で買ひ取つてもらふ。いくらかのお銭《あし》をいただく。

「お泊りですろう」

さう云はれて、「否《いい》え」と云ひかけたけれど、お米も炊いてもらへるやうだし、風呂も沸かしてゐるやうだ。然《そ》うすると、疲れきつてヘト〳〵になつてゐることに気が付く。

一泊五十銭の木賃宿に泊まることにした。御飯は三合が十五銭だと、先程の人とは別のこの家の主人が云ふので、お米はありますと頭陀袋から二合だけ出して炊いてもらふ。すると炊き賃に三銭とられた。阿波で木賃宿に泊まつた時はそんな事がなかつたので、妾が吃驚《びつくり》した顔をすると、「此頃《このごろ》は何もかも不自由ぢやきに」と不機嫌さうに云はれた。

併《しか》しさういふ事は些々《ささ》たること。お縁《えん》に腰を下ろして脚絆《きやはん》を解き、お杖を洗ふ。十畳ほどの部屋に男女分かれることもなく雑魚寝。掛布も汚れきつたせんべい蒲団を敷き詰める。

宿が出して呉れたお菜はヤツコ豆腐四切れ。夫《そ》れで御飯をいたゞき、残りは明日の昼食《ちゆうじき》用に弁当箱に詰めた。

皆が済ませた後の風呂は、洗ひ落とされた垢の濁りで真つ黒である。己の裸の体をつく〴〵眺めた。かつてはあれほど晋造さんに愛《いとお》しまれた体であるのに、日に焼けて萎《しぼ》んだやうにやせ細り、食べないせいか腹だけがぽつこりと突き出してゐる。まるで餓鬼のやうだとひとり嗤《わら》ふ。

部屋に帰へつて早々に蒲団に這入《はい》るが、同宿のお遍路さんらの声が八釜《やかま》しくて寝《やす》まれない。

「警察の手引きをして、グレ遍路を捕らへさせる遍路がをるさうな。油断がならん。遍路狩りの片棒をかつぐとは」

薄い蒲団の中、夫れこそ背筋が凍つた。そのうち、隣の蒲団にどすんと大きな男が這入つてきたやうである。蒲団に沁《し》みついた臭ひか男の体臭か、生々しい臭ひに心がざわつく。やう〳〵眠れた朝方、晋造さんと睦《むつ》み合ふ夢を見た。晋造さんの指が妾の体を這《は》ひまはる濃厚な刺戟《しげき》。それでどうにも忍ばれないで声を上げて了ふ妾。

なんと云ふ謹《つつし》みのないふしだらな夢を見て了ふものだらう。それでも、体の芯がじんと熱くなつてゐる。隣の蒲団の男は、轟轟《ごうごう》と鼾《いびき》をかいて眠つてゐた。

妾の中で、まだ晋造さんを求める気持ちがもえ頻《しき》つてゐるのか。この日に焼けた毛むくじやらの男とは、似ても似つかないお人だつたのに。

どれほど乞《こ》うてももう戻れはせぬ。遣《や》り切れない。こんな心持でお四国を廻《ま》はつて什《ど》うなることで有らう。屹度《きつと》罰が当たることだらう。

朝まだ暗いうちに宿を出た。

義兄の津本《つもと》幹久と会うのは、父、一郎の葬儀以来だから、四年ぶりだ。

日本には、会いに行くべき親族も親しい友人ももういないという彼は、亜弥と違って滅多に帰国しなかった。帰って来ないから、日本の映画業界ともどんどん疎遠になっていく。移り変わりの激しい日本の美容業界のことは、すっかりわからなくなったと幹久は笑った。

「だからさ、結局よかったんだよ。イギリスに行って。あっちの舞台は、基本、何年も何十年も変わらない。変わらないことを重んじる国だから」

器用にサンマの身をむしりながら、彼は言う。

神楽坂《かぐらざか》の小料理屋。気取った店は嫌だという幹久のリクエストで、鞠子が選んだ。さっき神楽坂を上りながら「いいねえ」を繰り返していた義兄は、手酌でぬる燗《かん》の杯を重ねている。

「そうねえ。私なんか、東京で暮らしていけるかと思うほど、イギリス呆《ぼ》けしてる」

「何だい？　イギリス呆けって」

「つまり、あっちのゆったりしたリズムが私には合ってたって言いたいわけ」

「亜弥さんは時々、おかしな言葉を発明するからな」

「ああ、でも食べるものはやっぱり日本のものがいいわね」

亜弥はサトイモとイカの炊き合わせを、幸せそうに口に運んだ。

「話が飛ぶのも君の特徴だな。鞠ちゃんが呆《あき》れてるよ」

そう幹久に言われて小さく微笑《ほほえ》む。

長年異国で暮らしたこの二人のやり取りは、夫婦というよりも同胞《はらから》という態《てい》である。すっかり枯れた間柄になってしまっている。それが鞠子の第一印象だった。

生々しいものが何も感じられない。ほっと力が抜けた。姉夫婦と食事をするということで、いつの間にか緊張していたのだった。この二人の調子に合わせていれば、十日くらい切り抜けられる。そして彼らが東京に住むようになっても、うまく付き合っていける。自分さえ意識しなければ、初老の域に入ろうとしている義兄なんてどうってことはない。

銀髪を後ろに撫《な》でつけた髪型も、年の割に引き締まった体軀《たいく》も、黒でまとめたシックな服装も、東京ではよく見るありふれた形《なり》だ。

「明日は美濃部《みのべ》さんに会いにいくのよ」

「そうなんだ。もう会社は退《ひ》かれたの？」

鞠子もさりげなく会話に加わる。美濃部さんとは、亜弥が結婚するまで勤めていた映画配給会社の上司で、姉夫婦の数少ない共通の知り合いだ。亜弥を幹久に引き合わせたのが美濃部なる人物だったと聞いたことがある。もちろん、当時妻帯者だった幹久と亜弥が惹《ひ》かれ合うようになるとは思いもせずに。

「どこにお住まいなの？」

またぬる燗の杯をくいっと空ける義兄を上目遣いに見ながら、特に興味もないことを問う。美濃部さんに会いに行こうと言い出したのは、亜弥に違いない。幹久はあまり気乗りしない様子だ。

「赤羽《あかばね》、だったわよね」

「うん。赤羽岩淵《いわぶち》駅の近く、だったね、たぶん」

「楽しみね、随分会っていないから。年を取られたでしょうね」

「それはこっちもおんなじだ」

「そうね」

亜弥は口を押さえて笑った。

こんなふうに——と鞠子は思った。こんなふうに男と共に年を重ねるのは、どういうものだろう。きちんと夫婦としての態を為《な》し、共に人生を歩むということは。

真澄がさっさと捨て去り、鞠子が否応《いやおう》なく諦めざるを得なかったカタチ。

お互いをわかり過ぎるほどわかり、穏やかに過ぎることをよしとし、老いさらばえていく醜い過程を見せ合うこと。それが夫婦というものだと言われればそうなのだろうと納得するしかない。

サンマをつつき、ぬる燗を口にして満足そうに微笑む義兄に、何の魅力も感じないことに、鞠子は安堵《あんど》の息を吐《つ》いた。もっと早くに気づいていれば、こんなに苦しむことはなかった。自分で作りだした幻に怯えていたのだ。この二十数年間。

自分が常に男を求めるのは、幹久の身代わりが欲しかったからだと思っていた。

いや、違う。幹久から与えられた快楽が欲しかったのだ。でも今となっては、あれも幻だったのかもしれない。何か憑《つ》き物《もの》が落ちたような気がした。

「ねえ、鞠ちゃん、そういうことだから、明後日《あさって》から見て回る物件に対するアドバイス、よろしくね」

亜弥の言葉に現実に引き戻された。

「何？」

「いやだ。鞠ちゃん、聞いてないの？　だから、物件の下見よ」

「ああ、わかった」

「大丈夫？　情報、頭に入ってる？　メールしたでしょ？」

　大丈夫だと答える。

「お義兄《にい》さんが大塚《おおつか》に通うのに便利がいいところがいいんでしょ？」

　幹久が職を得た美容専門学校は豊島区《としまく》の大塚にあるのだ。

「いいのよ。そっちの方は。東京ほど交通の便のいい都市はないもの」

　殻のまま焼いた牡蠣《かき》をつるんと口に運んで、亜弥は至福の表情を浮かべた。姉が熱々の牡蠣を飲み下すのを、鞠子は待った。

「じゃあ、候補はどことどこなの？」

　亜弥がイギリスから送ってきたメールには、膨大な数の物件が連なっていた。実際に見て回れる数は限られている。帰国するまでに候補を数件に絞っておくと、亜弥は言っていた。

　姉が十件ほどの物件を口にするのに耳を傾けた。すべてマンションで、都内各所に散らばっていた。幹久は、特に異を唱えることなく、黙って箸を動かしていた。

「お義兄さんは、それでいいの？」

　会って初めて幹久に向かって問いかけた。

「いいよ。亜弥さんの好きなところに住めばいい」

「え？　ほんとはこだわりがあるって言ってたんじゃなかった？」

夫の肩に自分の肩をぶつけるようにして、亜弥は笑った。大柄な亜弥はまた少し太ったようだ。だから、動作がさらに雑でのったりして見える。

まあ、当座は落ち着ければいいさ、と幹久は言った。

「そうね、初めはね。二人で老後は——」そう言って、亜弥はふふふっと笑う。目尻の皺が深い。「どこか気に入った場所に一軒家を買おうと思っているから」

青戸《あおと》でもいいよね、と亜弥はちょっとろれつの回らない口調で言った。普段飲まないのに、久しぶりに妹と食事をする嬉しさで、一杯だけビールを飲んだのだ。

「青戸？　ほんとに？」

葛飾区《かつしかく》青戸は、亜弥と鞠子が生まれ育った家があった場所だ。あの気持ちのいい一軒家のことを思い出して心が和んだ。サンシュユの木があって、ハナの犬小屋があった庭と、そこに面した縁側があった家。若い父と母が苦労して買った一軒家。今はコンビニの駐車場になってしまっていることは、随分前に確かめた。

明後日から二人で不動産屋の案内で見て回って、数件まで絞った時点で鞠子も加えて検討し、東京での住まいを決めてしまうという。もう向こうを引き上げるまで帰国することができないから、来月からでも再来月からでも借りておくと亜弥は言った。そういう手続きも鞠子に頼む心づもりだ。

本当に仮住まいという感覚で、あまり気を入れて探《の》してはいないという印象だ。

「ねえ、それより——」亜弥は空になった皿を除けて、身を乗り出した。「松山の金亀屋に行ってみない？」

「え？」

虚を突かれて、間の抜けた声を出した。

「そんな時間、あるの？」

「大丈夫。最後の三日間、この人は昔の知り合いに会いに行く用ができたんだって。だから私はフリーなの。どう？」

「どうって。無理よ。そんなに急に言われてもお休みが取れるわけないじゃない」

紘太が死んだ後、一週間ほど体調が悪いという理由で休んだ。復帰してまだ一か月とちょっと。やることがいっぱい溜《た》まっている。

「鞠ちゃんは働いてるんだ。無理を言うんじゃないよ」

幹久が横から口を挟んだ。これだから、専業主婦はいけないね、などと穏やかな物言いをする義兄には、前にあったひりひりするような煽情《せんじょう》はどこにも感じられなかった。

やっぱり幻を見ていたのだ、と思った。もしかしたら、あの出来事すべてが現実のことではなかったのではないか。好きな人に思いが通じた嬉しさも、自ら起こした行動が報われた充足感も、結ばれた瞬間の悦《よろこ》びも、求めあったひとときの激しさも。

四日後の晩また会う約束をして別れた後、一人で三田のマンションに向かいながら、鞠子は安堵と同時に、一抹《いちまつ》の物足りなさも感じた。そんな自分を笑う。いったい何を期待していたのか。ばかばかしい。

何も起こるはずがない。義兄だって、とうに心の中の屑《くず》カゴに捨て去ったに違いない些《さ》末《まつ》な出来事なのだ。

幹久が亜弥と結婚した時、鞠子はまだ十九歳だった。都内の大学に通って社会学を学んでいた。高校が厳格な校風の女子高だったから、羽を伸ばしていたといってもいい。広告研究会に属し、頼まれてバドミントン部のマネージャーもやっていた。ボーイフレンドを含むたくさんの友人に囲まれたキャンパスライフを満喫していたのだ。

父はもう五十を過ぎていたと思う。映画配給会社に勤める亜弥が家事全般を引き受けていたから、鞠子は学校へ通っている末っ子という位置に泰然としていられた。

大学のイベントや学生同士の付き合いで遅くなる鞠子と違って、亜弥はきちんと決まった時間に帰って来ていると思っていた。長い間変わらない三人家族にそれほど慣れ親しんで、顧みることがなかった。

その晩は鞠子も帰宅して、三人で食卓を囲んでいた。

「お父さん」柔らかい春菊のサラダを口に運びながら、亜弥が言った。「私、結婚するから」

まるで、「今日、可愛いマフラーを見つけて買っちゃった」と報告しているようだった。

箸が止まった鞠子の正面で、父がすっと顔を上げたことを憶えている。

「あの人とか?」

「ええ」

それだけだった。

鞠子も知らなかった亜弥の交際相手のことを、父が知っていることが意外だった。

後になって、亜弥が結婚相手に選んだ男は再婚で、出会った時にはまだ妻がいたのだということを知った。父は気づいていたのだ。外にだけ興味が向いていた鞠子には、気がつかなかった亜弥の変化に。

亜弥が連れてきた男は、鞠子には全く異次元の人間だった。三十六歳という年齢も、映画業界で働くヘアスタイリストという職業も。その当時、鞠子には付き合っている男がいた。マネージャーをしているバドミントン部の部員で、ひとつ年上の男子学生だった。鞠子は彼に夢中だった。交際を申し込まれた時は、跳び上がるくらい嬉しかった。バドミントン部では、目立った存在だった。バドミントンの腕も、出身地の県大会で優勝したこともあるほど優れていたし、容姿にも恵まれていた。

二人が付き合いだした時、周囲から羨望《せんぼう》の眼差《まなざ》しで見られたことも、鞠子を有頂天にした。自然ななりゆきで体の関係も結んだ。愛し合っているのだから、当然のことだと思った。いつも二人は一緒だった。彼が自分だけに向いてくれていることが、鞠子を幸せな気分にした。

あの年頃が熱中する、のびのびとした性愛にも満足していた。日に焼けた筋肉質な男の体と自分の体が交わることにこそ、喜びを感じていた。ただ結ばれるだけが目的の性愛だった。

鞠子の周囲は、彼を含む熱を持った若者たちで占められていた。

だから義兄となった幹久に、戸惑いながらも興味津々だった。父は一定の距離を置いているふうだった。平素から物静かな父と、全く異業種の幹久とは、共通の話題もなく、ぎこちない雰囲気が流れる。たいていは亜弥が間に入って、二人の会話を成立させるのだが、たまに亜弥が不在の時があり、その時にはいたたまれなくて鞠子が割って入った。

二人ともがほっとする感じがありありと伝わってきた。若くて社会を知らない鞠子には、怖いものはなかった。義兄の仕事が今ひとつ理解できなかった鞠子は、ずけずけと何でも尋ねたものだ。幹久はそれに丁寧に答えてくれた。なぜ自分が映画業界に入ったか、ヘアスタイリストになった理由、祖母のこと、仕事で会った女優やモデルのこと、撮影現場の様子、一度目の結婚とその破綻《はたん》まで。隠すことなく何でもしゃべった。

父は、幹久の相手を鞠子にまかせ、早々に自分の書斎にこもってしまう。

別れた妻が連れていった小学生の息子とは、電話で話すだけでも妻が嫌がる。だから遠慮して会いに行くことができないと言った。

「どうして？」

無邪気な問いを放つ。

「そりゃあ、僕が亜弥さんを選んでしまったからね。前の妻には負い目がある」

「でもそれは仕方がないじゃない。義兄《にい》さんはお姉ちゃんが好きになってしまったんだから」

　自分の恋人のことを思い浮かべながら、そんなふうに答えた。そんな話をする頃には、すっかり幹久と馴染《なじ》んでいた。

「お姉ちゃんのどこがよかったの？」

　妻がいる男を自分のものにした姉をある意味尊敬しつつ、そんなことまで訊《き》いた。末っ子気質の気安さだった。恋人とはこれ以上ないほどうまくいっており、愛されているという自信があった。十七歳も年上の男と、大人っぽい恋愛話ができる自分に陶酔していた。

「そうだなあ」幹久はちょっと考え込んだ。「どっしりしているところかなあ」

　ぷっと噴き出してしまった。

「それ、お姉ちゃんそのままだ」

　そう言うと、幹久も笑った。

「派手な業界だからね、僕の職場は。だから、僕の根っこを踏んづけていてくれる碇《いかり》みたいな人がよかったんだ」

「お姉ちゃんに言ってもいいの？　それ」

「いいよ」すぐに幹久は答えた。「そう言ったんだ。亜弥さんにプロポーズする時」

　でもその時にはまだ妻がいたわけだ。小学生の息子を抱えた美しい妻が。

　姉に似つかわしくないスリリングな状況だと思った。妻帯者に結婚の申し込みをされるってどんな気持ちなのだろう。あまりに順調にいってつまらないくらいの自分の恋愛と比べてみたりした。

後で亜弥にそのことを尋ねてみた。姉妹の間には、遠慮など存在しなかったから。

「どうってことないわよ」亜弥の返事は素っ気なかった。「ただ好きになった人に奥さんがいただけじゃない。それは向こうの問題よ」

姉の強さに舌を巻いた。その強さと鈍さに自分も守られていたのだ。

息子と会えたかどうか知らないけれど、幹久は律儀に養育費を払い続けた。彼の収入からすれば、気に病むほどではない額だと亜弥は言っていた。アメリカにいてもイギリスにいても、息子が成人するまでは養育費を払い続けていたと思う。妻には未練はないが、子供には愛情を注いでいたということだ。

義兄の人となりを知った後は、気楽に付き合えた。父は一定の距離を置いたまま、そんな末娘と義理の息子の関係を微笑ましく眺めていたように思う。義兄に男という意識はなかった。一緒に買い物に行った時、自分の恋人とばったり出くわした。相手が面食らっているのが、心の底からおかしくて笑った。

幹久からは、馴染みのない匂《にお》いがした。煙草も吸わないのに、燻《いぶ》った煙のような匂いが染みついているのだった。それまでの鞠子の生活にはない匂いだった。若い恋人からも感じられない、ある程度の年齢を経た男の渋い匂いだった。その匂いを嗅《か》げるほど近くに、異質な人物がいるのだということだけに、少し昂《たかぶ》った。自分の人生に途中から紛れ込んできた男性を意識した。ただそれだけだった。

たぶん、自分の家に父以外の大人の男が来たことが、珍しくて嬉しかったのだと思う。そんな子供っぽい感覚からまだ抜け出せないでいた。

一度、幹久に仕事場を覗かせてと頼んだことがある。父も姉も、とんでもない、という顔をした。が、幹久はその望みを受け入れてくれた。さすがに映画撮影の現場には入れないから、売り出し中の若いモデルの写真撮影の様子を見せてもらった。たまに映画関係者から頼まれて、義理でそういう仕事も引き受けるようだった。

鏡の前で、モデルの髪を作り上げる幹久の腕に魅入られた。まさに作り上げるという言葉しか思い浮かばない作業だった。写真を撮るたびに新しい髪型に作り変える様は、技術と芸術の融合だと思えた。前の髪型をさっと崩し、髪を下ろしたりアップにしたり。それをモデルの子と会話しながらやってしまう。幹久に促されて微笑みを浮かべる若いモデルは、緊張がほぐれて本来の美を輝かせる。

砕けた会話をしながら、幹久の長い指は無駄のない動きをする。ブローをしたかと思うと、ヘアアイロンで髪を巻き、コームを使ったりピンを挿したり。小悪魔的なストレートボブから、無造作なウェーブヘア、大人シニヨン、複雑な編み込みの入ったまとめ髪まで。エクステンションや髪飾りを付けるとまた違ったニュアンスになる。的確な動きで髪の毛を巻いたりねじったりしてスタイリング剤やワックスを使い分ける幹久は、いつもの義兄ではなくなっていた。プロの仕事師だった。

鞠子とそう年の変わらないモデルの子が、鏡を通して後ろに立つ鞠子を見ていた。幹久の手で変身させられていく彼女も、プロだった。髪型が変わるたび、それに見合った表情を浮かべた。

撮影が終わった後も、片付けと打ち合わせがあるという幹久を置いて、鞠子は先に帰った。

「どうだった？」

亜弥に訊かれて「よかったよ」としか答えられなかった。

「退屈したんでしょ。モデルの撮影を見てるだけなんて、つまんないもんね」

姉はからかい半分、慰め半分でそんなことを言った。

その時の自分の心情を言葉に表すのは難しかった。義兄への見方が変わったことは確かだったが、どんなふうに変わったのかは自分でもわからなかった。彼に惹かれたということではない。幹久とモデルの子の間に、髪をセットする瞬間だけ生じた強いつながりが妬《ねた》ましかった。おかしな感覚だった。あの子はもうヘアスタイリストのことなど忘れて、別の仕事に行ったか、誰かとおしゃべりに興じているに違いないのに。

鞠子は持て余したその感情を、プロの仕事をこなす義兄への尊敬の念というありふれたものに置き換えて、やり過ごすことにした。

恋人とは交際を続けていた。二人の間には何の問題もなかった。セックスの相性もよかった。恋人は、鞠子を抱きたがったし、鞠子もそれに応じた。

成人式が間近に迫ってきた。鞠子は、着飾ることには何の欲もなかったから、亜弥のおさがりの晴れ着を着ることにした。

「鞠ちゃん、幹久がね、あなたのヘアセットをしてくれるって」

亜弥がやって来て言った。おそらくは、自分のおさがりを着る妹がかわいそうになったのだろう。

「いいでしょ？　女優さんの髪をスタイリングしているプロに髪のセットをやってもらえるなんて。きっと素敵なヘアスタイルにしてくれるよ」

幹久は、普段は亜弥の髪にも触らないと聞いていた。彼の仕事場は、映画やスチール写真の撮影現場だったから。

「うん」

「何？　その気のない返事。滅多にないことだよ。プロ中のプロに成人式のヘアスタイルをやってもらえるなんて」

きっと姉が頼み込んで、幹久は仕方なく引き受けたのだろう。

あの日、美しい自分を誇示するように鏡の中で微笑んでいたモデルの子を思い出した。髪型が変わるたび、それに合った表情になるモデル。到底あの子には及ばない。髪型にふさわしい自分を演出することなんてできない。それを職業としてやっている人々とは張り合えない。義兄との間には、何も生まれないだろう。当たり前のことだけど。

だから、義兄に髪のセットなんかしてもらいたくなかった。

でもとうとうそれを言い出せなかった。姉の気持ちも無駄にしたくなかったし、珍しく父も喜んでいた。しかし、断るべきだったのだ。もうあの時点で、幹久に心は傾きかけていたのだから。それを鞠子自身も知らなかった。


　成人式の日、朝早くから幹久は道具箱を抱えてやって来た。亜弥も一緒だった。

「着付けもメイクもしてもらえるのよ。鞠子、今日は同級生の中で一番の美人だよ。あんたはお母さん似なんだし」

　そう言われても、鞠子は仏頂面のままだった。

「お母さん似」とは、時々知り合いや親戚に言われることだった。体の造作が大づくりな亜弥は、どっちかというと背が高く骨太な父に似ていて、鞠子はほっそりしていて目鼻立ちがはっきりしていた母に似ていると。

「朝ごはんは食べたの？」

　嫁いでしまってからも、実家へ来ると、姉は誰彼なしに世話を焼いた。もう食べた、と答えたのに、炊飯ジャーの蓋を開けて、小さなおにぎりをせっせと作り始めた。

「成人式だの結婚式だの、とかく式の主役はお腹がすくからね」

　そう言う姉は、結婚式は挙げていない。入籍した晩に、両家の数少ない親族で食事をしたきりだ。幹久の両親は既に亡くなっていて、兄弟もいなかった。岡山県倉敷市《おかやまけんくらしきし》から上京した年老いた叔父が同席した。叔父という人は口数が少なく、気詰まりな会食だったことを思い出した。その人ももう亡くなってしまった。

おにぎりが出来上がると、亜弥は前の晩から用意してあった着物や小物を確認し始めた。父は手持無沙汰《ぶさた》にうろうろしていたが、やがて居間へと引きあげた。

亜弥を助手にして、幹久は慣れた手つきで振袖《ふりそで》を着付けた。和装の女優を撮る時や、時代劇の撮影の時には、着付けにも手を貸すらしい。鞠子は言われるままに足を踏ん張ったり、くるっと回ったりするだけだった。

シュッシュッと小気味よく紐《ひも》が締められる音がした。体に回された幹久の腕は、思いのほか筋肉質だった。襟元《えりもと》を直す時など、顔もぐっと近づく。あの燻った煙の匂いが間近でした。

鞠子は努めて平静を装った。こんなこと、何でもないというふうに。実際、特に心が揺れるということはなかった。着付けをする義兄は、淡々としていて機械的で、きわめて中性的だった。職業上、そういう風情を身に着けたのだろう。女優の体に触れても嫌がられないように。

「わあ、素敵な帯結びだよ」

亜弥は背中の帯を見て言った。おさがりの振袖は古典柄で、絢爛《けんらん》豪華に咲き誇る四季の花を乗せた花車が裾《すそ》に、肩から胸にかけては鳳凰《ほうおう》が羽を広げて飛んでいる模様だった。それに金色の亀甲文《きっこうもん》の帯を締めるのだ。およそ地味な顔立ちの亜弥には似合わない柄ゆきだった。母がいないから、母の妹、すなわち叔母に頼んで選んでもらったのだった。

「ほら、見てごらんよ。鞠ちゃん」

亜弥が姿見の前に引っ張っていった。振り返って見た帯結びは、花びらが何枚も重なったようにアレンジしてあって、あまり見たことのないものだった。

「苦しくない？　鞠ちゃん」

体をねじって帯に見入る鞠子に幹久が話しかけてきた。

「うん。大丈夫」

「さあ、今度は髪のセットよ。早くしないと間に合わないよ」

亜弥がせかせかと姿見の前に椅子を持ってきて鞠子を座らせ、口に小さなおにぎりをぽんと入れた。

「じゃ、私はもう用なしだね。あっちでお父さんと待ってるから」

亜弥が出ていって、幹久が後ろに回った。着付けの間、仮止めしていた髪を下ろされた。セミロングの髪の毛が肩より少し下まで届いた。

幹久は何も言わず、頭を両方からぐっと押さえ込む。指が地肌に食い込む感触。そのまじっと鏡を見詰めて考え込んでいる。鞠子の頭をどういうふうにアレンジするか、イメージが湧《わ》くのを待っているのか。

鞠子も微動だにせず、鏡越しの義兄を見詰めた。幹久とは視線が合わない。彼は鏡の中の別の鞠子を見ているような気がした。頭の形を探るように、少しずつ指が上がってくる。

立てた指が地肌を撫で上げる。体の芯がじんと痺《しび》れた。膝《ひざ》に置いた手をぎゅっと握り締めた。

分厚い着物を着ていてよかった。着物と帯で体を固く締められていなければ、その場にくずおれてしまいそうだった。

頭頂部近くで止まっていた指が、頭の側面を一気に撫で下ろした。その感触に全身が粟《あわ》立《だ》った。それを気取られまいと、体に力を入れた。鞠子の気持ちとはうらはらに、唇の端から熱い吐息が漏れる。

鞠子の変化に気づかない義兄の指は、側面から後頭部に回り込む。

なんだって――と鞠子は思った。なんだってそんなに私を誘うの？

もちろん、そんな気はさらさらないのはわかっていた。指は、迷うように後頭部を撫で、一瞬止まる。そして髪をすくい上げる。片手で一束にした髪の毛を持ち、また片手で頭の後ろに指を立てた。撫で下ろす。一度、二度――。

そう背も高くない幹久なのに、指はアンバランスに長い。こうして女の髪をまさぐるためにできている道具みたいに。握った髪の束を放す。髪の毛はバランと広がった。それを宙に投げ上げるように、両手で弄《もてあそ》ぶ。そうしている間も、幹久の目は鏡に注がれたままだ。決して本物の鞠子とは目を合わさずに、鏡の中の鞠子だけに集中している。

ああ、これだ、と思った。あのモデルの子は、装うことに集中し、ヘアスタイリストの為すがままになったんだ。鏡に映し出された自分になりきって、ただの素材になった。瞬間、この人に身を委《ゆだ》ねることに何の躊躇《ちゅうちょ》も覚えず。

ただ髪型を考えているだけの男に、なぜこんなに感じさせられるのだろう。何も知らないバージンの子じゃないのに。

途端に恋人と激しく交わる自分を想起した。喘《あえ》ぎ、懇願し、汗まみれになっている全裸の自分を。あの時、恋人の指は何をしたか。鞠子の体中を這《は》い回ったに違いないのに、そこからきた悦楽は、今、この瞬間に劣る気がした。

鞠子は固く目を閉じた。自分が欲情しているのがわかった。自分の髪をいじる男に。自分の全細胞が、今後ろに立つ男に向かっている。

長くしなやかな指は、頭の両横の髪を掻《か》き上げる。体が折れそうになるのをこらえた。掻き上げた髪をつかんで一瞬止まった指が、意思を持ったように動き始めた。

髪型が幹久の中ではっきり形になったのだ。ただそれだけなのに、地肌から離れていった指が恋しかった。それからは一気呵成《いっきかせい》だった。幹久の手は淀《よど》みなく動き続けた。

髪を束に分けてピンで止め、カーラーで巻く。コームで逆毛を立たせ、緩くねじってボリュームを出す。腰を落とした幹久が真剣な眼差しで、頭の後ろで髪をまとめる様を、鞠子は幻を見るように見ていた。幹久の男が匂い立った。

うなじに義兄の息がかかった。自分の体の奥深い部分が呼応するのがわかった。

「どう?」

合わせ鏡で見せてくれた髪型は、古風な夜会巻きをアレンジしたものだった。サイドに夜会巻きのラインを残しつつも、緩い編み込みが入っていて、巻き込んだ後に絶妙に崩してあるので、そこに若さが感じられた。しかし正面から見ると、顔立ちがはっきりして落ち着いて見えた。上品でシック。それでいて斬新。

「着物の柄が派手だし、帯結びも大ぶりだから、あんまりボリュームがあり過ぎると重いだろ？　それに色白でうなじがきれいな鞠ちゃんには、こういうのが似合うと思ったんだ」

　幹久が道具箱から髪飾りをいくつか取り出した。ちょっと迷った挙句、一本のかんざしに決めて、鞠子の前に差し出した。つい手が出て、それをつまんだ。シンプルなかんざしで、平べったくて青い色の石がひとつ付いていた。

「それ、瓶覗《かめのぞき》っていう色なんだよ」

　幹久の声が頭の上から降ってきた。

「瓶の底に溜《た》まった水の揺らぎ。空の色を映しとったような、そんなはかない色。空を恋う色」

「空を恋う……色」

昭和十五年　三月十二日

復《また》渡しで戻り、四里近くもある三十五番清瀧寺《きよたきじ》へ打ち戻る。若《も》し此《この》渡船がなければ所謂《いわゆる》八坂八濱《やさかやはま》の難所があるのだ。

次の札所までは十七里半もある。中《なか》ノ浦から須崎町《すさきちょう》までが一里十二町。急ぐ遍路はこゝから汽車に乗る。だが妾は、歩いていくことにする。木賃宿に泊まるといふ贅沢《ぜいたく》をした後で、汽車賃にも差し閊《つか》へるのだ。土佐は修行の道場だから、歩くのが本当だと自分に云ひきかす。然《そ》うだ。菩提《ぼだい》の伊予に入るのが、今の妾の目標だ。

海の辺《ほとり》を行き、嶮《けわ》しき坂をよぢ登り、ただ前《ま》へを見てゆくのみ。

夫《そ》れにしても、太平洋の海の烈しいこと。山の中にゐても、海の音が聴こえてゐる。夜の闇の中にゐても然《しか》り。

疲労と困憊《こんぱい》とでグツタリと倒れ込む。足は腫上《はれあ》がつて全く一歩にも堪へない程だ。草鞋も早《は》や破れてしまつてゐる。そのうちに月が出た。明かるい月の光に、崖下《がけした》に打ち寄せる波の白さが幻のやうに見える。月光は、いつも妾を狂はしめる。

倒れたそのまゝ、滂沱《ぼうだ》たる流涕《りゅうてい》。自分がなぜこゝにゐるのかもわからなくなる。

晋造さんが恋ひしい、恋ひしい、恋ひしい――。

霊験いちじるしいこの國《くに》で、あのお人を生き返らせてはもらへまいか。あゝ、何であんな莫迦《ばか》なことをしたものだらう。この世で一番恋ひしい人をこの手に掛けるとは。

あれも月夜の晩だつた。必《きつ》と月の魔が妾の体に差し込んだのだらう。晋造さんにお情けをいたゞいたばかりの火照つた体に。あのお方が引き開けた障子の向かうから、真正面《まとも》に月光が射《さ》してきた。魂が全《すべ》て吸ひ取られて仕舞ふ様な大きい月だつた。同時に吹き込んできた一陣の風が、親しく肌を合はせてゐた気配さへ拭《ぬぐ》ひ去つて了《しま》つた。このまゝ、晋造さんは去り、妾は強ひられて苦しい眠りに就き、鉛色の夢を見るのかと思ふと、どうにも遣《や》り切れない気がしたのだ。

此の苦しさ、不快さから脱《の》がれる手段として、愚かなことに妾は刃物を手に取つた。無恥なるもの、汝《なんじ》は女。男から離れられず、どうにもならず、自分を殺せばいゝものを、相手を殺した。これで了《おわ》ると一図に思ひ詰めて。

お内儀のもとに帰る人を憎んでさうしたと思つてゐた。今の今まで。併《しか》しさうではない。妾の心が体が、自分でもどうにもならないほど男に惹かれる、夫れが怖くてその元を断つたのだ。それですつかり解脱《げだつ》すればよかつたが、まだ男が恋ひしいとは。何といふ醜態だ。血に塗《まみ》れても染まつても、救はれない妾は、浮薄で浅墓《あさはか》で業が深い。

腕に巻いてゐるたがやさんの数珠を繰る。

斯《こ》うしてゐても、己の情けない有様に一刻も耐へがたい。いつそ此処《ここ》から海に身を投げられたら。いや、然うできたら、遠い四国までは渡つて来なかつた。

お大師様の足跡、霊場を巡り乍《なが》ら、妾は罪悪に汚れ、何時《いつ》しかゆく道は偽善に陥《お》つるのだ。不義の仲とは云へ、晋造さんは妾を愛しがり慈しんでくださつたのに、妾のしたことは残忍酷薄な仕打ちだ。

妾はグツと身を起こした。金剛杖を岩場にカツンとついて、依《よ》つて立つ。身に沁みる冷気に凍え乍ら、破れた草鞋で歩きだす。

起こつたことはもう元には戻らぬ。たゞ流る、様に、漂泊の旅を続けるのみ。四国はよい。幾らでも廻はれる閉ぢた環《わ》だから。


震え上がった。この手記の書き手は、不義の恋に身をやつした挙句、そこから抜け出せない自分に絶望して、こともあろうに相手を刺し殺してしまったのだ。

そして四国へ逃げ込んだ。聖なる四国八十八か所巡礼を、逃亡の道とした。

鞠子はカーペットの上に和綴《わと》じの手記を投げ出した。糸がほどけて、終《しま》いの数枚がはずれて散らばった。なぜこれをあの書斎から持ち帰るというようなことをしたのだろう。今の自分にあまりに重なり過ぎる。

自分のものにならない男を、どうしても手に入れたかった。狂ったように男に焦がれた。その無垢《むく》で一途で烈々たる想いから身をかわすべく、義兄は遠い国へ去った。それがなかったら、もしかしたらこの手記の女のように、恋しい男を殺すしか方法がなかったかもしれない。あの激しい恋を終わらせるには。

鞠子は部屋の隅に置かれた小さなボストンバッグに目をやった。亜弥に押し切られ、松山行きを了承したのだ。限られた時間しかない姉の気まぐれに付き合うのは、妹の義務だと自分に言い聞かせた。変に拒絶して、不審に思われるのも嫌だった。

驚いたことに、真澄もそれを後押しした。金亀屋を遍路宿として復活させる計画は、当面は無理だと了解している。

「ちょうどよかった。お姉さんとあそこの利用方法をようく相談してきなさいよ。宝の持ち腐れにならないように」

そんな素っ気ない言い方をしたけれど、彼女なりの思いやりなのだろう。

紘太の死によって精神のバランスを崩しかけた鞠子を労《いた》わるのに最適の姉妹の小旅行ととらえているようだ。肉親にしか癒《いや》せない傷もある。ことに他人との関係性に疲れ切った場合は。

それも一理ある。久しぶりに会った亜弥と父親の墓参りをし、銀座《ぎんざ》や渋谷《しぶや》でショッピングをしているうちに気持ちが和《やわら》いでいくのがわかった。再開発によって変わってしまった街の表情に驚嘆の声をあげる亜弥の態度は、鞠子の気持ちをさりげなくほぐしてくれた。姉の天真爛漫《てんしんらんまん》さ、無邪気さ真率さは常に鞠子を助けてきた。彼女は鞠子にとって母であり、友人であり、困難な時期を乗り切った同志だった。

結局姉夫婦は、三軒茶屋《さんげんぢゃや》にある賃貸マンションを契約することにした。鞠子にアドバイスを、などと言っていたのに、見て回った日にさっさと決めてしまった。本当に仮住まいというような気持ちなのかもしれない。築十八年の古いマンションなので、現在業者を入れてリフォーム中で、十二月からしか入居できないという条件も合致したのだろう。

「十二月になったら、私だけが先に日本に帰って来て住んじゃおうかな」

たいして気に入ったふうでもないのに、亜弥はそんなことを言っていた。二十二年振りに帰国することが決まって心が逸《はや》ったか。里心がついたのか。

「松山に行って時間を潰《つぶ》してくれると助かるよ。僕は人に会いに行く用があって、その間亜弥さんの相手ができないから」

幹久の言葉には曖昧《あいまい》に微笑み返した。真澄の気遣いは有難いが、鞠子自身はもう一回あの陰鬱《いんうつ》な古民家へ行くのは気が重かった。しかも亜弥は、あそこに泊まる気でいる。

この鬼気迫る手記を読んだ後ではなおさらだった。再会した義兄に、冷静に向き合えたことで一応ほっとはしていたが、先々のことまではわからない。これから姉夫婦と近しく交わらなければならなくなることも含めて気が重いのだった。

翌朝、羽田の空港ターミナルで待ち合わせた亜弥は、すこぶる元気だった。静岡《しずおか》へ新幹線で向かった幹久を見送ってから来たという。姉は純粋に妹との小旅行を楽しみにしているのだとわかって、鞠子も気を取り直した。

八十年も前に書かれたものに心を乱されるなんて、どうかしている。紘太のことがあって、その後幹久に再会したものだから、神経が過敏になってしまっていたのだろう。松山は自分たちのルーツなのだ。そこを訪ねるのに、苛立《いらだ》ったり不安がることはない。

晴れ渡った松山空港に降り立った時には、すっかり気持ちは落ち着いていた。

太山寺までは、タクシーで二十分ほどだ。タクシーが二の門を通り過ぎた地点で、亜弥はタクシーを停《と》めさせ、曽我組長の家に立ち寄った。東京で買ってきた菓子折りを渡して挨拶をしているようだ。そんな気遣いをすることがなかった自分は、やはりここに溶け込もうとしていないのだと思った。

再びタクシーを走らせて着いた金亀屋は雨戸が繰られ、土間もきれいに掃き清められていた。亜弥が宮田ふき江に知らせておいたのだろう。何もかも定められた手順通りにことが運んでいるといった感がある。

以前に一人で来た時と違って、姉と一緒だというだけで随分安心感があった。亜弥はふき江にも手土産を渡した。ふき江は有難くもなさそうな顔をして、それを受け取った。続いて亜弥が帰国して東京に住むようになったこと、これからはもう少し頻繁にここに来られそうだということなどを伝えるが、驚いたり喜んだりということもない。苦虫を噛《か》み潰したような顔で頷《うなず》き、手持無沙汰に例の開運ブレスレットをいじっているだけだ。

亜弥の話が終わると、吾郎を従えて一段下の家に戻っていった。頭の上の手拭《てぬぐ》いは、季節が移って毛糸の帽子に変わっていた。

「宮田さん親子をよく助けてあげたよね、匡輝さん。きっとふき江さんから頼んだりしてないと思う」

荷物を奥に運びながら、鞠子は姉に話しかけた。

「そうだね。気の毒な人を見ると、放っておけない性分だったみたい。大伯父さんという人は」

寝室と決めた六畳間を点検し、台所のあちこちを見て回りながら亜弥は答えた。早速電気ポットでお湯を沸かしてお茶を淹《い》れようとしている。

「お風呂はここでも入れるけど、近くに温泉があるのよ。そこに行こうよ。その時に食材を買ってきて、今晩はここで作ろう。ＩＨ調理器を買って送っておいたから、吾郎さんが設置してくれてる」

こと家事に関しては、姉に任せてしまう癖が抜けない。

「うん、それでいいよ」

ダイニングテーブルに向かって、差し出された湯呑でお茶を飲んだ。

「吾郎さんの耳が聴こえるようになるよう、願掛けして八十八か所を巡拝して回ってたってこと？　宮田さん」

戦後でもそういう人、いたんだね、などと率直な感想を口にした。

「まあ、そういうことなんだろうけど、あの息子さんともども婚家を追い出されて、仕方なくお四国回りをして太山寺にたどり着いたんだって。そこで金亀屋に泊まって動けなくなったところに、匡輝さんが手を差し伸べたってことらしい。お父さんがそう言ってた」

「お父さんが？」

「うん。お父さんがまだ松山にいて、この家にも出入りしてた頃の話だって。小さな子供の手を引いて、ふうふう言いながらこの前の坂を上って来たふき江さんのこと、よく憶えてるって言ってた」

「そうなんだ」

もっと父と話しておけばよかった。今さらながら後悔の念を覚えた。そうしておれば、四国八十八か所のことも遍路宿のことももっとよくわかったのに。もしかしたら、父は匡輝さんから、あの遍路の手記の書き手のことも聞いていたかもしれない。

その後、亜弥と一緒に金亀屋の中を隅々まで見て回った。昔井戸があったという裏庭や、取り壊してしまった蔵の跡。座敷の前の庭は、元は手入れの行き届いた気持ちのいい庭だったに違いないが、今は庭木も好き勝手に繁茂して、屋根の上に枝を伸ばすほどになってしまっている。それでも吾郎が下草だけは刈ってくれているようで、かろうじて地面が見えていた。

二階にある匡輝大伯父の書斎にも入ってみた。亜弥はぞんざいな手つきで書棚のガラス戸を開いたり、床に積み上げられた古い書籍を手に取ったりしてみている。もともと姉はあまり本を読まない。だから大伯父の蔵書にも興味がない様子だ。窓に面した机の引き出しも開けてみたりもしたが、そこに入っていた女遍路の手記のことは何も言わなかった。たぶん目にしていても、気にも留めなかったのだろう。父からも特に何も聞いてはいないという様子だ。

それよりも鞠子には、姉に訊きたいことがあった。

書斎の前の物置部屋の奥に立てかけられた三枚のキャンバス。母が描いた油絵を持ち出そうとする鞠子を、きょとんとした表情で見ていた。

「ああ、これが――」

最初の感想がそれだった。三枚の油絵が、踊り場の壁に立てかけられていた。

「ほんとにここに置いてあったんだね」

「お姉ちゃん、この絵の記憶ある？」

「あるある。鞠ちゃんから聞いて思い出したの。お母さんがこれを描いてた時のこと。鞠ちゃんがじっとしてなくて、お母さん、苦労してた」

「ふうん」

どうして母は、二人の娘を並べて描かなかったのだろう。そう言うと亜弥は屈託のない笑い声を上げた。

「だって、私は学校があるんだもの。一緒にポーズを取ることなんかできないでしょ。学校から帰るたび、この絵が出来上がっていくのが楽しみだった。鞠ちゃん、すごくかわいい赤ん坊だったしね」

それから後の二枚は、どこかの絵画展で入賞したものだと説明した。父から伝え聞いていたことを、絵を見て思い出したのだと言った。

「お父さん、この三枚を松山に運んでたんだね」

「何で私に見せてくれなかったのかしら。お母さんが生きてる間だって、このこと、ひとつも言わなかったし」

「お母さんはこの絵をずっと高校の美術室に置いていたらしいの。亡くなって整理しに行って、お父さんが見つけたって。たくさんの油絵と一緒にね。他の絵はみんな人にあげてしまったり、処分したりして。でもこれだけは残そうと思ったんだ」

自分にとっては母との思い出をつなぐ大事な絵だけれど、母も特に家に飾るでもなく無造作に学校で保管していたのだ。そのことが鞠子の心を少しだけ挫《くじ》けさせた。

「でも私が大人になってからでも、教えてくれたらよかったのに」

いくぶん、ムキになってそう言った。

「さあ、どういうつもりだったんだろ」亜弥は肩をすくめた。「それはお父さんしかわからないわね。私が知ってれば、鞠ちゃんに教えてあげたんだけど」

働き始めて疎遠とまではいかないが、父との会話が急速に少なくなったことは事実だ。青戸の家を処分してマンションに移ると決めた時も、引っ越し当日は行ったけれど、後はろくに手伝いもしなかった。元気だった父が、自分で少しずつ片付けるからいいよ、と言った言葉に甘えた。

父はいつかここで、母の思い出の絵を鞠子が見つけることを期待していたのかもしれない。大事な品物を大事な家に保管してあったのだろうか。

鞠子は腕を組んで、テーブルの上の静物画と、遠い山に向かう道の風景画と、幼い自分を描いた人物画とを見比べていた。

「気に入ったのなら、持って帰って額に入れて飾ったら?」

そう言う亜弥の言葉には、首を横に振った。

「お姉ちゃんの言う通り、お父さんの考えでここに置いておいたんだから、そのままにしとく」

元の場所に片付けて、思い切りよく階段を下りた。


翌日は太山寺に参って、金亀屋の周囲を歩いた。ミカンがあまりいい収入にならなくなり、ミカンを作っていた耕作地をキウイの園地に転換したところも多かった。それでも作り手がいなくなり放置されたミカン園も見られた。

太山寺の裏手から、軽四トラックがやっと通れるほどの舗装されない道をたどると、金亀屋までたどり着けるらしい。そんな山道のことは何も知らない鞠子は、ただ姉について歩くのみだ。

淡く色づき始めた山の木々の中で、竹林だけが鮮やかな緑を輝かせていた。日が少し傾くと、白銀のススキの穂先が黄金色の光を溜め込んで、野辺がひと時明るくなった。

「あ、あれはノビタキだよ。あの茶色の鳥」

「ほら、フジバカマがいっぱい。群れているのはアサギマダラ。あの蝶《ちょう》は海を渡ってくるの。きれいでしょう」

きっと生き物の名前を姉に教えたのは、父だろう。理科の教師だった父は、幼い娘たちにそんなふうに接していた。

亜弥がここで父と過ごした濃密な時間のことを思った。姉がいてくれてよかったと思う。自分は、ゆっくりと父と付き合うことはできなかった。イギリスから戻って来て、娘らしく寄り添ってくれていた姉がいたから、父が突然亡くなっても自分を責めることなく過ごせた。妻に早くに先立たれ、再婚することのなかった男の人生もそんなに孤独で不幸なものではなかったと思えた。

三日の松山滞在は、鬱々《うつうつ》としていた鞠子を再生させてくれた。気が進まなかった金亀屋での宿泊も、子供の頃のように、姉と枕を並べて眠るということで、思いがけない安らぎをもたらしてくれた。

亜弥にも幹久にも、それから休暇を許可してくれた真澄にも感謝の気持ちでいっぱいになった。

最後の日は、二人で曽我を訪ねた。

日当たりのいい縁側に、曽我の妻がお茶の用意をしてくれた。オシロイバナやホウセンカなど、懐かしい草花が庭に群れて咲いていた。庭の隅には鶏小屋があって、数羽の烏骨《うこつ》鶏《けい》が飼われていた。それが時たまけたたましい鳴き声を上げる以外は、静かだった。

「金亀屋を無人のまま放っておいて、ご迷惑じゃないかしら」

亜弥は砥部《とべ》焼《やき》の湯呑でお茶を啜りながら尋ねた。庭と続きの畑では、曽我の妻が草刈りをしていた。カボチャやオクラが実っているようだった。つば広の布の帽子が、雑草の向こうで動いていた。

「そんなこたあない。無人でもあの家はあのままの形で置いといてくれんと寂しいわい」

曽我は、温州ミカンの皮を剝《む》いてくれる。農作業で変形した親指が、橙《だいだい》色の皮に突き刺さる。すると爽《さわ》やかな香りが溢《あふ》れ出してきた。

「ふき江さんはどう？」

亜弥は、曽我が差し出すミカンの房を遠慮なく取って、口に含んだ。鞠子もそれに倣う。酸味と甘みが絶妙に混ざって美味しかった。二つ三つと手が出た。曽我は子供にするように、白い筋まで取ったミカンの房をひとつずつ渡してくれる。

「ああ、あの婆さんか」

自分とそう変わらない年の宮田ふき江のことを、曽我はそんなふうに言った。

「相変わらず愛想がないが、今に始まったことじゃないけんな。吾郎も似たようなもんやが、あいつは口がきけんのやけんしょうがない」

ふき江親子は部落の寄り合いにも行事にも一切出てこないのだと曽我は言った。そんな様子だから、地域に溶け込んだとは言い難い。

「もうここに来て五十年にもなるっちゅうのに、あの頑固さはエライもんじゃわ」

亜弥はぷっとお茶を噴き出しそうになって、「ごめんなさい」と謝った。

「匡輝さんに対してもああだった？」

「そうやなあ――」手の中で湯呑をくるくる回しながら、曽我は考え込んだ。「やっぱり口数は少なかったな。匡輝さんが一生懸命、世話を焼いてくれとるのにぼんやりしたふうで。たいして感謝しとりもせんかった」

　あれは性分じゃろうな、と曽我は話を打ち切った。

「私たちは、金亀屋を当分はあのまま手を入れずに、置いておくつもりなの」昨夜話し合ったことを亜弥は口にした。「私も鞠子も生活の拠点は東京だし、たまにはこっちに来ることがあるかもしれないけど、東京を離れることはないと思う。だから、金亀屋は空き家のままにしておくしかないの。まだしばらくは宮田さんが管理をしてくれるだろうから」

「それがええじゃろ」

　曽我は大きく頷いた。鞠子たちが東京を離れないと言ったことにか、宮田さんに管理を任せると言ったことにかはよくわからなかった。

「ここいらには大きい遍路宿がいくつもあったんじゃが、もう残っとるんは少ない。歴史のある宿じゃのになあ」

　姉妹がすっかりミカンを食べてしまうのを目にすると、曽我はもう一個剝いて渡してくれた。丸っこいミカンが鞠子の手に納まった。半分を亜弥に渡す。滴る果汁が口から溢れ出し、顎《あご》を濡らす。それをタオルハンカチで拭いながらも、二人で舌つづみを打った。

「ほれ、そこの――」曽我が顎で示す先にも立派な造りの古民家があった。そこも土岐屋《ときや》と呼ばれる茶屋兼遍路宿だったという。「こないだまで爺《じい》さんが一人で住んどったが、ホームに入ってしもた」

　どこも空き家になる運命なのだろうか。曽我はぬるいお茶で口を湿してから、土岐屋に伝わる「ねじれ竹」の伝説を語った。

昔、筑紫《つくし》の国から四国遍路に来た二人の男女が、土岐屋である遍路僧と同宿になった。僧は二人が青竹の杖を庭に放置しているのを見て、遍路としての金剛杖の扱いを説く。二人が杖を取ろうと手を伸ばした時、二本の青竹はねじれ合ってしまう。二人に罪があったからだった。そこで二人は罪を悔いて発心《ほっしん》し、別々に巡拝することを誓う。僧は後世の戒めのためにねじれた青竹を庭に挿した。すると青竹はその地に根付いて青い葉を繁らせたという。

「今でも土岐屋の庭には、ねじれ合《お》うた竹が生えとる。お大師さんの戒めや。筑紫から来た男女は不義の仲やったんや。以来、遍路は金剛杖に青竹は使わんようになったんじゃ」

「え？　今もねじれた竹があるの？」

「あるよ。爺さんがおる時は見せてもらえたんじゃが、今はいかん。閉め切ってしもて。ああいうんもお遍路さんに見てもろたらええのに。もったいない」

それ、観光にもいいんじゃない？　と言う亜弥の声が遠かった。鞠子は食べかけたミカンを皮の中に戻した。口の中がねばねばして不快だった。なぜ今、ここでそんな恐ろしい伝説を聞くのだろう。

何かに導かれてここに来て、忘れたはずの罪を暴かれるという気がした。

晋造さんが恋ひしい、恋ひしい、恋ひしい——。

業の深い女遍路の手記の一説が、リフレインのように頭の中でこだました。

空路で東京へ戻った。帰りの便は混んでいて、亜弥と並びの席は取れなかった。それで幾分、ほっとした。まともに姉の顔が見られなかった。この三日間、ずっと天気がよかったのに、離陸する頃には今にも雨が落ちてきそうだった。飛行機は重い雲を突き抜けて舞い上がった。

鞠子はぐったりと疲れて窓に身を寄せ、陰鬱な空を眺めていた。

二十二年前、成人式の髪型を幹久に任せて以来、義兄の存在は鞠子の中で次第に大きくなった。恋人とは付き合っていたが、彼女が見ているのは、常に幹久だった。十七歳も年上の男。

自分が何を望んでいるのかは、よくわからなかった。あの男に愛されたいのか、自分一人のものにしたいのか。姉の夫を？　何度も自分に問いかけたが、答えは見つからない。ただあの指が恋しかった。まさぐられた肌が、吸い付くように指を追いかける感覚。あの感覚をもう一度味わえば、きっと明確な答えが見えてくるだろう。

「お義兄さんにもう一回髪のセットをしてもらいたい」

わざと子供っぽくせがんでみたが、亜弥は「何言ってるの」と一蹴した。

「幹久は、お店で働く美容師じゃないのよ。この間のことは特別なの。それに今、映画のロケについて東北へ行ってるし。当分帰って来ないわよ」

お友だちに髪型を褒められたんでしょう。あれ、とっても素敵だったもの、と姉は続けた。

東北から戻ってきた幹久と亜弥が青戸の家にやって来たのは、一か月もしてからだった。さっさとエプロンをつけて料理をし、手早く盛り付ける亜弥の手伝いをしながら、幹久の様子を窺《うかが》った。義兄は静かに父と語らっていた。義理の妹の方に注意を向けることはなかった。当然だ。

毎日仕事で多くの女性の髪型をセットしている幹久は、髪をいじったからといって、その女性のことが気になったりするはずがない。義理の妹ならなおさらだ。

食事の間中むっつりしている鞠子を、亜弥はからかった。

「どうしたの？　恋人と喧嘩でもしたの？」

それまでに亜弥だけには、付き合っている先輩のことを話していた。そのことをここで持ち出す姉が恨めしかった。

「なんだ。鞠ちゃん、恋人がいるの」

幹久の問いにも答えなかった。父は黙って箸を動かしていた。

「あ、わかった！」亜弥が笑って言った。「成人式の時の振袖姿を彼に褒められたんじゃない？　だから、幹久に髪のセットをしてもらいたいなんて言ったのよね」

へえ、そうなんだ、とのんびりした口調で幹久が言った。

「着物を着たいの？」

そう尋ねられてうつむいたまま、首を振った。

「この子、あなたに髪のセットをしてもらいたいんだって」

はっと顔を上げた。

「そうか。いいよ」気軽に幹久は言った。

「だめよ、あなた、そんな暇ないでしょ？」

「そうだ。鞠子、わがまま言うんじゃないよ」

珍しく父まで鞠子をたしなめた。

あの時、素直に父の言う通りにしておけばよかったのだ。そうすれば、あんなことは起こらなかった。

「着物じゃなくても、髪をセットしてあげるよ。鞠ちゃんに似合う髪型に」

「でも、鞠ちゃんの都合には合わせられないからね。ちょうどその時に幹久の体が空いてるとは限らないんだから」

「わかってる……」

消え入りそうな声で答えた。

それきり、姉夫婦からは何の音沙汰《おとさた》もなかった。きっとあの場を取り繕うために、幹久は話を合わせただけなのだろうと思った。鞠子も諦めた。本当は、この前のことは何かの勘違いだと思いたかった。そのことを確かめたかったのだ。義兄に髪を触られても、何も感じたりはしないということを。

三月になって、卒業式が近づいた。学校の卒業式の後、バドミントン部でも小さなレストランを借り切って四年生の卒業祝いのパーティをするのが恒例だった。突然幹久から電話がかかってきて、卒業パーティに出るのなら、髪をセットしてあげるという。おそらく亜弥からパーティのことを聞いたのだろう。ちょうどその日は仕事が入ってないから、とさりげない様子で付け加えた。

まだ鞠子は携帯電話を持っていなかった。自宅の廊下の隅に置かれた固定電話の受話器を耳に当て、義兄の声を聞いた。幹久は携帯電話でかけてきているようで、背後でざわざわと人の話し声がしていた。どこかの撮影現場からなのかもしれなかった。

「ほんとにいいの？」

抑えた口調で尋ねた。

「いいよ」

「それなら……」息を吸い込んだ。「この間のかんざしを挿してください」

「え？」

背後の声がひときわ大きくなった。聞き間違えたと思ったのか、幹久は「かんざし？」と念を押した。「でも、あれは――」

「いいの。あれがいい。瓶覗のあの色が」

もうその時から、鞠子の微妙な変化に幹久は気づいていたに違いない。

奮発して買ったドレスは、シルクシフォン素材の薄いブルーのワンピースに白いニットボレロを合わせたものだった。店で試着した時には優雅に見えたのに、帰って着てみると、いかにも子供っぽくてがっかりした。

午前中の卒業式には、大学に顔を出しておいて、大急ぎで家に戻った。

約束の時間に、幹久は一人でやって来た。父も仕事で出かけていたので、鞠子は一人で義兄を迎えた。ドレスに着替えた鞠子を見て、「へえ！　すっかり別人だねえ。鞠ちゃんによく似合ってる」という幹久の言葉も、通り一遍のものにしか聞こえなかった。

夜には仕事が入ってしまったという幹久の仕事は早かった。ヘアアイロンで髪の表面を波ウェーブにした。前髪を上げてトップにボリュームを持たせる。

「高い位置でまとめて、この前より華やかにしよう」

指が髪の毛をすくい上げる。頭皮をすうっと撫でる。この前のように頭の形を確かめるようなことはしない。もう鞠子のすべてを知っているとでもいうように迷いがない。しだいに焦《じ》らされているような気がしてきた。

座っているのは、母が残した鏡台の前だ。幹久がバランスを見るように、片手で毛束を持ち、頭頂部から指を滑らせてきた。すうっ、すうっと肌があの指に撫で下ろされる。そのたびに体の中心部で何かが首をもたげてくるのがわかった。

何なんだろう、これ。うろたえて考える。この先にどんな感覚があるんだろう。でもそれを今は味わえない。それがもどかしかった。

鏡を通しては、幹久とは目が合わない。この前と同じだ。トップの位置を決めかねて、左右に毛束を持っていく。それにつれて、指は頭頂部、耳の後ろ、うなじの近くを這《は》い回る。それに耐える自分を意識してしまう。男に嬲《なぶ》られて声を殺してこらえる自分を。

いつの間にか、首が垂れていたのだろう。いきなり顔の両側を挟まれて、くっと持ち上げられた。鏡に映った自分の惚《ほう》けた表情に愕然《がくぜん》とする。目の縁が赤らんでいる。まるで情事の後みたいに。その瞬間、幹久と目が合った。彼も驚いたように目を見開いた。

悟られた、と思った。鞠子が今、幹久の指の動きに感応していることを。「もっと、もっと」と淫《みだ》らにねだっていたことを。何もかも。きっと鞠子の髪の毛の一本一本がそれを彼に伝えていたのだ。魂のこもる髪の毛は、嘘《うそ》をつかない。

しかし、幹久は感情をすっと上手に畳み込んだ。おそらくはごくまれに女優やモデルから直截《ちょくせつ》な感情をぶつけられることがあるのだろう。そういう時の対処法も心得ているということか。

「ねじり編みを入れたパーティアップスタイルにしよう」

平板な物言いで、幹久は伝えてくる。鞠子は一言も答えられない。

「非対称にして、ボリュームを左に持ってきたら動きが出て面白い」

鞠子はされるがままだ。髪をまとめる位置が決まり、幹久は忙しく手を動かした。わざと残した顔の両側の毛束にアイロンを当ててカールさせた。最後に幹久は、道具箱から青い石のついたかんざしを取り出した。一言も発しないで、まとめ髪にそれを挿した。真っすぐ横にぶすりと挿す。自分の身に突き立てられた気がして、鞠子は小さく震えた。

その震えも幹久に伝わったはずなのに、彼は無表情だ。

見せられた合わせ鏡に目を凝らす。瓶覗の色が揺らいでいた。瓶の底から空を恋うて身《み》悶《もだ》えする水の色――。

昭和十五年　三月十六日

水たまりに妾の姿が映つてゐる。いつか見た室戸岬の岩窟で寝起きしてゐた物乞ひ遍路と変はりのない姿になつて了《しま》つてゐる。窶《やつ》れ果て、飽《あく》までみすぼらしい風采《ふうさい》で足を引き摺《ず》り、トボ〳〵と行く。

これから先、どれほどの巡査に会はうとも、誰もが悉《ことごと》く見逃して了ふであらう。捕へれば手柄になるであらうに。重罪人の女を。

さあ、歩け、と己に命ずる。一日七里は自分に課してあるのだ。

歩くことが修行だと遍路を定義した者があつた。修行の國《くに》をあるいてゐて、妾も茲《ここ》にひとつ、わかつたことがある。彼《か》の慕はしい人をこの手で殺して、なぜ四国に逃げ込んだかといふこと。

妾の中のなま〳〵しい女の部分を捨て去りたかつたのだ。男を求むる肉を黙らせたかつた。お四国を巡礼して、仏に帰依《きえ》すれば、忽然《こつぜん》老いて枯骨になると軽佻《けいちょう》にも思ひこんでゐた。寧《むし》ろ死んでも構はないなどと云ひ乍《なが》ら、女と云ふ生にしがみついてゐる浅ましさ。

山の中の間道で会つた惨《いた》ましい業病の女の方が、妾より何倍も尊い。どんなに手を尽して見ても治らない病を、お大師様に御願をかけて巡拝する、真《ま》つ直《す》ぐな心。いつか霊験に依つてきれいな体になるであらう。

彼のひとこそ、とはに麗しく、とはに虔《つつ》ましく、とはに情け深く、とはに清い。

それに引きかへ、妾の心根の醜いこと。修養のない心は下品で不謹厳で卑しい。も早《はや》奇体な生き物だ。仏に帰依することも、お大師様にすがることももつたいなくて出来ないけれど、歩くことは出来る。

埃《ほこり》と汗に塗れ乍ら。虱《しらみ》に食はれ乍ら。それでも物を食ひ、ダラシ無く眠り、動《やや》もするとあらゆる煩悩に様々に乱される。懐疑不安恐怖懊悩《おうのう》。これらを断つて仕舞ひたいと悶えてゐるけれど、余りに姑息《こそく》だ。

一頻《ひとしき》り種々の想念にとらはれて、神経は尖《とが》り、身悶えする。

併しこれ以上の罪があらうか。慕はしい人を殺して逃げると云ふ以上の罪。恋狂ひと云ふ大罪だ。夫《そ》れはまだ彼の人と睦みたいと体が訴《さ》へること。無限無辺の欲望――。

瞳《ひとみ》を天に向けて欣然《きんぜん》と歩む。土佐の海岸の寂みしい風光の中。

人を恋しいと思う気持ちは、なぜ生まれるのだろう。

突然母を失った時は、母が恋しかった。父と姉とがその穴を埋めようとしてくれているのがわかったから、泣き喚《わめ》くこともなく、いい子の振りをしたけれど、やっぱり喪失感は大きかった。

でも幹久を恋しいと思う気持ちとは明らかに違った。同時に大学生の恋人を恋しいと思ったことは一度もないということに思い至った。告白された時はあんなに嬉しかったのに、これはただの恋愛ゲームだったのだと思った。男と女がいて、誰が誰と付き合うかカード合わせをして、適当なものがくっつくゲーム。

義兄である幹久を求める気持ちは、渇望に近いひりひりしたものだった。自分の中の何がそんなに動いているのか、見当もつかなかった。姉の夫を欲しいと思う気持ちは、抑えれば抑えるほど燃え盛る炎のようだった。

求めても自分のものには到底ならないと知っているからこそ、辛《つら》かった。鞠子は瓶の底にわずかに残った水だった。義兄という空を見上げ、ただその色を映しとるだけのせつない存在。それだけで満足するしかない、瓶の中に閉じ込められた浅い水たまり。

幹久に惹かれていると自覚した後も、恋人とは付き合っていた。道ならぬ恋を忘れるための手段として。自分には申し分ない恋人がいるのだ。気の迷いを捨てなさい、と己に言い聞かせた。そうしながらも、これが気の迷いなどではないと知っていた。

鞠子の中のすべてが幹久に向いていた。そんな状況でも恋人と体を重ねた。慣れ親しんだ恋人の愛撫《あいぶ》に感応しながらも、やはりどこかおかしかった。今まで通りにはいかなかった。心がもう恋人を拒絶している。体だけならこの人を受け入れる。だけどもう前のように我を忘れてセックスに酔いしれることができなかった。

「どうしたの？」

恋人も鞠子の変化に気がついた。

「どうもしない」

ぶっきらぼうに答えながら、困惑していた。こんな気持ちでいるのに、一緒にキャンパス内を歩いたり、しゃべったり、ご飯を食べたり、セックスをしたりできないと思った。しだいに学生生活は色褪《いろあ》せ、無味乾燥なものに変わっていった。恋人といると罪悪感に苛《さいな》まれるようになった。

鞠子はほとほと疲れ果て、恋人といることも苦痛になった。相手も戸惑ったことだろう。あれほど彼を求めていた鞠子が、手のひらを返したように距離を置こうとしたのだから。

若い恋人は、鞠子を問い詰めた。

「もう一緒にはいられない」正直に言った。

「別に好きな奴ができたんだろ」

そう言われてうろたえた。

「わかってた。いいよ。お前が別れたいっていうなら。じゃあ、別れよう。だけど、相手は誰だか教えてくれ。それぐらいの権利は俺にもあるだろう」

考える暇もなく、答えた。

「お義兄さん。お姉ちゃんの旦那」

予期していなかった答えに、向こうは絶句した。あの後、彼は何と言ったんだったか。忘れてしまった。大学のそばの神社だった。鳥居の影が地面に長く伸びていたのだけは憶えている。なんだか二人してぼんやりと境内の中で立っていた気がする。どちらからともなく鳥居をくぐって出ていった。それっきりだった。

その後も、幹久とは何の進展もなかった。当たり前のことだ。ただ義兄は、鞠子の気持ちはわかっていたと思う。彼女との接触をさりげなく避けていた。

前は気安く青戸の家にも足を運んでいた幹久が、あまり足を向けなくなった。

「仕事が忙しいのよ」

実家に来ようとしない夫を庇《かば》って、亜弥は言った。

「いいさ。無理をすることはない。仕事の方が大事だ」

そんな父との会話を、鞠子は虚《むな》しく聞いていた。その頃父は教師を退職し、区の教育委員会に嘱託で勤めていた。

鞠子は大学三年生になった。そろそろ就職を考えなければならなかった。でも何も手につかなかった。鞠子がぼんやりしているのは、恋人と別れたからだろうと亜弥は思ったようだ。変に励ましてくれる姉を適当にあしらった。

「鞠ちゃんは、私なんかと違ってしっかりしてるもんね。いい会社に入れるよ、きっと」

亜弥は、結婚するまで勤めていた映画配給会社には、父の知り合いが口をきいてくれて入社したのだ。あそこに就職しなかったら、姉は幹久とは出会わなかったはずだ。特に映画に興味があったわけでもない亜弥と、幹久はそこで偶然知り合った。

亜弥の上司である美濃部が、映画関係者と食事をする際に亜弥を連れて行ったのだ。別の女性を予定していたのに、たまたまその日、彼女の体調が悪くて急遽《きゅうきょ》変更になったということだった。人生は偶然の重なり合いでできている。

どうしてあの二人が惹かれ合ったのだろう。のんびりと構えて、恋愛には疎い感がある亜弥だった。義兄は、あの泰然さとおおらかさに魅力を感じたのか。

あの二人はどうやって愛し合うのだろう。考えまいとしても、どうしてもそこへたどり着く。しっかりとした肉が覆う姉の体を、幹久は愛おしいと思うのだろうか。どんな姿態で交わるのか。どんな声をあげるのか。その年の春から秋にかけて、そんなことばかり考えていた。

就職説明会があり、仕事というもの、自分の人生へ向き合わねばならなくなるにつけ、幹久の生き方をなぞった。そうすると、自分の人生を自分の手でもぎとった大人の男としての魅力がいや増した。そうだ。幹久は大人だった。初めて出会った大人の男。考えれば考えるほど、彼への思いは募った。自分でも異常だと思うのに、それを止められなかった。義兄の指、義兄の声、義兄の匂い――。

決して手に入らないものだからこそ、それに焦がれた。

亜弥を嫌いになりたかった。姉からむしり取ることができるほど、彼女が嫌な人間だったらいいのに。そんなことをまで考えた。やっぱり亜弥は、妹のことを心配し、気にかけてくれるかけがえのない家族だった。彼女を裏切ることなどできない。体が引き裂かれそうだった。

幹久は、一層仕事に没頭していた。入ってくる仕事は断らなかった。繁忙の極みにあって、亜弥は夫の体を心配していた。ある映画監督にもそれを指摘されたようだ。

「君が病気にでもなったら、僕の仕事は成り立たないよ」と、少し休むように忠告されたらしい。

それでも次々に仕事を受ける幹久を、半ば強制的に休ませようと、監督は自分が所有する軽井沢《かるいざわ》の別荘を提供すると言ったようだ。そこで夫婦でのんびりしろと。そんなことを鞠子は亜弥から聞いた。

旧軽井沢地区にある彼の別荘は、戦前にドイツ人建築家によって建てられたものだった。監督が二十数年前に買い取り、使い勝手がいいように改築したらしい。しかし年をとったせいで、最近はなかなか足が向かないのだという。かつて建築雑誌にも紹介されたことがあるのだと、亜弥はその雑誌を持ってきて、父や鞠子にも見せた。カラマツ林の中に建てられたそれは豪勢ではないが、細部に凝った品のいい建物だった。

「幹久がようやく三日間だけ休みが取れて、二人でここに行くことにしたの。せっかく有名な監督さんが勧めてくださるんだもの、無下にできないでしょ？」

亜弥は、夫と水入らずで過ごせる軽井沢での休日を、楽しみにしていた。冬が近づき、観光客もいなくなった軽井沢は、紅葉は散ってしまったけど静かでいいよ、と監督から言われたようだ。幹久が先に現地入りし、別荘の管理会社から鍵を受け取って買い物などを済ませておくから、亜弥は後からゆっくり行くのだということを、鞠子は聞くともなく聞いていた。

ところがいざ出発しようという時に、亜弥に急な連絡が入った。学生時代からの親友の旦那さんが亡くなったのだ。旦那さんという人は大学教授で、亜弥の恩師でもある。親友は大学時代に、大学講師だった人と恋愛して結婚したのだった。

彼らの住まいは宮崎《みやざき》で、亜弥はお通夜《つや》から駆けつけて唯一無二の親友を支えなければならなくなった。それがちょうど、姉夫婦が軽井沢行きを予定していた三日間とぴったり重なるのだった。

「残念だけど、行かないわけにはいかない。あのご夫婦にはとってもお世話になったもの。それに島本《しまもと》先生が亡くなって美佐江《みさえ》はきっと、取り乱していると思うわ」

鞠子に電話してきた亜弥は、軽井沢のことなど、もう頭にないといった様子だった。

「幹久も行きなさいと言ってくれたの。あの人は、一人で別荘で過ごすからって。もうあっちにいて、ゆっくりしてる。何も不自由はないらしいから心配しなくていいって」

その電話を、鞠子はある会社の面接試験の会場に向かう直前に取った。就職活動の真《ま》っ只中《ただなか》のことで、その後も次々と説明会や試験に臨むことになっていた。

「大丈夫なの？　お姉ちゃん、宮崎まで行ける？」

一人で旅行などしたことのない姉を心配してそんなことを尋ねた。亜弥は力なく笑って言った。

「大丈夫に決まってるでしょ。私、いくつだと思っているの？」

面接を終えた鞠子は、リクルートスーツのまま、大学に戻った。就活に必要な成績証明書を取りにいく必要があったのだ。

大股でキャンパスを歩いている時、元恋人にばったり会った。ひとつ上の彼は、郷里に帰って就職することが決まっていて、ほとんど大学に顔を出していなかった。

「鞠子」

気安くそう呼ばれて、明らかに不快な表情をしたと思う。彼は足早に寄ってきた。

「君の大好きな義兄さんは、有名なヘアアーティストなんだって？」

言葉が出なかった。この男に、義兄に恋していることを告げたことすら、忘れていた。まさか執拗《しつよう》にそんなことまで調べ上げているとは思わなかった。

「つまり、鞠子はずっとその人に片思いしているんだな？」

彼がなぜ今、こんなことを言い出したのか、見当もつかなかった。別れてから、もう半年以上経っていた。鞠子はさっと周囲を見渡した。夕暮れのキャンパスにはまだ学生が溢れていた。サークル活動に向かう人や、街に繰り出そうとしている人々、ただ立って談笑しているだけの男女。誰も鞠子たちの方には注意を向けていない。

「そんなんじゃない」押し殺した低い声で言った。「あれは嘘。あなたと別れるための」

男はふふんと鼻で笑った。

「嘘をついてまで、僕と別れたかったわけか」

鞠子は踵《きびす》を返して、男から離れようとした。

「待てよ！」

鋭い声とともに、肩をつかまれた。近くを歩いていた学生たちが、ぎょっとしたように視線を送ってきた。鞠子は肩から男の手を払った。そして大きく息を吸い込んで、心を落ち着かせた。

「嘘をついたのは、悪かったわ。でもああでもしないとあなたは別れてくれないと思って……」

「そうか」

相手もいくぶん、落ち着きを取り戻したように見えた。

「じゃあ、理由なんかないんだな。僕から気持ちが離れてしまったことに。それなら率直にそう言ってくれればよかったんだ」

それには答えず俯《うつむ》いた。あれほど密な時間を過ごした元恋人だった。数か月後には、卒業して遠いところへ行ってしまう彼に、自分はひどい仕打ちをしたことに思い至り、申し訳ないという気がした。黙っている鞠子に、相手は畳みかけた。

「鞠子が嘘をついたんだとしたら、僕はとんだ道化をしたってことだな」

男の言っている意味がわからなくて、鞠子は首を傾《かし》げた。

「僕は津本幹久に会いにいった」

えっ？　というふうに鞠子は相手を見返した。キャンパスに植えられたメタセコイアの黄葉した葉がさらさらと降ってきた。

「僕の従弟が美容師をしていて、その伝手《つて》の伝手をたどって鞠子の恋する相手に会いにいったわけ」

「うそ」

「本当さ。僕が振られた理由になった相手を見ておきたかった」

頭にかっと血が上った。

「そんなこと、嘘に決まってる」

「本当だって。今年の五月。彼は三宅卓也《みやけたくや》監督の『ディストラクション』の撮影に参加していただろ？」

それは本当だ。たぶん。

「その撮影現場に押しかけた」

「でたらめだわ」

彼がでまかせを言って、自分を慄《おのの》かせているのだと思いたかった。

「津本氏は会ってくれたよ。時間を作って」

まさかこの男がそこまでするとは思わなかった。鞠子は真っすぐに男を睨《にら》みつけた。

「どんな話をしたか、知りたい？」

焦らすようにそんなことを言う男が憎かった。でも知りたかった。幹久にこの男がどんなことを言ったのか。義兄はどう答えたのか。

近くに立つナトリウム灯が点《つ》いた。青白い光の中で、鞠子は一層青ざめた。男に促されるまま、噴水池のそばのベンチに腰を下ろした。冷え冷えした座面にもメタセコイアの葉が落ちていた。

「津本氏は何も知らなかったな」意地の悪い表情で男は言った。「あなたの奥さんの妹は、あなたに恋してますって。だから、僕は振られました——そう言っても、たいして表情を変えなかった」

どうでもいいんだ、お前のことなんて、と男は続けた。せめて言葉で元恋人を傷つけたいと思っているのか。

「可哀《かわい》そうだけど、お前の恋は実りそうにないな」勝ち誇ったように彼は言った。「津本氏はすごく落ち着いていたな。最後にそれはあなたの思い違いでしょう、と言った。だから——」

男は片頰《かたほお》を変に歪《ゆが》めて笑った。卑屈な笑いだった。

「じゃあ、あなたは鞠子をどう思っているのかって僕は訊いた。妻の妹ですよ、それ以上のものではないってはっきり答えたね」

何も答えないでいる鞠子がじれったいのか、男は急いで言葉を継ぐ。

「でも大事な妹だから、あなたが彼女を傷つけるようなことをしたら許さない、だとよ」

大事な妹、もう一度そこを強調する。表情を読まれたくなくて、鞠子は俯いてしまった。それが面白いのか、男はますます悦に入る。

「義兄として真摯《しんし》な態度だね。だから、僕も率直に話した。僕らは本当にうまくいっていたんだって。鞠子が義兄さんに心を奪われてしまうまで。僕らがどんなふうに愛し合っていたか。鞠子はどうやったら感じるか。どんなことをしてもらいたがるか」

鞠子はいきなり立ち上がって、男の頰を平手で打った。そんなことをしたのは、後にも先にもあの時だけだ。もはや周囲の目など気にならなかった。夕闇の中で二人の間の時間が止まったような気がした。男は平気な顔をして、気味悪く笑った。

「僕らの恋をダメにしたことにも気がついていない男が我慢できなかったのさ。ついでに鞠子の気持ちも伝えてやった」

元恋人はゆっくりと立ち上がった。

「お礼はいいよ。鈍い男には、ああやって直接伝えないとな。あいつはたぶん、妻の妹に手を出す度胸なんてないよ」

頰が赤らんだ。ばかげた繰り言を言い募る元恋人と、その前に黙って座っている幹久の愚かな女を見下ろしていた。

いつの間にか、一人でベンチに座っていた。体は冷え切っていた。空に冴えた月が出て、鞠子の足下で、枯れた落ち葉がカサカサと音を立てた。

いたはずなのだ。義理の妹の気持ちに。

姿が目の前に浮かんだ。幹久はどんな思いでそれを聞いたのか。あの人はとうに気づいて

旧軽井沢の別荘に着いたのは、真夜中だった。タクシーを下りた時に、窓に明かりが点《とも》っているのが見て取れた。夜の冷気に震え上がる。コートも持たず、長野《ながの》行きのJRに飛び乗って来た。空には、キャンパスで見たのと同じ冷え冷えと光る月が出ていた。もう少しで満月になる月に見守られ、別荘の門をくぐった。

呼び鈴を押すと、古風にカランコロンと鳴り響いた。幹久が、それに応じてソファから立ち上がる様が目に浮かんだ。彼は一人起きて、義妹が来るのを待っていたのだ。何の確証もないのに、そんなことを思った。

重厚な木製のドアが細く開いた。月の光に照らし出された幹久の顔には、驚きの表情は現れていなかった。やはり予期していたのか。リクルートスーツのままの鞠子を、彼は中へ招じ入れた。

どうしてもこうせずにはいられなかった。そうしない限り終わらないのだ。

そのことは、幹久もよくわかっていたと思う。そしてそれ以上に、彼は鞠子を求めてい

た。

――あいつはたぶん、妻の妹に手を出す度胸なんてないよ。

元恋人の予想ははずれた。

軽井沢でのあの三日間、幹久と鞠子は、夜昼なく睦み合った。どこへも出かけなかった。カーテンを引いた別荘は、一艘《いっそう》の舟だった。ゆるりゆるりと揺れながら、たどり着く当てのない航行をしていた。鞠子はただ、その揺れに身をまかせていればよかった。

月が満ちていくように、鞠子の中は幹久という男に満たされた。

客用寝室のベッドの上で、気持ちよく整えられた居間のソファの上で、優しい火が燃える暖炉の前のカーペットで、二人は交わった。

言葉もほとんど交わさなかった。あれほど焦がれた幹久の指が、鞠子の体を隅々まで愛撫した。義兄にすべてをさらけ出した。自分のすべてを知ってもらいたかったし、幹久も知りたがった。

激しさはない。恋人とのセックスとは全く違った。幹久を自分の大事な部分へ導きたいという思い。それが交合するということだった。もし他に方法があれば、それに順じたに違いない。惹かれ合う男と女が、無言のうちにそれを伝える聖なる儀式――。秘した肉の奥を開いて、相手を迎え入れること。相手も迷わず、真っすぐに応じてくるという行為。

そこに達した時に、えも言われぬ愉悦の時がやってくる。その陶酔感と絶頂感は、鞠子を行ったこともない世界へ連れ去った。

何度、声を上げたことか。何度体を震わせたことか。何度涙を流したことか。何度気を失いかけたことか。

しなやかな獣が体をすり寄せあうように、二人は絡《から》み合った。何も考えなくてよかった。ただ本能が、次にすることを教えてくれた。

幹久が求めることは、何でもしたかった。鞠子も躊躇《ちゅうちょ》することなく、欲望をぶつけた。髪の毛を触られた時に感じた「もっと、もっと」という感情を露《あら》わにした。二人で悦楽の天国に昇りつめ、お互いの体にしがみつきながら、急降下していった。その先が地獄であろうと何のためらいもなかった。

心が求め、体が応じることの甘美さ。これ以上ない幸福感。快楽。高潮。あまりに恵まれすぎて切なかった。

三日間はあっという間に過ぎた。遠い九州で、友の悲哀に付き合って沈んでいるであろう姉のことを思うこともなかった。ただ幹久が欲しかった。それだけだ。

幹久との情事はその三日間だけだった。終えるために始めた恋。瓶の底の水が、空と溶け合った瞬間。それで充分だった。

――このことは、亜弥さんには決して悟られてはいけない。彼女を苦しめたくないんだ。わかってくれるね。

別荘から鞠子を送り出す時に言った義兄の言葉に、黙って頷いた。

それきり、ふっつりと関係を絶った。二人きりの時も、そのことを口にすることもなかった。あれは満ちようとする月が、不思議な力を地上に及ぼした奇跡のひとつだったのか。あの晩、世界のどこかで同じようなことが起こっていたのかもしれない。月の魔が体に差し込み、恋に狂ってしまうようなことが――。そんなことを思った。

しかし、間違いを起こしたとは思わなかった。あの行為が罪悪感を呼び起こすことはなかった。あの三日間だけを妹にくれた姉に感謝した。

ただ、あのまま姉と密に接する生活を続けることは苦痛だった。それは幹久も同じだったのか、ほどなくして義兄はアメリカ行きを決めたのだった。たぶん、義妹とのことがなければ、遠い国で暮らす決断はしなかったのではないか。そこのところも、もう幹久と語り合うことがなかったのでわからない。

今回会った幹久からも何の感情も読み取れなかった。東京での住処《すみか》を決め、来春からの仕事の段取りをした後、姉夫婦は慌ただしくイギリスへ帰っていった。仕事があった鞠子は成田《なりた》へ見送りに行くことはなかった。

「ほんとに十二月になったら、私だけで帰って来るからね」

帰り際に電話してきた亜弥は弾んだ声で言った。昼食のため外に出た時だった。歩道を歩きながら、姉に明るく挨拶して鞠子は電話を切った。

食事をする気が失せて、そのままビルに囲まれた中庭で足を止めた。移動販売の軽トラックが何台か停まっていて、テイクアウトの軽食を買い求める客で賑《にぎ》わっていた。鞠子はその中の一台から、グリーン・スムージーを買ってきてベンチに腰掛けた。

中庭の真ん中にシンボルツリーとしてオリーブの木が植えられており、長円形の緑の実が無数に生《な》っていた。オリーブの足下にはプランターが並べられていて、矮性《わいせい》の鶏頭《けいとう》が赤い花を咲かせていた。

そびえ立つビルの間から、澄んだ青い空が見える。都会にも秋の気配が満ちていた。

鞠子はスムージーのカップを手にしたまま、ぼんやりと考えた。幹久が遠くへ行ってしまってから、鞠子は我に返ったみたいに自分の生活に向き合った。

大学を出て就職したのは、中堅の輸入業者で、鞠子はアクセサリーや雑貨の買い付け担当になった。何度もフランスやイタリア、ベルギーに足を運んだ。四年ほど勤めてから、旅行業に転職した。買い付けよりも旅の方に興味を持ったからだ。輸入会社にいる間に勉強して旅行業務取扱主任の資格は取得していた。そこで真澄と出会ったわけだ。

自分では安定した生活を送ってきたと思う。多忙を極め、困難な時もあったが、それは自分のキャリアのためだった。

恋人と呼べる存在がいた時もいない時もあった。けれど結婚には至らなかった。どうしてかと考えることもなかった。キャリアを積んだ女性には、鞠子のような独身女性が多かった。焦る気もなかった。

三十歳を越えた頃から、結婚などに煩わされることなく付き合える男性を選んできた。

女の友人と同じように、お互いの都合が合えば食事をしたり、絵の展覧会やコンサートに足を運んだりする存在。趣味が違えば、それはそれで面白い。相手の興味や知識を吸収して、今まで知らなかった世界を覗くことができた。

女の友だちと違うところは、そこにセックスが介在すること。しかし今まで、それがそれほど大きな要素だとは思わなかった。ホテルのバーで飲んだ流れで部屋へ入り、体を重ねることは、精神的な満足感や小さな刺激を得ることだと鞠子の中で整理していたのだ。

相手も同じような考えの持ち主だった。だから、紘太のように手に負えなくなる相手と関係を持つことはなかった。セックスなんかで安定した生活がかき乱されることを鞠子は嫌った。紘太の子を宿したと知った時、迷いなくその命を断ったのもそのせいだ。判断する権利は自分だけにあると思った。非情さも持ち合わせているからこそ、今の自分がある。

今考えると、常にセックスができる相手をそばに置くという有り様は、幹久との三日間をなぞることだったのではないかと思う。あの時、心と体にもたらされた多幸感、充足感をもう一度味わいたいと願いながら、男性遍歴を重ねてきたのではないか。

結婚してしまうのが怖かった。幹久に匹敵するほどの相手が現れるかもしれないのを期待していた。常にその意識はあった。男と関係するたびに幹久を思い浮かべるということが。冷静なようで、そこには眩惑《げんわく》や危うさがあった。

でなければ、端なくも紘太のような若く情熱的な男を選んだりはしなかったはず。彼のあの指――。あれから幹久を連想したのは事実だ。あの指は、まさに幹久そのものだった。

セックスなんかで、という言葉に押し込めてきた欲望の焔《ほむら》は、まだ鞠子の体の奥底で燃えしきっているのだ。こうして義兄を迎えるようになって、初めて気づいた己の有り様だった。

激しく求められていた紘太をあんな形で失くした今、冷静に幹久に向き合えるのだろうか。全く自信がなかった。

母の油絵を思い出した。陰鬱な山に続く一本の道。あの道の上で途方に暮れて立ちすくむ女――それが今の私だ。あれはどこの風景なのだろう。四国だろうか。誰にも知られることのない間道を行く遍路の姿が見えた気がした。

ふと目を上げると、壁際のシェルフに古びた遍路日記が立てかけてあった。

昭和十五年　三月十九日

菩提の國は遠い。土佐の海岸を離れ、窪川《くぼかわ》まで来た。こゝから山の中に入り、三十七番札所まで行くのだ。破れた草鞋は、お修行中に漁家で新しいものをもらつて替へたが、歩き方が偏つてゐるのか、血豆が出来て足袋に血が滲《にじ》んでゐる。おまけに膝がじく〳〵痛むのだから、始末に了《お》へない。

道もよくわからない。遍路道を逸《そ》れて仕舞つたのかもしれぬ。さう云へば二股に分かれた道があつた。迷つた末に山に分け入る方を選んだが、あれが間違ひだつたか。気が付いたけれ共《ども》、も早《は》や仕方がない。だん〳〵と日が暮れて辺りは真つ暗になつて了《しま》つた。かうして途方に暮れてゐる時、チラ〳〵と木の間に明かりが見えた。足を引きずつて径《みち》だか何かわからない処《ところ》を歩いた。そのうちに見えたと思うた明かりも消えた。すがる気持ちでその方へ寄ると、やはり家があつて、暖かい灯《ひ》が点つてゐるやうだ。こんな山の中でも灯火管制で、灯が外に漏れるのを気にしてゐるのか。

助かつたと思ひ、粗末な造りの板戸を叩いた。小ひさなお婆アさんが出てきた。

「あれまア」と妾の顔を見て云ふ。「お遍路さんですろう。こんな変手古《へんてこ》な処に迷ひ込んで。岩本寺《いわもとじ》さんはもつと東の方ですきに」

困《こう》じ果てた顔をした妾に、お婆アさんはもつと困つた顔をした。後ろを振り向いて、

「什《ど》うするかな、秀治《ひでじ》」

のつそりと大きな体の男が戸口に現はれて、険《け》はしい顔で妾を白眼《にら》みつけた。可《か》なり怪しい風体をしてゐることは承知してゐる。

「ヘンドやろ。納屋にでも泊めてやれや」

息子らしき男にさう云はれて、お婆アさんはほつとしたやうだ。出てきて、庭の向かうにある納屋まで案内して呉《く》れた。まさかお宿をくださるとは思ひもせずに、お声を掛けたのだけれど、有難く納屋の中に入れてもらつた。

お婆アさんは水を掬《く》んできて、割れた茶碗に入れてくださる。さうして何やら雑穀の粉を練つて蒸《ふ》かしたやうな団子をふたつくださつた。それも有難く頂く。お婆アさんが去つて、家の戸を閉めて了ふと、四辺《あたり》は真つ暗だ。納屋の奥に積み上げた藁《わら》の中に潜り込んで寝《しん》につく。

併《しか》し、薄い板の壁にはいくつもの隙間《すきま》があつて、そこから絶えず風が吹き込む。身に沁みる冷気に凍え乍《なが》ら、昵《じつ》と闇を見てゐた。

夜半に板戸がガラリと開いた。お婆アさんが来たかと身を起しかけたら、いきなり体を押さへつけられた。男が入つて来たとわかつた。息子だらうか。声を上げようとするが、吃驚《びつくり》して喉《のど》から声が出ない。

藁が取り除《の》けられて、男の無骨な腕が妾の体に回はされる。着物の帯を解かれるに至つて、やう〳〵声が出た。叫んだ妾の顔を、男が思ひ切り張つた。

「静かにしとれや。すぐぢやきに」

前《ま》へがはだけられた。手を突つ張つて男を拒むが、力が違ひ過ぎる。すぐに荒筵《あらむしろ》の上に押し付けられた。而《そ》して荒々しく妾の乳房を摑《つか》んでくる。暴れゝば暴れるほど、着物は乱れ、息は上がる。ムツとする男の体臭。酔ふほどに妾を包む。怯《ひる》んで力を緩めると、くるりと裸に剝かれて了ふ。

何も見えない。闇だけに目を凝らす。闇を対手《あいて》にしてゐるやうだ。妾は闇に犯されてゐる。漸《や》つとわかつた。これは罰なのだ。

遂《と》う〳〵男の為すがまゝになる。併し什うだらう。男を迎へ入れた時、妾はあられもない声を上げてゐた。体が嬉しくて堪《たま》らぬ態《てい》だ。晋造さんと睦んでゐた時と寸分変はらぬ喜びだつた。

あれほどこれを厭《きら》つて、晋造さんを殺して了つたと云ふのに。何と云ふ情けない有様だ。罰でも何でもない。恰《あたか》も女と云ふ妾の体が呼び寄せてゐるやうだ。男はさつさと身仕舞ひをして、行つて了つた。

お婆アさんの顔が見られぬ。業の深い体を引き摺つて、明け方納屋を出た。

昭和十五年　三月二十二日

愈《いよいよ》第三十八番の足摺山《あしずりやま》へ向ふ。三十七番岩本寺から三十八番金剛福寺《こんごうふくじ》までは二十二里二町。四国遍路中第一の長丁場だ。足の弱い者は、この間で苦しみ抜くが故に、金剛福寺が足摺山と云ふ名で呼ばるゝに至つたのだと云ふ説さへある。

窪川から五里余の佐賀《さが》港から船で足摺に行くことも出来る。此《この》船も土佐の海は荒れるので決して楽ではない。勿論《もちろん》、バスも通つてゐる。

妾はどちらにも乗らぬ。急な崖沿いの山道をトボ〳〵歩く。妾を追ひ抜いて行くバスは、カーブの曲がり端《はな》であやふく衝突しさうになつては、急ブレエキを踏んで急停車し、後退する。それに轢《ひ》かれないやうに、崖にぴつたり体を押し付けねばならぬ。一歩誤れば千仭《せんじん》の谷底。

併し乍ら、妾は時に恍乎《うつとり》として足下の谷底を見てゐる。此処《ここ》に飛び込めたらどんなに楽だらう。まだじん〳〵と体の奥が痺れてゐる。彼《あ》の晩、男に体を許した余韻。あの時の蕩《とろ》けるやうな快楽が妾を苦しめる。酔つて狂つて燃えて逆上し奔騰する。

背後《あと》も振り向かずに歩いてゐても、悪因縁の流転《るてん》が止まらない。

下劣な俗悪な卑猥《ひわい》な軽浮な女が茲《ここ》にひとり。

昭和十五年　三月二十五日

第三十八番札所を打つ。本尊千手観世音菩薩《せんじゆかんぜおんぼさつ》の前へで一心に観音経《かんのんぎよう》を唱へてゐる人が居る。松葉杖が二本、そばに置いてあつた。

足摺の岬まで足を延ばしてみた。切り立つた花崗岩《かこうがん》の絶壁を抜けていく。背後は榕樹林《ようじゆりん》に覆はれた山。正面は一望さへぎるもの丶ない黒潮《くろしお》の太平洋《たいへいよう》。打ち寄せる荒波を見た。恰《まる》で妾を呼んでゐるやうだ。

菩提の國、伊予はすぐだが、既《も》う此処で死ぬるもい丶かと思ふ。自分がほと〳〵嫌になつた。人間の弱さ。人間と云ふものは、絶対に煩悩から脱することは出来ないのだ。修養のない妾なら、なほさらだ。

晋造さんのところに行かう。而《そ》して命を奪つて了つたことを、伏して許しを乞《こ》ふのだ。得手勝手な行ひだけれど、さうしよう。そして妾ひとり地獄へ落ちよう。

目を瞑《つ》ぶつて足を踏み出す。もの凄い風が吹き上げてきて、妾の体がふはりと持ち上げられた。その時、妾の腹の中で何かゞ動いた。はつとして身を反らし、足を引いてその場に坐《す》わり込んで了つた。手を腹に載せてみる。ぐゞゞつと力強く押し返へす。

妾は子を孕《はら》んでゐるのだ。彼の晩の男の子か？　まさか——。勘定が合はない。

そこで愕然とする。妾は晋造さんの子を宿してゐる。なんと云ふ皮肉。殺して了つた愛しい男は、妾の中に胤《たね》を落として行つたのだ。妾の中にはつきりした徴《しるし》を。

うろたへた。金剛杖を拾ひ上げ、踵を返へして海のそばから離れた。よく考へねばならない。妾が死んだら、この子を殺すことになる。ふたつ目の大罪を犯すのか。

いや、だが産むことも出来ない。妾が母になるなど、許されるものではない。

様々な思ひ、濃い感情が群がり起こつて、息も吐《つ》けないやうになる。腹の子が、死と云ふ甘美な最後の選択を妾から取り去つて了つた。

昭和十五年　三月三十日

腹に子が居るとわかつてからは、今までのやうに無茶が出来ない。自分をいぢめるやうに歩いて来たのが、聊《いささ》か緩めて歩いてゐる。頗《すこぶ》る可笑《おか》しなことだ。歩き乍ら、腹の子が大事に思へたり、什うにか腹の中で育たず死んでくれまいかと思つたり、心は千々に揺れてゐる。

昨日、第三十九番の延光寺《えんこうじ》を打つて、それから歩き通し、松尾峠《まつおとうげ》を越えた。遂う〳〵伊予に入つたのだ。菩提の國へ。峠の上《う》へでしばし佇《たたず》んで種々の想像を湧《わ》かしてみる。我が身がひとつなれば、漂泊の旅の末に果てることに何の問題もなかつた。墓の上へに金剛杖一本だけを立て丶もらへば夫《そ》れでい丶と思つてゐるのだ。

いつたい妾は什うしたらよいのだらう。たがやさんの数珠を頼りに繰つてみるけれど、たゞ自分の愚かさを思ひ知るばかり。晋造さんを殺す前へに、子が出来たことを知つてをれば、こんなことにはならなかつたらう。嘆嗟《たんさ》の声を放つ。

此処へ来るまで虚心平気になるやうに光明真言を唱へて歩き続けてみたが可《い》けない。心配すること、嘆くこと、後悔すること、恁《こ》うした幾《ほと》んど一切がいやになつて了ふ。思ひ悩んだ挙句、結局何もかもが有耶無耶《うやむや》になるのだつた。

歩かう。夫れしかない。松尾峠から四十番札所のある平城迄《ひらじようまで》は三里二十町。神仏《かみほとけ》の御心のま丶に。

鞠子は膝の上に広げた手記を置き、目を閉じた。腹をそっと撫でてみる。ぺたんと平らになった腹は、一度は子を宿したのだ。その痕跡《こんせき》は何もない。

シューマンの「幻想小曲集」が耳の奥で流れている。紘太の細くてしなやかな指が、鍵盤を叩いている様が瞼《まぶた》の裏に蘇《よみがえ》った。やっぱりあれは愛だったのだと思う。彼に抱かれたいと思った瞬間、自分のすべてがあの男に向かっていたのだから。

女でいたい、女でいることを確かめたいと常に思うことの裏には、やはり愛があったのだ。そこまで深く突き詰めて考えることがなかった。愛がなければ肉体関係もなかったはずだ。心と体は連動している。どうして紘太が生きているうちに、それを口にだして言ってやらなかったのだろう。

紘太はそこに絶望したのではなかったか。そこが確かめられないもどかしさから、彼は結婚という言葉を持ち出したのかもしれない。きちんと捕まえられない鞠子の心に不安を感じて——。

結果的に私が紘太を殺した。鞠子は乱れた筆跡の手記に目を落とす。この女遍路と同じことをしたのだ。紘太の子をも殺した。産むという選択を初めから排除していた。なぜだろう。なぜ紘太にすら告げずに、自分の裁量であんなことができると思ってしまったのだろう。

なかったことにしたかった。元の自分に戻りたかった。子を孕まない元の自分の体に。

仕事をし、一人暮らしを楽しみ、紘太と時折会って会話をし、食事をし、セックスをする生活を優先した。母になる自分が想像できなかった。ましてシングルマザーになるなんて。

生きる権利を持っていた小さな命のことなど考えなかった。

そしてそのことが紘太を絶望させ、死に追いやったのだ。

この遍路はどうするのだろう。授かった子を産むのだろうか。自分が殺してしまった男の子を――。先を読むのが怖かった。しかし、もうページは残り少ない。はずれて落ちてしまった最後のページは、金亀屋に行けばあるのだろうか。それを見つけ出して読む勇気が自分にはあるのか。

この遍路より、私の方が罪深い。暗い窓ガラスに映った自分の顔をじっと見た。四十三歳の自分の顔を。もう若くはない。恋い焦がれた男と結ばれて、歓喜に体を震わせていたあの頃の自分とは違う――そう思いたかった。

思いながらも体の奥の奥には、欲望の焰があることを知っていた。それを制御できるほどには、年齢を重ねてきたのだ。もう欲望の赴くままに動いたりはしない。幹久が近くに来ても、何事も起こらないだろう。

そうでなければ紘太に申し訳ない。産んでやれなかった子にも――。

第四章　涅槃《ねはん》

　十二月になると、本当に亜弥が帰国してきた。三軒茶屋のマンションで暮らし始めたのだ。イギリスから届いた大量の荷を解《ほど》いて整理し、家具や細々した生活用品を買い足した。そういうことを鞠子の手を借りることなく、一人でやってのけた。東京の友人たちとの交流も始めたようだった。

　ようやく鞠子が亜弥と会ったのは、帰国後二週間が経《た》った時だった。

「いつでも遊びに来ていいよ、鞠ちゃん。もう何不自由なく暮らしているから」

　青山《あおやま》のイタリアンレストランで食事をしながら、亜弥は言った。

「お姉ちゃん、生き生きしてるね」

「そうよ。久しぶりの東京だもの。嬉《うれ》しくって仕方がないわ。一人でいろいろ探索して、変わってしまったところにびっくりしたり、変わらないところを懐かしんだり」

「お義兄《にい》さんは大丈夫なの？　ロンドンで一人で不自由してるんじゃないの？」

「あの人も忙しくしてるはずよ。あっちの生活を始末するのに。幹久も年内には向こうを引き上げて来ることになってるから」

「年内？」鞠子は生ハムとルッコラが載ったピザを切り分ける手を止めた。「来年の春まで仕事があるんじゃなかったの？　お義兄さん」

勤めていたヘアデザインの専門学校は辞めたけれど、舞台でのヘアスタイリングの仕事が来春までは入っていると聞いていた。

「それがね――」亜弥はキノコのクリームパスタをフォークで巻き取りながら言った。

「それ、全部断っちゃったの」

「どうして？」

言葉尻が少しだけ震えた。いったいどんな意図があるのだろう。

「さあね」亜弥は明るく答える。「東京で住むところを見て回って、懐かしくなったんじゃないの？」

軽い調子で言い、パスタを頬張《ほおば》る姉をじっと見返した。

「来年の春までは、こっちの学校にも勤めないから、無職ってことね。収入がなくて困っちゃうわ」

「今まで働きづめだったんだから、少しゆっくりしたらいいんじゃないの？」

平静を装い、ピザを一片、亜弥の皿に取った。

「そうよね。普通の人なら、もう定年を迎える年だものね。ファッションの仕事に就いてるし、見た目が若いから、そうは思わなかったけど、幹久も疲れたのかもねえ」

この前会った幹久は、亜弥が言う通り、同年代の男性よりはずっと若く見えた。無駄な贅肉《ぜいにく》はついていないし、動作もきびきびしている。ヘアスタイリングの技術だってまだ衰えてはいないだろう。

何十年も前に見た、モデルの髪をセットする幹久の姿が浮かんできた。どこにでもいるような子を、あっという間に最先端のファッションモデルに変身させる幹久を。無駄のない動きで髪をセットしながら、年端もいかないモデルに囁《ささや》きかける幹久を思う。幹久に語り掛けられたモデルは、魔法をかけられたみたいにどんどん美しく自信たっぷりになっていった。

亜弥は、この前行った温泉の話をしている。その話に耳を傾ける振りをしながら、鞠子は自分の思いにふけった。

幹久の仕事ぶりを見てから、どんどん義兄に惹《ひ》かれていったのだ。だがもう、あの義兄ももうすぐ定年を迎える年になった。自分だって会社の中では重要な地位についている。過去に引きずられたりはしない。あれはもう二人の間では、暗黙のうちに葬られた小さなアクシデントなのだ。

「ねえ、今度は一緒に行こうよ。久しぶりの日本の冬だもの。雪に閉ざされた温泉郷とか」

「そうね。いいね」

鞠子はかすれた声を出した。

亜弥の言葉通り、幹久は年も押し詰まった十二月二十二日に帰国した。亜弥が成田にまで迎えに行った。そのことは、亜弥からの電話で聞いた。向こうでの手続きや引っ越しが忙しく、幹久は体調を崩していて、マンションに帰り着くなり寝込んでしまったという。

「もう年ね」

亜弥はそう言って笑っていた。クリスマスも何もあったもんじゃないわ、と。鞠子の方も年末年始の旅行商品の最終チェックや新年の挨拶《あいさつ》回りの段取りなどで忙しく、会いに行けなかった。クリスマスも意識することなく過ぎてしまった。会社の若い社員たちは、忙しい中にも特別のイベントであるクリスマスをないがしろにはできないらしく、仲間や個人で計画を立てていたようだ。

去年のクリスマスは、紘太と過ごした。過ごしたといっても仕事も忙しい時期だし、鞠子自身が若者のイベント的な仰々しさを嫌ったので、いつもと同じように仕事終わりに会っただけだった。ばかばかしいプレゼントの交換などもしないでおいた。

レストランもホテルも若い恋人たちに占拠されていたから、夜遅くに場末のバーで待ち合わせし、少しだけ飲んでそこを出た。紘太もホテルへ誘うことなく、二人並んで歩いた。寒い晩だった。歩道で紘太が手を出してきて、彼のコートのポケットに手を誘い入れられた。ポケットの中で手を握り合ってどこまでも歩いた。

言葉もそう交わさなかった。澄んだ夜空にオリオン座がくっきりと見えた。緑が深い公園のそばを通った時、ふいに紘太が手をぐいっと引っ張った。そのまま公園の中に二人で足を踏み入れた。人影のない暗い公園の中をどんどん歩いていく紘太についていった。

遊歩道のそばにある低い柵《さく》を越えて、木々の間に引っ張られた時も、特に抗《あらが》わなかった。大きな木の下、枝を低く伸ばしたその下で、紘太は鞠子を抱きしめた。

「ハッピー・クリスマス。鞠子さん」

それだけを耳朶《じだ》に囁かれた。もうそれだけで昂《たかぶ》ってしまう自分を意識した。

紘太が顔を寄せてきた。濃い緑の匂いに包まれて、ディープなキスを交わした。何度も何度も。唇を吸い、舌を絡《から》ませ、息も弾むほどの激しいキスだった。

「キスってこんなにエロティックなんだ」

一回唇を離した紘太が呟《つぶや》いた。その唇を、鞠子の方からふさいだ。粘膜が触れ合う密《ひそ》かな音。透明な唾《つば》が糸のように引き合う様。そのすべてに体が感応した。白い息を吐きながら、一心にお互いの唇を貪《むさぼ》り合った。

もう立っていられないほど感じた鞠子を、紘太がたくましい腕で支えていた。

「また今度ね、鞠子さん。この続きは、ね」

そう言って紘太は年上の恋人を森から連れ出した。

彼と別れて電車に乗っても、体の奥で燃え盛る肉欲の火を消せなかった。疲れた顔のサラリーマンや、上気した顔でしゃべり続けるカップルに囲まれながら、鞠子は紘太の体の隅々まで思い出していた。慣れ親しんだ恋人の体が自分を深く浸食する様を思い浮かべながら、熱い吐息をそっと吐いたものだった。

あの恋人を失った今、義兄が戻って来たことに、何か意味があるのか。いや、意味を持たせてはならない。もしまだあんな関係を求めるなら、別のパートナーを見つければいい。穏やかで落ち着いた人を。激しく思い詰めて相手や自分を損ねてしまう若さを持った男ではなく――。

ようやく姉夫婦とゆっくり会えたのは、年が明けて、父の命日を迎えた時だった。三人で墓参りをして、そのまま三軒茶屋のマンションへ招《よ》ばれた。墓参りの途中で雪がちらつき始め、マンションに落ち着いた頃には本格的に降りだした。

部屋に入るなり、亜弥はエアコンのスイッチを入れ、キッチンに置いてあるファンヒーターのスイッチも入れた。

「年を取ると、寒さが身に沁《し》みるわ」

ロンドンの冬も寒かったけど、日本のはまた違うわね、などとお茶の用意をしながら言う。

「今晩は一緒にご飯を食べに行こう。鞠ちゃん」

コートとマフラーを取りながら、幹久が言った。

「ええ、でも……」

「いいじゃない。初めっからこっちはそのつもりよ。お父さんもそうしてあげたら喜ぶわよ」

熱いほうじ茶と羊羹《ようかん》を出してくれながら、亜弥がはしゃいだ声を出す。

鞠子は、暗い空から際限なく落ちてくる雪を見ていた。見るともなく、隣に掛けた幹久の横顔を見る。彼もベランダに面した掃き出し窓の方に顔を向けていた。なぜかぞっとする昏《くら》さを見た。視線を外せなくなる。いったい何があったのだろう。その表情に隠れた男の意思を読み取ろうとしている自分に気づき、鞠子は思わず俯《うつむ》いた。

亜弥がテーブルについた。

「ねえ、幹久さん」

ちょん、と夫の手に自分の手を軽く触れる。「え？」というふうに幹久が顔を向けた。その瞬間も、まだ陰鬱《いんうつ》な翳《かげ》をまとわりつかせていた。亜弥が早口で何かをしゃべり続けるのを、その表情のまま聞いている。

何かが変わった。この人の中の核になるものが変質してしまっている。鞠子は瞬時に感じ取った。かつてまだ子供だった鞠子を惹きつけた男としての自信や、そこからくる鷹揚《おうよう》さや伸びやかさが影を潜め、何か冷たい負の感情が透けて見えた。それはこの男から生の輝きを遠ざけ、悲痛で孤独な輪郭を与えていた。

いつからだろうか。この前帰国した時には気がつかなかったけれど、もしかしたらイギリスにいる頃から少しずつ変わっていったのかもしれない。

姉は、今晩行こうとしている和風レストランのことをしゃべっている。友人の誰かと行って、とても気に入ったこと、メニューのあれこれ、店の雰囲気など。静かに相槌《あいづち》を打つ幹久の横顔に見入った。この夫婦の関係性も少し変わったようだと思う。二十年以上前、日本で暮らしていた時の、さりげなく手をつなぐ親密さが失われたような気がする。小さいけれど、どうにも埋められない距離をお互いに意識しているが、そこからわざと目を逸《そ》らし、以前と変わらぬ夫婦を演じているようだ。それは今日一日、一緒にいて感じ取った違和感だった。距離とは、亀裂のことだろうか？

そこまで考えて、鞠子はばかげた自分の推察を振り払った。どこの夫婦だってずっと同じでいるわけがない。変わっていって当然で、それを認識した上で新しい関係性を築いていくものではないか。結婚もしたことのない自分に何がわかる？

その間も雪はますます勢いを増してきた。ベランダにも窓枠にもさらさらした粉雪が積もり始めた。

「ああ、でも――」亜弥は和風レストランの話題を打ち切った。「こんなに降ったら、外に出ていくのが億劫《おっくう》になっちゃうねえ」

頬杖《ほおづえ》をつく姉を観察する。この人は夫婦の関係性の変容など、気がついているのだろうか。気がついたとしても、たいしたこととは思わずやり過ごしているのだろうか。

「よし！」亜弥は勢いよく立ち上がった。「今日はうちで鍋《なべ》でもしよう。余り物を掻《か》き集めて……」

「手伝うよ」

立ち上がりかけた鞠子を、亜弥は座らせた。

「いいって。有り合わせ鍋だよ。手伝うほどのこともないって。それにあなた、よそいきを着てるじゃない」

よそいきという古臭い言葉に苦笑する。夫婦間の関係は微妙に変わっても、姉は姉だ。

キッチンに立って行った亜弥の後ろ姿を目で追った。居間からは見えにくいキッチンで、亜弥がお鍋の用意をしている音がする。冷蔵庫を開け閉めしたり、野菜を取り出したりしている音に加えて「あ、これがあるわ」とか「ええと、お出汁《だし》は――」とかいう呟きが聞こえてきた。

居間に取り残された幹久と鞠子は、気まずく黙り込んだ。たいした話題があるわけでもない。亜弥がキッチンから出てきた。

「ちょっと、下のコンビニに行って来るね。野菜が足りないから」

マンションの一階に入っているコンビニでは、少量パックの野菜や総菜も売っている。

「あ、じゃあ、私が行く」

「いいって。他に買いたいものもあるし。お茶、おかわりしてね。コーヒーがよければ自分で淹《い》れて」

いそいそと亜弥は出ていった。

「いつもああなんだよ」

バタンと閉まった玄関ドアの音がやけに大きく響き渡り、幹久があきれ顔で言った。

「ねえ、鞠ちゃん、ちょっと気になってたんだけど……」

すっと立って、幹久が鞠子の後ろに回り込んだ。あっと思う暇もなく、肩に下ろした髪の毛を掬《すく》い上げられた。

「僕はもっと短くした方が似合うと思うけど、この長さが気に入ってるなら——」

左手で髪を束ね、右手が髪の毛の中に潜り込んでくる。立てた指がすうっと地肌をひと撫《な》でする。鞠子は身を固くした。

「こうしてまとめた方がいいよ。結構高い位置で」

そう言いながら、左手をうなじへ滑らせていく。正面の暗い窓に自分の顔が映っていた。それをじっと眺める幹久も。降りしきる雪をバックに、暗い窓で二人の視線が合った。

「ゆるーくまとめて、でもきちんとしたニュアンスを持たせるのって、結構難しいだろ？自分でやるのはちょっとしたコツがいるんだ」

その後の幹久の言葉は耳に入ってこなかった。窓を鏡に見立てて、まとめ髪の高さを決める幹久の表情はよくわからない。長い指で、すうっ、すうっと肌を撫でられる度《たび》に、体の芯《しん》に小さな電撃が走る。太腿《ふともも》をきつく締め、そこで生まれた甘いが鋭い感覚に持っていかれないように耐えた。

幹久は素っ気ないふうで、道具箱から取ってきたコームとゴムとピンとで、手早く髪をまとめ始める。ピンを口にくわえた彼の顔が、うなじと同じ高さにきた時には、思わず声を漏らすところだった。

立ち上がった幹久が、コームで髪を整える。ワックスを手の平に取って、後れ毛を整えている。窓に向かって左右のバランスを見る幹久と、また目が合った。

はっとする。瞬時に悟った。この人は、明らかに私を誘っているんだ。こうしたら、私が感じてどうしようもなくなることを、この人は知っている。知った上でこんなことをしているのだ。鞠子は戸惑った。ちょっとしたいたずらだろうか？　あまりに悪意に満ちたやり方ではあるが。これに乗じてはならない。もう私は無鉄砲な小娘ではないのだ。会社の中で重要な位置を占めるキャリアの持ち主。分別のついた四十女。

何より、もう二度と姉を裏切りたくなかった。

パタンと玄関が開いて、冷えた外の風とともに、亜弥が戻ってきた。まだ幹久は鞠子の背後に立ち、髪の毛を触ったままだ。

「あら！」

まるでベッドの上で絡み合うところを見つかったみたいに、鞠子は狼狽《ろうばい》した。

「いいじゃない！」亜弥は明るく言い放った。「そうやるとずっと垢抜《あかぬ》けて見えるわよ、鞠ちゃん」

「そうだろ？　髪を下ろしているより仕事が出来る感が出るだろ？」

「いや、そうじゃなくて、うんと魅力的よ」

亜弥は流し台の向こうに行って、エプロンを着けながら大きな声を張り上げる。

「何ていうか――女っぽい」

買ってきた菜っ葉をざくざく切る。自分の言葉にどれほどの重さがこもっていたか、まるでわかっていないのだ。

鍋を三人でつついた後、鞠子は早々にマンションを後にした。駅まで送って行こうという義兄を断って、足早にエレベーターに乗り込んだ。

「家に着いたら、ラインしてよ。ちゃんと帰れたか心配だから」

エレベーターホールまで送ってくれた亜弥の言葉が、扉の向こうに残された。

辺りは薄い雪化粧になっていた。借りた傘の上にも音もなく白い雪が降り注いだ。鞠子は慎重に歩を進めた。

義兄の顔に現れた明らかな誘惑は、見間違いだったのではないか。自分の心が映し出した幻だったのではないか。それを望んでいるのは自分だから、都合のいいストーリーを紡《つむ》ぎあげただけではないか。

激しく降り続く雪の中、ふと立ち止まる。見慣れた都会の景色が、雪のためにモノクロームに沈んでいく様を、じっと眺めた。

そして気づく。喜びに打ち震えている自分がいることを。凍えながらも、熱く溶解していく自分の中心部を強く意識した。詰めていた吐息をついた。白い息は、雪の夜に一筋の航跡を描いて消えていった。

昭和十五年　四月二日

第四十番観自在寺《かんじざいじ》。菩提《ぼだい》の國《くに》の第一番の札所を打つた。境内では、土佐の奇勝、龍串《たつくし》を見物してきた人々が、その見事さを噪《さわ》がしく饒舌《しゃべ》つてゐた。先達らしき人物は、さういう名所にもずい分委《くわ》しい様だ。何千何万年もの間に海水に浸蝕《しんしょく》された奇岩、洞門、洞窟《どうくつ》のことを別の遍路の一団に語つてゐる。その横をうつむいて通り過ぎた。

什《ど》うして足摺の海に一思ひに飛び込んで了《しま》はなかつたのか。さうしてをれば、一切の困苦を脱《の》がれて、海の底で果てたはずだ。

飛び込まうとしたその刹那《せつな》に、腹の子が動いたのはなぜか。愚かな母と運命を共にされたのでは堪《たま》らぬと腹を蹴《け》つたのか。恐ろしい。たゞ妾は恐ろしい。己の腹に別の命が宿つたことが恐ろしい。仮令《たとい》晋造さんの子であるとしても。いや、あのお方の子であるからこそ、恐ろしい。

腹が突き出してゐるやうな気がして、頭陀袋《ずだぶくろ》で隠してみる。独《ひと》り夜色に包まれた石段を降りた。つまらぬ思ひに足は重く、此処で日が暮れて了ふ。通夜堂《つやどう》で一晩明かすことにした。お堂の中を覗くと、男の遍路さんがゴロリと横になつてゐた。

仕方なく、お縁《えん》に腰かけて、門前でお接待に頂いた蜜柑《みかん》をふたつ食べた。今夜の臥床《ねどこ》は此《こ》のお縁の下と極《き》まつた。枯れ松葉が吹き溜《だ》まりになつた上《う》へに横になる。寒くて寝られぬ。こんなことをしてゐたら、腹の子は育つまい。夫《そ》れでよい。さうだ。妾は四国に来た時からお大師様に運命をお預けしてゐるのだ。その積《つもり》で来たはずだ。

通夜堂の扉が開いたやうだ。お遍路さんが出て来る。

「もし、其処《そこ》では寒かろう。上へおあがりんか」

「へえ、什うもお有難う存じます」

余《あま》りの寒さに通夜堂の中に這入《はい》つた。粗い板敷が背中に痛いが、外よりはだいぶました。お遍路さんのお邪魔にならぬやう、隅に横になつた。ドシ〳〵と板を鳴らしてお遍路さんが戻つて来て、妾のそばに来る。はつとして起き上がらうとしたが、肩を押さへられた。其の儘《まま》、ぴたりと妾の背中に沿うて寝転《ねころ》がる。はつ〳〵と息が急《せ》はしい。当《まさ》に獲物に喰《く》ひつかんとするケモノ一匹だ。

妾は身を堅くして目を瞑《つむ》る。此《こ》れも御仏の思《おぼ》し召しだらうか。男の情欲の生《い》け贄《にえ》になることが？　男遍路は、後ろから妾の装束を剝《は》ぎ取つて了ふ。マ、よ、什うにでもなれ、と開き直る。妾には丁度《ちようど》よい罰だ。肉を奪はれたつて霊《たま》までは奪はれぬ。したいやうにしたらよい。

通夜堂の中は真つ暗で、何も見えない。肌も露はになつたはずだのに、も早《は》や羞《は》づかしいとも思はない。体の此処彼処《ここかしこ》、男のい、やうにされて、次第に妾も狂うてくる。自分で男の腰を引き寄せる。狂ほしい熱情が体を虜《とりこ》にして了ふ。

いつの間にか声を荒らげてゐる。熾熱《しねつ》。狂奔。

「何《ど》うぢや、好《い》いかの。夫《そ》したら此れは何うぢや」

男の動きに、もう耐えられぬと思つたその時、又《また》腹の子が暴れる。愚かで浅はかな母を戒めるやうに。ぐにゆり、ぐにゆりと暴れ廻《ま》はる。

果てたのかどうかもわからない。夜明け寒に目を覚ます。荒筵《あらむしろ》を体に巻き付け、裸で寝てゐた。男遍路の姿はもうない。併《しか》しあれが夢でないのは、自分の体の徴《しるし》でわかる。まだじんと痺《しび》れた呪はしい女の箇所。自分の腹がぷつくりと膨らむ様を見下ろして、自分を哂《わら》つた。

子がはつきりと動いてゐた。まだ妾も子も死んでゐない。

昭和十五年　四月三日

日が高くなつてから通夜堂を出た。あの男遍路に復《また》出くはすのではないだらうかとびく〳〵し乍《なが》ら歩いた。

第四十二番佛木寺《ぶつもくじ》まで来た。この前《ま》へ会つた龍串を見物して来た一行が、鉦《かね》を鳴らしながら御詠歌《ごえいか》を歌つてゐた。

「草も木も仏《ほとけ》になれる佛木寺　なほ頼もしききちくにんてん」

此の寺の御詠歌は、佛木寺と云ふ寺の名にちなんで、木さへ仏になれるのであるから、鬼畜人天《きちくにんてん》などは尚更《なおさ》ら仏になれる、といふ意らしい。

では、妾のやうな穢《けが》れた女でも死ねば仏になれるのか。然《そ》うであれば、今直《す》ぐにでも死にたい。だが、腹の子がそれを許さぬ。生きてをれば、妾は肉の虜になつて了ふ。あくどい快楽を恣《ほしいまま》にせずにゐられない。この性情に絶望して、彼の慕はしい人を殺《あや》めたと云ふのに。なぜ漂然と生きられぬ。

いきぢごく。


手記の書き手は、腹に子を宿しながらも男と交わっている。本人の意図とは別に、体が男を迎え入れてしまう。凄絶《せいぜつ》な欲望と業の深さに戦慄《せんりつ》を覚えた。

自分の有り様とあまりにも重なる。いや、そう思うのは、不穏な予感に揺さぶられているからか。「いきぢごく」という言葉が頭から離れない。鞠子はほつれた綴《と》じ糸を指で弄《もてあそ》ぶ。だんだん現実と手記との境界が曖昧《あいまい》になってくる。

この女遍路の行く末はどうなったのか。この手記を、匡輝大伯父はどうやって手に入れたのか。太山寺にたどり着いて、この地に住みついたのか、それとも手記だけを大伯父に託して、遍路を続けたのか。涅槃《ねはん》の国に向けて。

美濃部さんの娘さんの結婚式に二人で招待されたのだと、いきなり姉夫婦がやって来た。鞠子のマンションのすぐ近くの居酒屋で飲んでいるから来ないかと、半ば強制的に呼び出された。日曜日の夜で、すっかりくつろいだ格好でいた鞠子は、急いで着替えて化粧をして出ていった。

カウンターに陣取った幹久は黒っぽいスーツ姿だが、驚いたことに亜弥は着物を着ていた。落ち着いた緑青色《ろくしょう》の訪問着で、肩から裾《すそ》にかけて短冊と牡丹《ぼたん》の柄が上品に配置されたものだった。

「よく似合ってるね、お姉ちゃん。着物なんか持ってたの？」

そう言いながら、鞠子の目は亜弥の頭に引きつけられた。

「そうよ。アメリカでもイギリスでも、パーティに和装で行くと喜ばれるの。だから安物をネットで何枚か買ったのよ」

「髪のセットはお義兄さん？」

さりげなさを装って訊《き》く。

「そう。あっちで着物を着る時も、いつも幹久に着付けもセットもしてもらってたの。便利よね。ヘアスタイリングの専門家がそばにいると」

亜弥の年相応に地味にまとめられた髪には、べっ甲のかんざしが挿してあった。あの瓶《かめ》覗《のぞき》のかんざしではなかったことにほっとする。そうして、そんなつまらないことに拘泥する自分に失望した。

亜弥の隣に腰を下ろす。お通しがさっと出てきた。夫婦でぬる燗《かん》を飲んでいるようだ。鞠子は梅酒のお湯割を注文した。

結婚式場がこの近くだったものだから、という姉の言葉に頷きながら、やはりどうしても彼女の頭に視線がいってしまう。姉はこうやって幹久に頭をセットしてもらう時、何も感じないのだろうか。結婚した当初は、妻の頭はいじらないと言っていたけれど、海外に行ってその習いは崩れたのか。

亜弥の方も年を重ねるごとに、夫に髪を整えてもらうことは当たり前の行為になり、体が馴染《なじ》んでしまったのだ。そこまで密に親しんだ関係になった夫婦に、小さな妬《ねた》みを感じた。ばかなことを考えていると思う。

「これからは幹久に着付けを頼んだらいいよ。仕事も前ほど忙しくないから」

ジャコと小松菜の和《あ》え物を口に運びながら、亜弥が言う。

「鞠ちゃん、着物着ることなんかある？」

首を横に振った。

「全く――。着物なんて持ってないよ」

「あら、それなら私の貸してあげようか？」

幹久が日本酒を注《つ》ごうとするのを「もういいわ」と邪険に断ってから亜弥は言った。

「いいよ。着ていくとこもないし」

梅酒が体に沁みわたる。亜弥が飲まないものだから、幹久はお猪口《ちょこ》をもらって、鞠子に日本酒を注いでくる。夕飯もろくなものを食べていないから、酔いが回りそうだ。そんなふうに思っているのに、亜弥は「二人で飲んでよ。私はもういい」などと言って、席を鞠子と代わった。

狭いカウンター席で、幹久と体が接する。懐かしい義兄の匂い。燻《いぶ》った煙の匂いに包まれた。

亜弥が和え物のチリメンジャコが美味《おい》しいと、大将に話しかけている。このチリメンジャコは四国から取り寄せたものだと大将が答えたのを皮切りに、二人はカウンター越しに四国の話題で盛り上がった。

「亜弥さんは今日は上機嫌なんだよ。昔の知り合いに結婚式で会えたから」

幹久が、またぬる燗を注文して言った。

「そうなんですか。結婚式の流れで飲みに行くなんて、不思議だなあって思ってた。お姉ちゃん、飲めないのに」

「ごめんよ。こんな時間に呼び出したりして」

当たり障りのない会話を続けながら、鞠子は身を堅くしていた。幹久の向こう側に新しい客が来て椅子を詰めたせいで、さらに幹久と体が密着してしまう。そんなことは気にならないのか、義兄は体を鞠子の方に向けた。彼の胸と自分の肩がくっついていることを強く意識する。またあの甘い痺れに眩暈《めまい》がしそうだった。幹久の話は全く頭に入ってこない。

この前の雪の晩のことを思い出した。ああやって髪をいじられた後、こんなふうに体を寄せていたら、どうなっていただろうか。私は自分を抑えられたか？　義兄は？　あの時、この人は確かに私を誘っていたのだ。

姉が大将の言葉に、口に手をやって笑い声を上げた。そんな妻を無視して、話に身が入った幹久はさらに身を乗り出してくる。鞠子はつい俯く。顔が赤らんでいるのではないだろうか。幹久は興に乗って、鞠子の肩に手を置いた。

――肩を押さへられた。

このまま、抱きしめられたら――？

――ぴたりと妾の背中に沿うて寝転がる。

幹久の息が首筋にかかる。わざとそうしているのでは――？

――はつ〳〵と息が急はしい。

私がこんなに昂っている気配を気取られたくない。

――妾は身を堅くして目を瞑る。此れも御仏の思し召しだらうか。

この後、リヨという名の罪深い女遍路は、ゆきずりの男と体を重ねてしまうのだ。恋しい男を殺してしまったことも孕《はら》んでいることも忘れて、男と情を交わすことに我を忘れる。

俯いてぱらりと落ちて顔を隠した髪の一束を、幹久が指ですっと掻き上げた。そのまま耳に掛けてくれる。思わず顔を上げて隣を見た。思いのほか、近くに義兄の顔があって慄《おのの》く。

「そうそう!!　じゃこ天も美味しいわよねえ」

調子に乗った亜弥の声が遠い。あまりに近い幹久の唇に怯《おび》えた。

——キスってこんなにエロティックなんだ。

紘太を殺してしまったのに、義兄をまだこんなに求めている自分が恐ろしかった。今、体は彼のすべてを求めている。逆にそんなことは絶対にできないとわかっている。欲望の赴くままに行動できたら——。でもそうしたら、私は人間ではなくなるのだ。

頭の中で、両極端の思いがぐるぐると回っていた。

——いきぢごく

姉夫婦は、居酒屋の前でタクシーを拾って帰っていった。鞠子は一人、マンションへ夜道をたどった。足がもつれそうになる。酔いのせいではない。人が大勢いる店で、幹久とカウンターでしゃべっただけなのに、まるで義兄に口説かれたかのようだ。いや、抱きしめられて、熱い睦言《むつごと》でも囁かれたのではないかと思うくらいの熱と高鳴りを感じていた。燠火《おきび》が、チロチロと燃える確かな炎に変わった気がした。

早く部屋に戻って、女遍路の手記を読みたかった。私はリヨだ、と思った。いつまでも女を捨てられず、四国を巡り歩いて、どこへも到達できない女遍路——。よろめくように部屋に入り、靴を脱ぎ飛ばして、伏せてあった手記を手にした。

もう残りはわずかだ。失われたページに、すべての答えが書かれているのではないか。

リヨがどうなつたか。私はどうしたらいいのか……。

昭和十五年　四月四日

法華津峠《ほけつとうげ》をやうくの思ひで越えた。しるべも何もなく、不安な道のりだつた。途中で雨が降り出した。泥濘《ぬかるみ》の歩きにくさと云つたらない。おそらく腹が突き出てゐるので余計に歩きにくいのだらう。

第四十三番明石寺《めいせきじ》に着くころには、雨も熄《や》んだ。桜が満開で、花葩《はなびら》が、雪のやうに舞つてゐた。お参りを済ませて、桜の下に立つてゐると、極楽浄土に来たやうな気がした。淡《うす》かつたり濃かつたりの花葩が、妾の上に降り注ぐ。

子が腹を強く蹴つてくる。なんと強い子であることか。ろくに栄養《えいよう》もとらず、歩きづめで、その上《う》へ、気まぐれに男と情を交はす母の腹ですくくと育つとは。而《しか》も父親を殺して逃げてゐる罪深い母であるのに。

道沿ひの日だまりで、年寄りの遍路が着物を脱いで虱《しらみ》を取つてゐた。

明石寺の境内の小店で、二人連れのお遍路が、大寳寺《だいほうじ》への道順をたづねてゐる。それをそばで聞いた。第四十四番の久万《くま》の大寳寺へは、内子町《うちこちょう》の方から行けば、九里余《あま》りの山道があり、道問ふ人家さへない處《ところ》が多い。日時もかゝるし、道の困難も一通りではない。それはおよしなさいと云《い》つてゐる。

然《しか》しバスで八幡浜《やわたはま》まで行き、連絡切符で松山から更に久万町へ省営《しようえい》自動車で行けば何んの雑作もないとのこと、遍路さんたちは、さうしようと極《き》めて石段を降りていつた。

それでは、妾は山道の方へ行かう。困苦の道を選ばう。重い腹を揺すり乍《なが》ら。

昭和十五年　四月六日

内子町から大寶寺へ旧道を歩く。眼前に聳立《しようりつ》する四国の山に分け入る。どこまでも肱川《ひじかわ》の上流に沿うて行き、其《その》間に山や田が見える。田では、籾《もみ》を苗代《なわしろ》に蒔《ま》いてゐた。働き手を戦争にとられて了《しま》つたのか、女と年寄りばかりが働いてゐるやうだ。人家はだん〳〵見えなくなつて、やがて犬の子一匹通らぬ淋《さび》しい道になつた。本当の山道だ。これが次の札所へ行く道なのかどうかもわからない。

人家のある處まで引き返さうか、このまゝ行かうかと迷つた。迷い乍らも歩を進める。山道は愈《いよいよ》嶮《け》はしく、石くれの多い歩きにくい道だ。而《しか》もだん〳〵細くなる。

アツと思つた時には転んでゐた。金剛杖も役に立たなかつた。腹をしたゝかに打つた。あれほど暴れてゐた赤ん坊は、ビクとも動かぬ。も早《は》やこれまでの命だつたのか。気が遠《と》ほくなっていった。

その先は、綴り糸がほどけてしまって失われている。

この手記にのめり込んでしまった鞠子は、先が読めないことに苛立《いらだ》った。どうしてこんな意味のないものに執着するのか。自分でもよくわからなかった。リヨに自分を投影していた。煩悩にまみれ、後悔と絶望の中歩き続け、それでも本能の命じるままに行動する女遍路に。

金亀屋のあの書斎を探せば、残りの手記が見つかるのではないか。そうに違いない。一種、病的にそんなことを考えた。

建国記念の日を含めて連休を取り、松山へ行く航空券をネット予約した。熱に浮かされたように手配を終えて、気持ちが落ち着いた。迷った挙句、亜弥にラインだけをした。金亀屋に行ったことを伏せておいて、後で知られるのは嫌だった。「遍路宿の下調べに」とだけ理由を付け加えた。

しばらくして亜弥からラインが来て、どうもだるいし、連休は予定があるから一緒に行きたいけど残念、とあった。どうやら結婚式の後、続けて居酒屋へ行ったりしたので、疲れが出たようだ。お見舞いの言葉を送った。「こっちは大丈夫。一晩寝たら治るよ。そっちこそ気をつけて」と返事がきた。

松山空港からタクシーに乗った頃から、自分は何をしているんだろうと思い始めた。とても正気とは思えない。あの遍路の行く末を追ってどうなるというのか。もうとうに亡くなっているであろう人物のことをなぜ知ろうとするのか。

「お参りですか？」

のんびりとした口調で運転手が話しかけてくる。

「ええ」適当に答えた。

「ええですなあ。太山寺は、本当に札所らしい札所ですけんなあ。山門も参道も」

おしゃべりな運転手は、太山寺の子安観音《こやすかんのん》に願掛けをして子供に恵まれたという話をさかんにした。太山寺の子安観音はユニークで、子供の欲しくない女性は、縫い針を納めていく。子供の欲しい女性は、縫い針を頂いて帰って、その針で夫婦の肌着を縫って身に着けていると、妊娠するのだという。

「面白いでしょうが。子供のいらん女の人にまでご利益があるやなんて」

子供のいらん人なんかおるんかなあ、と独り言のように運転手は呟いた。

これも罰だ、とまたおかしな妄想に囚《とら》われた。紘太の子を、紘太に無断で堕胎した。それでこんな話を聞かされるのだ。ねじれ竹の話が出る前に目的地に着いて、ほっとした。

急いでタクシーを降りた。

金亀屋の上がり框《かまち》にボストンバッグを置いたまま、玄関を出て坂を下った。

宮田ふき江には、来ることを伝えていない。伝える必要はないと思っていたが、飛行機の中で考え直した。夜、金亀屋に灯《あか》りが点《つ》いていたら不審に思われるかもしれない。やはり管理人には伝えておいた方がよさそうだ。

二月にしては暖かな陽気だった。ふき江は家の前の野菜畑に出て、作業をしていた。農作業用の布帽子を被《かぶ》っていた。前に曽我の妻が被っていたのと同じようなものだ。声を掛けると、ふき江は顔を上げた。

「急なんだけど、二泊する予定で来ました。何もしなくていいから」

ふき江は畝を越えてのしのしと近寄って来た。

「ほんなら、吾郎に雨戸を開けさしに行きましょわい」

「いいですよ。コツ、わかりましたから」

「力がいるけん、あんたさんでは無理やろう。おいでるんがわかっとったら、風、通しといたんじゃけど」

むっとしたように言って、手甲《てっこう》をはずし、帽子を取りかけたふき江を、手で制した。

「ほんとに大丈夫。何か頼むことがあったらまた言います」

向こうが何かを言う前に背中を向けた。白菜や大根が植わった畑の中で立ちつくすふき江を置いて細い道をたどった。だいぶ離れてから振り返ると、老女はまた畑の中でかがみ込んでいた。

　金亀屋に戻ると雨戸はそのままにして、土間の奥の階段を上がった。書斎の窓だけは開け放った。淀《よど》んだ空気が出ていった。机の引き出しを全部開けてみるが、手記の続きは見つからない。きっと残りは薄い紙束だろうから、どこかにまぎれてしまったに違いない。もしかしたら、一枚ずつはずれて散乱しているのかもしれない。

　振り返って書棚を見上げた。大伯父の夥《おびただ》しい蔵書。どこから手をつけていいのかわからない。まずは床に積み重ねられた古い本を一冊一冊検《あらた》めていくことにした。床に座り込んで、地道な作業に没頭する。本の山までは、ふき江も手が回らなかったのだろう。埃《ほこり》が積もっていて、山を崩すたびに舞い上がった。本を手に取ると、それだけでばらけてしまう古いものもある。終わりの見えない作業だ。

　埃にまみれ、咳《せ》き込みながら、憑《つ》かれたように女遍路の四国巡礼の記録を探した。ばかげたことを通り越して、異常な有り様だと自分でも思う。だが、そうせねばならないという強迫観念に押されて、古い汚れた本を一冊一冊手に取っていった。ただの四国巡礼の記録を探しているのではない。私はリヨの生きざまをたどりたいのだ。どうしようもなく男を求めてしまう自分に絶望し、挙句、究極の選択をした女は、四国でどんな結末にたどり着いたのか。それとも、いつまでも終点にたどり着かず、四国八十八か所をぐるぐる回る円環に取り込まれたまま果てたのか。

　なぜこの家にリヨの手記が残されたのか。彼女は太山寺にたどり着き、手記を匡輝氏に託したということか。だとしたら、彼女の旅はここで終わったのだろうか。身重の女は子を産んだのか。それとも子供は腹の中で死んでしまったのか。

熱を帯びた目で、一心に和綴じの日記を探した。早い山の日没は部屋の中を翳らせ、いつの間にか冷たい風が窓から吹き込んでいた。ぶるっと体を震わせて、鞠子は我に返った。床中に散らばった本の中で立ち上がる。本の隙間《すきま》を歩いて窓を閉め、照明を点けた。わびしい蛍光灯の明かりに、自分が為《な》した愚かな行為が照らし出された。

鞠子は本を踏まないようにして書斎を出て、向かいの部屋に入った。押し込められた荷物を越えて、天井から吊《つ》り下げられた蛍光灯の紐《ひも》を引いた。ぼんやりとした光が点《とも》る。壁際に後ろ向きで立てかけられた母の油絵を、表向きにして眺めた。

幼い自分を描いた油絵から、母の特別な感情を読み取ろうとした。二番目に生まれた娘を描こうとしたのには、深い理由なんかないだろう。ただ気まぐれに絵筆を取って、愛らしい娘をキャンバスに写しとろうとしただけだろう。二人目だから少し余裕ができて、絵の題材にすることが可能になったのか。

その子が四十歳を越えて生き惑い、これをぼんやり眺めるなんて思いもしないだろう。もちろん、自分が死ぬことさえ予想できなかったのだ。運命とはなんと不思議で残酷なものだろうか。

疲れ果てた鞠子は、また書斎に戻った。足が当たって、引き戸のすぐ内側に積み上げられていた本の山が崩れた。箱入りの分厚い辞書や図鑑のようなものが積み上げられた山だった。それが雪崩《なだれ》を打って倒れてしまった。ため息が出た。のろのろと座り込んで、重たい辞書を持ち上げた。その下に、目に馴染んだ紙質のものを見つけた。

はずれた遍路日記のページだった。黒い綴じ紐にも見覚えがあった。鞠子は、さっとそれを手に取った。すぐに日付に目をやる。「昭和十五年九月二十一日」とある。五か月もとんでいる。だが、そんなことは気にならなかった。手に入れた手記の先があることを、半ば諦めていたのだ。ぺたんと床に座り込んで、貪るように読み進んだ。

昭和十五年　九月二十一日

赤子は生まれた時には、ウンともスンとも泣かなかつた。これはもういかぬ、と思つた。それも仕方がないとも思うた。赤子を貰《もろ》うてくれると云ふ長尾《ながお》さんの夫婦には申し訳ないが、これも御仏のおこゝろぢやと諦めた。ひが目の産婆が、「おなごの子ぢや」と云ふ。死んだ子なのに、おかしなことを云ふものだと思つてゐたら、赤子がフニヤアと云ふ弱い声で泣いた。

「ありや」続けて産婆が声を上げる。「こりや、どうしたもんかの」

産湯を使はせる音がバチヤ〳〵とした後に、ものを投げるみたいに妾の胸の上《う》へに赤子をのせてくる。ごぞ〳〵と動く子をどうしたらいゝものかわからない。長尾さんのご内儀が、妾の前《ま》へをはだけて、赤子に乳をくはへさせた。

赤子は口を僅《わず》かに動かしたゞけだつた。よく見ると、頭の左側に赤痣《あかあざ》がある。可《か》なり大きいもので、左耳の辺まで覆つてゐる。

長尾さんのご亭主が這入《はい》つてきて、その様子を凝乎《じつ》と見てゐた。産婆も入れてヒソ〳〵とさうだんをしてゐるやうだ。

「あんな子でもえゝんかな」と云ふ産婆の声。

「おなごの子ぢやけんな。難儀なこつちやな」とご亭主。

「始末するかな」と産婆。

これは明らかな罰だ。宜《むべ》なる哉《かな》。母が父を殺《あや》めた末にこの世に生まれ落ちた業の深い赤子。併《しか》しそれを口にすることはできない。この子を連れてはお四国など廻《ま》はれない。この家の子のない夫婦が貰《もら》つてやらうと云ふので有難く夫《そ》れをお受けしたゞけ。

産婆の手を煩はすこともなからう。母の手でひねり殺してやらう。父を殺したこの手で。

さう思つた刹那、赤子はぎゆう〳〵と乳を吸うた。

その時、長尾さんのご内儀が妾に向かつて云つた。

「えゝです。どんな子でも貰ひます」

「痣があつても、五体満足な子ぢやからの」

それでも妾は呆然《ぼんやり》と乳を吸ふ赤子を見下ろしてゐるのみ。子がいとしいとも思へない。

一思ひに殺した方がよかつたかとまだ思つてゐる。慈しみに充《み》ちた母には程遠い。

昭和十五年　九月二十八日

産婆が来て、子に名前《なま》へを付けてはならん、と云ふ。此《こ》の子はお前へのものではないのだし、名前へを付けたら情が移ると云ふ。成る程然《そ》うだと合点する。寧《むし》ろさつさとこの家を出て行くのがよからうとわかつてゐる。

此の山深い処で、長尾家は雑穀をこしらへて、悲しい生計《くらし》を立てゝゐるのだ。そんな家に長くお世話をかけるわけにはいかぬ。昨日、ご亭主の親御さまが赤子を見て、こんな子を貰ふなら、親子の縁を切ると云うたらしい。

家庭内の紛雑の末に赤子とも〴〵追ひ出されたのでは堪らない。

昭和十五年　十月一日

まだ体は本当ではないが、長尾家を後にした。妾が着てゐた襤褸《ぼろ》は捨てられ、お内儀が自分の絣《かすり》の着物をくださつた。伊予の遍路は、皆絣を着て出立するのだと。それ許《ばか》りか、おひずるも手甲《てつこう》も足袋も脚絆《きやはん》も新しいものを誂《あつら》へてくださつた。もつたいない。たかゞ赤子ひとりを得る為《ため》にこんなにしてくださるとは。妾の方はせい〳〵してゐるのだ。

「此子《この》を丈夫に育てますからね。屹度《きつと》心配はいりませんから」

さう云はれると、些《いささ》か神妙な気持ちになつた。

「では、これを此子に」

妾は腕からたがやさんの数珠をはづして、お内儀に託した。

「什《ど》うもご結構に有難う御座います。此子に持たせませう」

生計に行き詰ることがあれば、あれを売ればいくらかにはなるだらうと云ふ心積だつたのだ。それくらいのお礼をしてもよいだらう。長く身重の妾のめんだうを見てくれ、子まで貰つてくれたのだから。

最後に赤子を抱かせてくれた。よく見れば、晋造さんに肖《に》てゐるやうだ。然《しか》し、もうお別れだ。こんな罪深い母と遍路旅に出るよりは、貧しくともこの農家に貰はれる方がどれ程よいか。

名も知らぬ我が子を抱くお内儀と一礼して別れた。

さう歩かう。晋造さんの形見を捨て、我が子を捨て、真直《まつす》ぐな道を歩く。涅槃の國を目指して。

高い天《そら》から豊饒な光が射しこめてゐる。既《も》う何も迷ふことはない、と教へてゐる。

激しい紅の血潮は沸《わ》き、妾は狂ほしい感情の泉に溺《おぼ》れる。肉から霊へ、霊から肉へ。恋狂ひを禁ずる能《あた》はざりき。
自由と放縦。夫れが妾のお四国だ。
のうまくさんまんだ。ばざらだんせんだん……

女遍路の潔さに慄然《りつぜん》とする。リヨは、産んだ子を誰かよその夫婦に託して、また四国遍路に出たのだ。四国に渡ってきた時の畏《おそ》れや怯え、後悔の念は姿を消し、一個の人間として凛《りん》として立った。

産み落とした女の赤ん坊に醜い赤痣があったことも、リヨの心を動揺させたり挫《くじ》けさせたりしない。おそらくはこの後、己の欲望に忠実に、警察の手を逃れ、男と情を交わし、堂々と生きて、そして遍路道に果てるのだろう。

鞠子はよろよろと階段を下りた。上がり框に放《ほう》り出しておいたボストンバッグを手に提げて、寝室まで運んだ。押入れから出した布団を敷いて横になった。とても何かを食べる気にはならなかったが、しばらくして台所へ立った。

ここの照明は明るい。コーヒーでも飲もうかと湯を沸かしかけた時、チャイムが鳴って、跳び上がりそうになった。この家にチャイムなどというものがついていることも知らなかった。壁時計を見ると、まだ七時過ぎではあった。気を静めて土間に下りた。おそらくはふき江か吾郎だろうと思ったが、用心するに越したことはない。

「どちら様ですか？」

引き戸の内側から声を掛ける。

「僕だ。幹久だ」

今度こそ、心臓が止まるかと思った。考える前に手が動いていた。鍵をはずし、重い戸を力を込めて引いた。

一陣の風のように幹久が飛び込んできた。冷気。森の匂い。燻った煙。一気に巻き戻される時間。軽井沢の夜を思い出した途端、幹久に抱きすくめられていた。土間にひとつになった二人の影が伸びる。

「どうして――」

唇を塞《ふさ》がれた。もう何も考えられなかった。息もつけないほど唇を合わせ、舌を絡め合った。頭の芯が痺れ、体の中心が蕩《とろ》けた。

「どうしても、こうしたかった」

幹久に言われて、また唇を重ねた。しかし、もう二十一歳の無鉄砲な女の子ではないのだ。幹久の手が体をまさぐろうとするのを、ようやくの思いで制止した。

「だめ。これ以上はだめよ、お義兄さん」

わざとその呼び名で呼ぶ。幹久と自分とを分け隔てる呼び名で。

「このまま帰ってください」息を整え、一歩下がってそう突き放した。「このままなら、何もなかったことになる」

「なかったことにはならないよ。もうわかっているだろ?」

「いいえ。わからない。私は姉を二度も裏切れない」

もう一歩下がった。幹久は、下がった分だけ前に出る。手を伸ばして、腕をつかまれた。

「裏切るのなら、もうとっくに僕らは亜弥を裏切っているよ。そうだろ?」

答えられないでいると、ぐっと腕を引き寄せられた。抱きしめられて、囁かれた。

「心がもう裏切っている……」

その通りだった。幹久は鞠子を求め、鞠子は幹久を求めていた。義兄に誘われたのではない。きっと再会した時から、鞠子の方から合図を送っていたのだろう。あなたとひとつになりたい。心も体も——と。

不義の罪を犯して罰せられたというねじれ竹の伝説の残る地に、呼び寄せられるようにして、二人は出会う。固くねじれて絡んだ醜い姿を残し、罰せられることも厭《いと》わずに。

義兄を拒んでいた最後の壁が瓦解した。二人もつれるようにして、奥の寝室に入った。

——自由と放縦。

そんなふうに生きられたら。いや、生きられるはずだ。

心と体がせめぎ合うことなく。素直に伸びやかに。ただ幹久という男を求めた。ただの男と女になりたい。

私はリヨだ。彼女の手記を読み進めたこの数か月、私は共にお四国を回っていたのだ。

罪を犯して逃げ込んだ島で、歩いて悔いて、泣いて嘆いて、また歩いて。そして男と交わった。リヨが目指した涅槃とは、煩悩の火が消滅した安らぎの境地のこと。静寂の心で、リヨはまだ、この四国の地を歩いているのではないか。

体の奥で滾《たぎ》る情念。消えることのない欲望の焔《ほむら》。それに身をまかすことの心地よさ。鞠子ももう迷うまいと心に決めた。愛《いと》しい男、求め続けた男とつながり、愉悦に打ち震えて声を上げた。亜弥のことも紘太の顔も、忘れ去った。

鬼畜人天——地獄、餓鬼、畜生、修羅、人、天の六道《ろくどう》に迷うもの。冥界《みょうかい》まで堕《お》ちて、なお自分の慾《よく》に従う。それでいい。閉じた目の瞼《まぶた》の裏に燃え盛る炎を見た。見ながら、鞠子はまた声を上げた。

白装束で歩く女遍路の後ろ姿が、炎の中に遠ざかった。

これは運命によってあらかじめ用意された三日間だった、と思う。二十三年前の軽井沢の三日間と同様に。元の遍路宿の暗い一室で、鞠子と幹久は何度も何度も交わった。どこまでもお互いの体に沈んでいった。深い底なしの泉に落ち込むように。知らない場所は、いくらでもあった。新しい悦《よろこ》びを見つける度に、よくもこんなに長い間離れていられたと思った。喪失した年月を取り戻すように、その隙間を埋めるように、二人はすべてを投げ出し、受け入れた。

あまりに強く抱き合い、絡み合ったせいで、体のどこかが溶け合って混じり合うのではないかと思えた。息も絶え絶えになって、泉の水から浮き上がり、息を整えねばならなかった。昼も夜もなく、愛欲の泉の底から。

もう私は瓶覗ではない。遠い空と一体になれたから。空を恋うて身悶《みもだ》えしていた未熟な女ではない。

もう離れられないと思った。幹久も鞠子も、運命を受け入れた。ただの男と女として。

「これでおしまいにはできない」

罪深い言葉を、喜びの中で聞いた。

「ええ」

鞠子の額に、汗でぴったりと貼《は》りついた一束の髪の毛を指で掻き上げて、幹久は鞠子の瞳《ひとみ》を覗き込んだ。

「東京に帰っても、こうして会ってくれる？」

「もちろん」

「本当に？」

言いながら幹久の指が鞠子の肩から滑り下り、体の線をなぞっていく。その指の動きが、どうしようもなく鞠子を昂らせる。さっき大きな波に揺さぶられて、高みから落とされたところだというのに。

「会いたい。あなたに。会わずにいられない」

「僕もだ」

最後の晩も眠る時間を惜しむように、お互いを貪り合った。夜が白々と明け始めた頃、体を密着させて眠り込んだ。

家までタクシーを呼んで、空港へ向かった。タクシーに乗り込んで、ふと後ろを振り返ると、坂下の道から、ふき江が出て来るところが見えた。遠ざかるタクシーの方をちらっと見たようにも見えたが、気のせいかもしれない。座席に座り直して、幹久の手を握った。運転手がミラー越しに後部座席を一瞥《いちべつ》した。見知らぬ運転手に、濃密な三日間の残滓《ざんし》を悟られたのではあるまいか。ありもしないことを考え、俯いた。幹久が、ぐっと手を握り締めてきた。

羽田で別れた。人混みの中で別の方向に歩いていく二人は、三日前とは別のものに生まれ変わったのだ。屹然《きつぜん》と背を伸ばして歩いていく鞠子は、嬉しさにそっと熱い吐息をついた。これからどうしようということも考えず、亜弥に申し訳ないとも思わなかった。ただこうなるのは、しごく自然なことだった。

ふたつに分かれていた流れが合流するように。磁気を帯びた金属が引き合うように。ここに至る道筋は、とうにつけられていたのだ。もう迷うまい。真っすぐに前を向いて歩き続けよう。涅槃の道を。

仕事は淡々とこなした。二月はこれといっためぼしい旅行商品がない時期だ。部下たちは、三月、四月の企画商品を起《た》ち上げることに汲々《きゅうきゅう》としていた。例年一月二月に落ち込む売り上げを、トラベルシーズンである春期で取り戻さなければならない。

　春は遍路が始まる時期でもある。遍路道に面した地域では、お遍路さんの鈴の音で春を感じるという。

　箱崎と北尾が取り組んでいた遍路宿を利用したプランもできあがって、募集を始めた。なかなかの手応《てごた》えらしい。歩き遍路を四国一周ではなくて、遍路宿を中心にしたいくつかの札所を回る行程に組んで、それぞれの地域でまとめたのが好評らしい。気軽に四国へ渡って、変わった宿泊形態の数日間を観光も含めて過ごすというものだ。一人で行っても、同宿者と関《かか》われるから、札所を一緒に回ってもいい。遍路宿の経営者から、遍路の歴史やお接待のことを教わってもいい、というのがウリだった。

　箱崎は、賛同してくれる宿を増やしていって、リピート客を呼び込んでいきたい、いずれはこのプランにいくつか続けて参加してもらえれば、八十八か所全部が回れるようなものにしたいと息巻いている。納経帳を一回持てば、絶対に全部の札所を回りたくなるはずだと。

「あの……」

　顔を上げると、そこに木谷が立っていた。

「はい」鞠子はチェックしていた書類を伏せた。

「『フィンランド絶景ツアー』についてなんですが――」

「ああ――」

紘太が亡くなって、彼が担当していた企画は、何人かの部下に振り分けられた。木谷には、紘太が取りかかっていた「サンタクロースに会いにいく」という企画が回ってきたのだった。去年の十二月には季節的なものもあり、いくつかのツアーが成立したと聞いた。

「これ、クリスマスシーズンも終わりましたから、サンタクロースに会いにいくって部分は強調せずにですね、雪深いフィンランドの村に会いたい誰かがいるって感じで、いくぶん謎《なぞ》めいたツアーにすればどうかと――」

――会えないと思っていた人に会える。

この企画を説明に来た時の紘太の言葉が思い出された。

あの予言のような言葉を残して、彼は死んでしまった。もし紘太が生きてあのまま関係を続けていたなら、幹久が現れたとしても、それほど惹かれはしなかったのでは？　では、私は心でつながるよりも、体でつながりたかっただけなのか。それで常に男性と関係してきたのだろうか？　いや、そうではない。大人の入り口で知った幹久という男。あの人を求めてずっと果てのない旅を続けてきたのだ。あそこで幹久を知らなかったら、彼と濃い交わりを持たなかったら、私はこんなに愛欲に執着しなかった。

「マネージャー？」木谷がふっと顔を覗き込んできた。

「ああ、続けて」

「ですから、どこを前面に押し出して、どこを隠しておくかなんですよね――」

私は会えないと思っていた人に会えたのだ。それだけでいい。先にどんなことが待ち構えていようと、選び取ったこの道を行くしかない。

東京に戻って来ても、幹久とは逢瀬《おうせ》を重ねていた。ほんのちょっとの時間があれば、幹久を呼び出して会った。ただ会って話すだけの時もあれば、食事をした後、ホテルに行ったりもした。とにかく、少しの間でも会いたかった。鞠子のすべてが幹久に向いていた。

同時に姉とも会っていた。たいていは向こうから誘いがかかり、映画を見たり、友人の趣味の手芸展に行ったり、時には一泊旅行をしたりした。

「鞠ちゃんとこんなにぴったりして過ごすの、嬉しい」

亜弥ははしゃいで言った。鞠子の腕に自分の腕を絡ませて、顔を寄せてくる。

「お姉ちゃんが東京に戻って来てくれたからよ」

「よかった！　幹久に感謝しなくちゃ。イギリスでの生活に見切りをつけてくれたからよね」

亜弥は真から東京の生活を楽しんでいるようだった。元からの友人とも、新たにできた友人とも、喜んで交際していた。まさか妹が、自分の夫と深い仲になっているなんて、思いもしていないのだ。

鞠子は、姉に決してそれを知られてはならないと思いながらも、姉の鈍さに苛立った。相反する感情に揺れた。自分でもどうしてそんなことを考えるのかわからなかった。幹久と結婚したいとは思わなかった。このままでいいと思う反面、肉親である姉が疎ましく思われた。なぜ幹久は、亜弥と結婚したのだろう。およそ似つかわしくない取り合わせだとまで思った。

幹久が独身なら、結婚という形態にこだわらず、このままの関係が続けられる。今のままでは、好きな男と会うことは、社会的に見ると不倫というレッテルを貼られるのだ。もし幹久のパートナーが姉でなかったら、そんなことは気にもせずに彼との関係を続けただろう。

幹久とは、そういう巡り合わせだったのだから。

姉が妻だからこそ、鞠子は悩み、常に罪の意識を持たねばならなかった。幹久と強く結ばれてしまった今では、彼なしの生活など考えられなかった。不倫などというつまらない言葉でくくられる関係ではないのだ。

姉に知られたくないのに、知らしめたいと思うこともあった。せめてあの人を自由にして、と亜弥と会って話している時に、不意に口にしそうになる。そんな自分を嫌悪する。ずっと鞠子を支え、慈しんでくれた母親代わりの姉なのだ。そのまた後で、この人がいなければ、と思う。そんなことの繰り返しだった。姉が好きだからこそ、悩み、迷い、自己嫌悪に陥り、また苛立った。

リヨのように煩悩から解き放たれ、先のことなど考えず、幹久とひとつになろうとした決心が挫けそうになった。幹久と会っては喜びを感じ、亜弥と話しては消沈した。

もう少ししたら、幹久は、新しい専門学校で教鞭《きょうべん》を取ることになる。その準備を着々と進めている幹久や、彼のために新しい背広を用意する亜弥につまらない嫉妬《しっと》を感じた。彼らは夫婦という枠組みの中、粛々とことを進めている。幹久は耳のそばで「鞠子だけだ。僕のすべてを受け入れてくれるのは」と囁くのに、姉の待つ家に戻り、なに食わぬ顔で「ただいま」と言う。

そして、「おかえり」と夫を迎える亜弥は何も知らない純真な妻だ。彼女を裏切ることを決めた時には、こんな些末《さまつ》なことは受け入れられると思った。それを覚悟で義兄を奪ったはずだ。なのに、受け入れたはずの細々したことが、小さく鋭い棘《とげ》となって、いちいち鞠子の心を刺した。

幹久が亜弥よりも鞠子を選んだという自信はあった。が、世間的には、こそこそと隠れて義兄と通じているのは、自分の方になる。会社を起ち上げ、うまく乗り切って社会的な地位を築いた自分が、妻という座にいる亜弥には届かない。一番の苦悩は、姉を憎めないことだった。

他人ならよかった。その言葉は、何度も頭の中をよぎった。他人の夫と関係しているのなら、こんなに悩まなくてもいいのだ。そんな中でもたった一つだけわかっていることがある。もう後戻りはできないということ。

出張に出ていた真澄が戻ってきた。琵琶湖《びわこ》を一周するサイクリング旅行の企画の下調べらしい。一泊で関係各所との打ち合わせ、下見を済ませて新幹線で戻ってきたと思ったら、明日からは仙台《せんだい》へ行くという。

オフィスに入って来るなり、仙台で今年初めて行われる「みちのく時代絵巻」というイベントの資料を持ってくるように部下に命じ、自室に閉じこもった。ここのところ、超多忙な真澄とは話をしていない。鞠子は窓際の席を立って、チーフ・マネージャーの部屋のドアをノックした。

「お邪魔?」

ドアからちょっと顔を覗かせて問うた。資料を繰って見ていた真澄は、「どうぞ」とだけ言った。来客用のソファに腰かけて、資料の読み込みが一段落するのを待った。しばらくして、真澄は資料を片付け、デスクの引き出しから目薬を出して目に注《さ》した。

「バイタリティー溢《あふ》れる仕事ぶり」

引き出しを閉めた真澄にそんな言葉をかけた。真澄はちょっと肩をすくめたきりだ。

「虚しくない?　仕事一辺倒の生活で。疲れるでしょ?」

長年の付き合いだからこその、遠慮のない物言いだ。

「いいえ」

真澄は即答した。そして、ソファの背にしなだれかかるようにして座った鞠子をじっと見た。

「疲れているのは、あなたの方だと思うけど」

笑い飛ばそうとしたが、うまくいかなかった。

「——かもしれない」とうとう降参した。「ちょっと、いろいろあって」

真澄はデスクの上に両手を置いて、指を組んだ。

「ねえ――」ぐっと上体を両肘《りょうひじ》に載せてくる。「なんでそんなに女であることにしがみつくの？」

すべてはお見通しというわけだ。この目ざとい共同経営者、硬直した業界へ打って出た同志、古くからの友人には、虚栄や嘘《うそ》は通用しない。鞠子がまたぞろ、男性関係で面倒ごとを抱え込んだと察知したのだ。

しかし、今回の面倒は、ちょっとやそっとでは縺《もつ》れが解けない。もがけばもがくほど、がんじがらめになっていく。それでも私の中の女は、それを望んでいるのだ。義兄との関係を続けることを。

鞠子は天井に向いて、ほうっと息を吐いた。

「どうしてかしらね。こんな年になっても、女の部分を捨てられない。私にとっては、それが人間であることの証なんだと思う」

こんな一般論ではくくれない関係を、今結んでいるのだと告白したい気持ちを抑えた。それでもこうして踏み込んだ話のできる相手は、真澄以外にはいない。

「どうせおしまいには、その人間のカタチを保つことも難しくなるのよ」

真澄は、デスクの上の両手の指を組み替えた。

「今、認知症になった母をうちで介護してるの、私」

驚いた顔をしたと思う。そんなことは全く知らなかった。真澄はそういうことを他人に言う人ではなかった。

「家で？」

「そう。父が亡くなって、母と二人暮らしになったんだけど、八十二歳の母は、二年ほど前から認知症が進んでね」

「そうだったの。でもあなた、出張とか平気で行ってるし」

「そういう時は、施設のショートステイを利用したり、仲の悪い兄の奥さんに頼み込んで来てもらったり。もう綱渡り状態」

そんな生活を送っているようには見えない。疲れた顔をして出勤してきたことなど一度もない。

「もう娘の顔もわからないから、帰るたびに『どちらさん？』とか、『いらっしゃいませ』って言われる」他人事《ひとごと》のように飄々《ひょうひょう》と話す。「それだけなら、かわいいもんだけど、さっと人格が変わっちゃうのよね。私は『夏子《なつこ》の豹変《ひょうへん》』って呼んでるんだけど」

大声で娘を罵《ののし》る、家の中のものを壊す、家に泥棒が入ったと何度も警察を呼ぶ、素っ裸で外に出てしまう――真澄がつらつらと挙げる母親の行動に言葉がなかった。

真澄は、薄く笑った。

「そういう母を見ているとね、それまで築きあげてきた人間の風格とか尊厳とか品性とか、そんなものは塵《ちり》でしかないなって思う」

慄いた鞠子を見やって、真澄は言葉を継ぐ。

「だからね、もしかしたら今すごく大事だと思っていることは幻かもしれない。虚《うつ》ろなものにしがみついてしまう。失いたくないと躍起になる。やがて人間であることも失われる時期が来るのに」

そこまでしゃべって、また真澄はふっと笑った。

「人の人生って何だろうね」

「どうしても欲しいものがあって——」ひりついた喉《のど》からは、うまく言葉が出てこなかった。「手を伸ばせば手に入るかもしれない時、あなたなら、そんな禅問答みたいなごまかしで自分を黙らせるの？」

真澄は唇の片端を持ち上げただけで、何も答えない。

「人生に意味はないかもしれない。おしまいには、カタチを失くしてしまうかもしれない。でも、いいの。私はやっぱりしがみつきたい。手を伸ばしてもぎ取れるものは、何でももぎ取りたい」その後は、囁くような声になった。「私は女でいたいの。それを認めてくれる相手がいる限り」

じっと聞き入る真澄は無表情だった。気を悪くしたとは思えない。彼女なりのやり方で忠告してくれているのだ。決して誰にも明かさなかった、母親の介護のことまで持ち出して。

「ばかなことをしていると思うでしょう？」

その問いにも何とも答えない。

「でもこうしか生きられないの、私は」

ソファから立ち上がった。ドアに向かって歩く。

「ごめん。多分、あなたには永遠にわからないでしょうね。男に執着したことも、結婚したこともないあなたには」

「あるわ」ノブに手をかけた鞠子の背中に真澄の言葉が投げられた。思わず振り向く。

「若い時に、駆け落ちした。親がどうしても許してくれなかった相手と。逃げた先で入籍した」

ノブに手を掛けたまま、鞠子は立ちすくんだ。

「彼なしでは生きられないと一途に思い込んでいたから。一年と八か月だけ続いたわ。でも結局別れて戻ってきたの。すごすごとね」

真澄の組んだ両手の親指が、追いかけっこをするようにぐるぐる回っている。

「母が私を罵るのは、そのことなの。何かの拍子にふっと私が娘だって思い出す。すると、親を裏切って家を飛び出した愚かな行為も一緒についてくる。もっともっといい思い出もあるはずなのに。どうしても許せなかったことだけを抽出してくるの。それで大声で怒鳴り散らす。それはもう、鬼の形相よ。目は血走り、唾を飛ばして」

真澄は静かに言い放った。

「人の本質は憎しみよ。憎しみだけが人を駆り立てる」

それから脇《わき》に除《よ》けていた資料を手元に引き寄せた。それきり俯いて仕事に戻った。

鞠子も静かにノブを回して部屋から出た。

もう二週間、幹久には会っていなかった。電話もかかってこない。ラインをしても、既読にはなるが、返事はなかった。仕事の準備で忙しいのか。亜弥とどこかに出かけているのか。機械に疎く間《ま》ぬるい亜弥が、夫のスマホを覗くようなことはしないと思うが、しつこく連絡をするのは憚《はばか》られた。

義兄ということで、会えないことにも特別な意味があるのではないかと勘ぐってしまう。過去に不倫関係に陥ったこともあるが、これほど落ち着かなく切ないことはなかった。だから、夜遅くに幹久がマンションの部屋を訪ねて来た時は、狂喜に似た思いを抱いた。少しだけ開いたドアをすり抜けて、影のように入ってきた幹久に、玄関で抱きついた。幻ではなく、しっかりとした肉体の持ち主であることを確かめずにいられなかった。

そのまま、寝室にもつれ込んだ。言葉はなかった。

どうして会って言葉を交わしただけで満足できないのだろう。こうして体を重ねずにいられないのはなぜなんだろう。体を反らせ、曲げ、うつ伏せ、幹久の愛撫《あいぶ》を一番受け入れられる姿勢を取った。

頭の中が何度も真っ白になった。理屈なんかない。こうしていたい。こうしている時だけが生きていると感じられた。女が女である時。それは男を受け入れる時。

愚かだ。あまりに愚かだ。そうでなくても生きることは可能なのに。

でも――。

――いつの間にか声を荒らげてゐる。熾熱。狂奔。

「亜弥と別れ話をしていた」

果てた後、二人でその余韻に浸っている時に、幹久がぽつりと言った。

「えっ！」

まさかそんなことになっているとは思いもしなかった。幹久は、この後、どう話を持っていこうかと考えあぐねているように、鞠子の肩の丸みを撫でている。

「私のことを話したの？」

「まさか」

裸の鞠子を、ぐっと抱き寄せる。幹久の肌の温《ぬく》もりを感じたが、凍りついた心はそのままだった。

「鞠子には言わなかったけど、僕らの関係はイギリスにいた頃から破綻《はたん》していた」

何度も肌を重ねるうちに、「鞠ちゃん」から「鞠子」に変わっていた。鞠子の方も「お義兄さん」とは呼ばなくなった。

「亜弥は、イギリスに渡ったことが、僕を変えたと思っている。だから日本に帰りたがった。こっちに来れば、また元のように親密な関係に戻れると思ったみたいだ」

抱き寄せた鞠子の首筋に軽くキスをした後、幹久は鞠子の目を間近から真っすぐに見た。

「鞠子、イギリスで一緒に暮らさないか」

「そんな……」

飛躍し過ぎる幹久の申し出に戸惑う。

「お姉ちゃんは別れたくないんでしょ？」

器用に生きられない亜弥は、きっと今の生活でなければやっていけないに違いない。なにより、幹久と離れたくないだろう。

「亜弥とは話し合って、ちゃんと別れる。だから――」また首筋に唇を当てられた。ちょんちょんとついばむように、肌を吸っていく。熱い吐息で応えてしまう自分の体が、今は厭わしい。

「そんなこと、お姉ちゃんが受け入れるはずが……」

幹久の歯が、乳房の肉を甘噛《あまが》みする。とても言葉を発することができない。幹久の愛撫にここまで感じる体になってしまった。

「僕にはもう鞠子しかいない」

乳房の周辺を、彼の唇と舌、歯が刺激して回る。乳首を微妙に避けていく。その部分が幹久の愛撫を待っているのがわかる。早くそこに口づけて。体全体でそれを訴えてしまう。その予感にふるふると震える乳首は、熟れ過ぎた果実のように毒々しく甘いはず。どうしてこんなに恥ずかしい体になってしまったのか。

　幹久は焦《じ》らし続ける。鞠子は、漏れそうになる声を必死に抑えた。深刻な話をしている時に、こんなことをする幹久を憎む。ずるい……。

「あっちにいけば二人穏やかに暮らせる。人生の最終章を、本当に愛する人と過ごしたい」

　頭の芯が蕩けそうになるのは、幹久の申し出を容《い》れたせいか、それとも絶妙な愛撫のせいか。

「いいよ、イギリスは。自然は豊かだし、個人主義の人々は、他者に深入りすることを嫌う。誰にも気兼ねすることなく、愛し合える」

「嬉しいけど、だめよ。無理だわ」

　亜弥の顔が浮かんでは消えた。できない。妹に裏切られたと知ったら、彼女はどう思うか。

「心配しなくていい。亜弥とのことは、きっちり話をつけるから。鞠子は何も迷わなくていいよ。きちんと別れてしまうまで、君の名前は出さない。鞠子は知らん顔をしていいから」

「ほんとに、そんなこと――。でも――やっぱり」

　迷う鞠子を制するように、幹久の唇がとうとう乳首をくわえた。同時に背中にあった右手がすっと下りてきて、一番感じる部分に滑り込んだ。

「ああ……」

死ぬまでこうしていたい。幹久となら、それができる。遠い地で。心ゆくまで。人間のカタチを失うまで。

——いつか、誰かが僕らを見つけるんだ。草原の中で。僕らは絡み合った白骨になってる。体をつなげたまま。

紘太の声が頭の中で響き渡り、それを掻き消すような自分の声が耳に届く。

亜弥は、いつまでも泣き続けた。さっきまでテーブルに突っ伏すように大声で泣いていたのが、今はしゃくり上げる声に変わった。

「まさか、今になってこんなことを言われるなんて、思いもしなかった」

かすれた声が、顔に当てたタオルハンカチの向こうから聞こえる。

さっきまで慰めの言葉をかけ続けていた鞠子も、黙り込んだ。

休日の鞠子のマンションに亜弥がやって来たのは、午後二時頃だった。今はもう薄暗くなり始めている。鞠子は、立っていって部屋の照明を点けた。亜弥は顔を上げて、天井を見上げた。老けた顔に涙の筋が幾筋もついていた。

私と関係なく、夫婦間が破綻していたとしたら、姉にもう魅力がなくなってしまったせいだろうか。冷静に鞠子は分析した。初めから幹久と姉の取り合わせは、うまくなかったのだ。最初の結婚に疲れた幹久が選んだ、和みと癒しの象徴。それが亜弥だった。

世事に疎く、泰然としていて鈍重で、子供っぽいかわいらしさのある女を選んだ。だが、知人もいない異国で寄り添って暮らすうちに、それが間違いだったと気づいたのではないか。

「女がいるのよ。きっとそう」

いつになく鋭い亜弥の物言いにどきりとした。

「まさか。お姉ちゃんの思い違いよ」

やっとのことで喉の奥から言葉を引っ張り出した。

「いいえ」きっぱりと姉は言い切った。「ずっとそれは感じてた。日本に帰って来てから。ひどい人。女を作っておいて別れてくれだなんて、虫がよすぎる。あんな人だとは思わなかった。みっともないし、恥ずかしいと思わないのかしら」

吊り上がった目の姉を凍り付く思いで見やった。こんなふうに他人を罵る姉を一度も見たことがなかった。

「こっちに戻って来たのだって、女のせいかもしれない。イギリスでも交際範囲が広かったからね、あの人。どこかで知り合った相手が日本に来て、それを追ってきたのかもしれないわ」

「それは、お姉ちゃんの想像でしょ」

「あなたにはわからないわよ。でも夫婦にはわかるの。勘が働くっていうか。ほら、あの時――」

住居の下見に一時帰国した時、幹久が突然、知り合いに会うために静岡へ行くと言い出した。あれがおかしい、と姉は言い張った。

「予定にはなかったのよ。急にそんなことを言い出して――。私たちは、ちょうどいいわ、なんて松山に行ったりしたけど、あの時、女に会いにいったのかも」

鈍感で散漫な姉は、やはり真実を見抜くことも得ていない。ほっと胸を撫で下ろした。

「あれからなの。彼がおかしくなったのは」またわっとハンカチに顔を埋《うず》めた。「あの後、何だか上の空になって、そわそわして。挙句に、イギリスで決まっていた舞台の仕事も断って急いで日本に帰って来たじゃない」

「それは――それはお姉ちゃんと離れて寂しかったんじゃないの？」

心にもないことを言っている。もし、その相手が自分だと知れたら――。その時のことを考えると恐ろしかった。

「そんなこと、あり得ないわ」ぐずぐずと洟《はな》を啜《すす》り上げて、亜弥は言う。「もうそんな仲じゃないの。私たちは。かなり前から」

何のことを言っているのかはだいたい推測がついた。その先を聞きたくなかった。

「幹久は、私を抱かない」呻《うめ》き声とともに、亜弥は言葉をひねり出した。「あの人と、夜の生活がなくなってもう何年も経つの」

何と答えていいのかわからなかった。ただ、ささやかな喜びがこみ上げてきたのは事実だ。幹久は、姉とはもう終わっているのだ。あんなに激しく私を抱くのに、あれほど女を喜ばせる力を持っているのに、姉にはその力を行使しないのだ。

「そんな年齢なんだと、勝手に思ってた」

いいえ、そうじゃないわ。あの人は本当に愛する女の心も体も満たすことができるのよ。鞠子は、姉に対しての優越感をはっきり感じた。そう思う自分に、もう嫌悪感を覚えなかった。姉には、夫を失望させる要素がある。その人は、私を抱かずにいられないというのに。

「鞠ちゃん」いきなり、両手をつかまれた。はっとして、思わず身を引きそうになる。

「あなたは、私の味方よね」

つかんだ両手を、胸に掻き抱くようにして、亜弥は訴えた。

「もちろんよ。私はいつだってお姉ちゃんの味方よ」

声が震えた。ああ、いつか、この言葉は嘘だったと気づく時が来るのだ。そんなことはお構いなしに、亜弥は続ける。

「私は、絶対に幹久と別れないから。あの人と別れるくらいなら、死んだ方がましよ。いえ、あの人がどうしても私と別れるというのなら、あの人を殺してやる」

穏やかな姉の口から、こんな激しい言葉を聞くとは思わなかった。それほど愛は人を狂わせるものなのか。人を愛しいということは、相手を自分に取り込むこと？

ようやく悟った。愛を交感する時、相手の体を感じるために、自分の体の肉の奥深くに相手の体を招じ入れる。一番感じる部分をさらし合い、溶け合おうとしてさらに奥を目指そうとする行為。あれがかなわないとなると、愛しい相手に血を流させようとするのか。相手の肉体を殺して、自分の肉に取り込むのか。

――無恥なるもの、汝《なんじ》は女。男から離れられず、どうにもならず、自分を殺せばい、ものを、相手を殺した。これで了《おわ》ると一図に思ひ詰めて。

ああ、私は、私たちは、抜け出せない愛憎の輪環に取り込まれた。

――いきぢごく

それでも鞠子と幹久は会い続けた。鞠子には、自分が常に男を求める理由がわかった。いつも、女でいたい、女であることを確かめ続けたいと思っていた。真澄に不思議がられるその理由がわかった。

リヨがそれを教えてくれた。己の肉の奥底に刻みつけられた記憶――心がいくら冷静にそれを排除しようとしても、肉が愛しい男を求め続ける。泣いてよじれて相手を呼ぶ。無恥だと言われようと、侮蔑《ぶべつ》されようと、どうにもならない。リヨにとっては、それが晋造であり、鞠子にとっては、幹久だった。

二十一歳のたった三日間で体にしっかりと刻みつけられた記憶は、どれほど年月が経っても薄れはしない。いつまでも愛しい男を待ち続けている。再び肉の愉悦がもたらされるのを。その瞬間は、もはや肉欲ではなく、無垢《むく》で純粋なものに昇華している。

もしその自然の摂理に抗うのなら、相手を殺してしまうしかないのだ。

もう迷わなかった。リヨと違うところはそこだ。幹久を、愛しい男を殺したいとは思わなかった。いつまでも愛欲の渦の中に身を置いていたかった。ここまで来るのに、二十数年がかかったのだ。幹久を離したくなかった。

ところが亜弥の方は、そうではなかった。取り乱し、泣き叫び、通常の生活さえ送れなくなっていた。家事が得意で、きちんとしていたはずの姉夫婦のマンションは、乱雑に汚れてしまっていた。鞠子は何度か覗いて片付けようとしたが、手のつけようがなかった。亜弥の気を落ち着けようとするので精一杯だった。

親しい友人も心配して、亜弥を心療内科に連れていってくれたらしいが、精神安定剤を処方してくれただけだった。理由ははっきりしている。そのことに気がついた友人も、ため息混じりに放っておくようになった。夫婦の問題には、誰も踏み込めない。

こうなると、離婚に向けての話し合いなど進むはずがなかった。幹久も鞠子のことが亜弥に知られないよう、心を砕いているから、安易に弁護士や家庭裁判所に話を持ち込むことができなかった。

幹久は、亜弥のことを心配する鞠子に、自分たちのマンションに近づかないよう、忠告した。よく聞けば、彼も家を出てホテル暮らしをしているという。マンションで眠っている時に、亜弥に包丁で首を刺されそうになったのだと語った。背筋が凍った。本当に姉は、愛しい人を手放すことより、相手を殺すことの方を選んだのか。愛欲の果て、亜弥も究極の選択を迫られているのだ。

幹久は、ほとほと憔悴《しょうすい》していた。人目につかないように用心して、鞠子とはホテルで会うようになった。

ベッドから夜景を眺めながら、幹久はイギリスでの生活の伸びやかな楽しさを語る。話が途切れると、ふと我に返ったように黙り込む。そこへの距離を測るみたいに。

こんなふうに彼を追い込む姉が憎かった。今まで親しんできた姉とはもう変わってしまったのだ。変えたのは、自分だという後悔と懺悔《ざんげ》。だが、愛しい男を自由にしてやらない一個の女には、憎しみを覚える。相反する気持ちに引き裂かれる。

「お姉ちゃんはどうしている？」

「同じだよ。絶対に別れないと言ってる。でなけりゃ僕を殺すつもりだ。尋常じゃない」

マンションに帰るたび、幹久に亜弥は刃物を突き付けるという。

どうして心が離れてしまった幹久にそんなに固執するのだろう。亜弥の体にも、幹久は記憶を刻みつけているのだろうか。もう枯れてしまったはずの女の体の肉は、その記憶だけを頼りに悶え苦しんでいるのか。

「もうイギリスへ行ってしまおうか」

できもしないことを口にしてみる。そんなことをしたって、問題は解決しないとわかっている。鞠子が恐れているのは、幹久が選んだ相手が自分だと姉に知られることだった。イギリスへ二人で逃げたりしたら、最もショッキングな形で、姉はその事実を知ることになる。

「なあ、鞠子。僕はもうこんなことは耐えられない」

「私もよ」

どうしたらいいか、何度も二人で話し合った。それでも答えの出ないことを、毎回同じように口にする。

「亜弥は本気だ」

「何が？」

「僕を殺すこと」

ひっと息を吸い込む。

「毎日毎日、彼女はそのことを考えている。取り憑かれているんだ。誰だか知らない愛人に渡さないようにと」

大げさな、と笑い飛ばすことはできなかった。一度、姉に切り付けられた幹久は、腕に深い傷を負った。噴き出す血に驚いた亜弥は、血濡れたナイフを差し出して、これで自分を殺してくれと言ったそうだ。妻の狂気に追いやられるように、幹久は家を出た。その後、自分でうっかり切り付けてしまった傷だと医者には嘘をついて、縫ってもらったと言った。

「鞠子――」シーツをくしゃりと潰《つぶ》しながら、幹久は身を寄せてくる。「亜弥を殺そう。そして、二人でイギリスに行こう」

「何を――」

目を見開き、唇を震わせた。そんなこと、できるはずがない。たった一人の肉親を殺すなどということが。

「それしかない。そうしないと、この世のどこに行っても安らぐ場所なんかないよ」

姉を殺して安らぐことなんか、それこそ、どこでもできないだろう。だが鞠子は幹久の言葉に耳を傾け続ける。

「たぶん、僕が鞠子と深い関係になっていなくても、亜弥は別れ話には逆上しただろう」

それを聞いて、少しだけほっとした。亜弥が求めているのは、幹久ではない。幹久と暮らす安定した変化のない生活なのだ。

「どうやって?」

鞠子はさらなる罪を犯し続ける。


松山空港に着いた時、細い雨が降っていた。路面を陰鬱《いんうつ》に濡らす雨は、間断なく降り続く。桜の開花宣言が出てからも、ずっと松山は天気が悪い。綿密な計画を立てながら、四国の様子はそれとなく窺《うかが》っていた。

ふき江にも事前に知らせてあった。事後に怪しまれないよう、用意は万全にした。吾郎とふき江が金亀屋の前で待っていた。

「ありがとうございます」タクシーを降りて手土産を渡し、明るく声をかけた。「ごめんなさいね。急にお休みが取れたものだから」

「あんたさん、一人かな。奥さんは?」

「姉は後から来ることになってるの。義兄と」

それ以上、ふき江は追及しなかった。たいしてこちらに興味があるようには見えない。金亀屋の中が変わりないこと、事前に掃除と空気の入れ替えだけはしておいたことなどをぼそぼそと伝えた。後ろで吾郎がむっつりと立っていた。

鞠子は、三人で静かに過ごしたいから後は放っておいてくれたらいいと伝えた。勝手に鍵をかけて帰るからと。鞠子がしゃべっている間、ふき江は聞いているのかいないのか、例の手首の開運ブレスレットをいじったり、割烹着《かっぽうぎ》のポケットを裏返してゴミを捨てたりしていた。

「それじゃあ、もうおうちの方へ引き取ってください」

その言葉を待っていたとばかりに、不愛想な親子は、挨拶もせずに去っていった。いつもなら腹を立てるのに、それどころではなかった。亜弥に電話して伝えたのだ。金亀屋でゆっくり三人で話し合いましょうと。場所を変えれば気分も変わるから、落ち着いて話ができるでしょうと。

「私はお姉ちゃんの味方だからね。きっとお義兄さんを説得してみせる」

心にもないことを言う自分にも、もう後ろめたさはなかった。鞠子はゆっくりと階段を上って書斎に入った。手には、最後の部分が失われたリヨの遍路日記が握られていた。机の引き出しを引いて開け、そっとそれをしまった。

ここでこの日記を見つけなければ、私はこんな恐ろしい計画を実行しようとは思わなかっただろう。八十年前に四国遍路をして回った業の深い女遍路は、どこへ消えたのか。その果てのない巡礼の旅を追う自分も、また同じく業の深い女だ。これから為そうとしていることを思うと、震えて震えて仕方がなかった。

リヨは自分の底なしの欲望に絶望し、相手の男を殺してしまった。そこまでしたのに、聖なる四国の地で、また男を求めずにいられなかった。子を孕んでも、その子を他人に託してまた罪深い旅を続けた。おそらく、リヨは死ぬまでお四国を回り続けたに違いない。己の本能に従って、女の体が求めるものを取り込んで。しかし煩悩にまみれながらも、胸を張って最後まで生ききったに違いない。

あの凛とした魂を、自分の体にも呼び込もう、と鞠子は思った。だが、私は愛しい男を殺したりはしない。愛しい者と共に生きるために、私は肉親を殺すのだ。リヨよりも惨《むご》い生き方を選んだことを、きっと後悔はしない。

鞠子は、すっと引き出しを押して閉めた。トンという軽い音が、すべての始まりの音だった。

夫からの別れ話に狂気に見舞われた亜弥は、この古民家で首を吊って死ぬのだ。幹久がこの恐ろしい計画を思いついたのは、亜弥が走り書きした一枚の便せんを見つけたせいだ。乱れた文字で「夫と別れるくらいなら、彼を殺すか、それができないなら、自分から命を断つしかない」というような内容が綴《つづ》られていた。煩悶《はんもん》しながら心に浮かぶままを文字にしたのだとわかった。

夫と妹と一緒に訪れた元遍路宿で、離婚の話し合いをしていた妻が、他の二人が眠ってしまった後、発作的に首吊り自殺を遂げたということになれば、誰も疑わないだろう。このところ、亜弥が精神のバランスを欠き、尋常でなかったということは、友人が証言してくれるはずだ。何より、本人の遺書がある。

場所をここに選んだのも、幹久の発案だ。常用している睡眠導入剤を飲ませ、寝入った亜弥を自殺したように見せかける細工をするという計画だが、万が一不測の事態が起こった場合のことを考えると、人の目や耳の届かない場所がいいだろうということだ。もし、亜弥が何かしら勘づいて大声を出したり暴れたりしたら、東京のマンションでは対処がしにくい。

鞠子は、机の前の窓を開け放った。金亀屋に来て、初めてここに座った時のことを思い出した。あれから一年が経とうとしていた。紘太との関係に疲れ果てていた頃だった。もうあの若い男とのことを忘れて義兄と関係を結び、さらに恐ろしい罪を犯そうとしていることが、信じられない。

雨にしっとりと濡れた目前の山は新しい緑が芽吹き、どこから飛んできたのか、ガラスにピンクの桜の花びらが一枚ぺたりと貼りついていた。いつまでそんなことをしていただろうか。坂の下からタクシーが上ってきて、家の前で停《と》まった。

両方のドアが開き、幹久と亜弥が下りてきた。亜弥はすぐに書斎の窓から鞠子が顔を覗かせているのに気がついた。弱々しい笑みを浮かべる。もうすぐこの笑みを見ることができなくなるのだと思うと、鞠子は思わず涙をこぼすところだった。


夕食は、鞠子が来る途中で買ってきたお惣菜とおにぎりで済ませた。妹を交えたことで妙に浮き立った感じの亜弥が、味噌汁《みそしる》だけは作ると言ってきかなかった。台所に立つ姉の後ろ姿を見ながら、向かい合う幹久と気まずく黙り込んでしまう。

今日の亜弥は、体調がいいようだ。いつものような憔悴しきった様子も、狂気じみた様子も見られない。一途に妹が自分に加勢して、夫を説得してくれると思い込んでいるのだろう。心を揺さぶられないよう、ぎゅっと膝《ひざ》の上で手を握りしめた。ここで決心が揺らぐことは許されない。覚悟の上で来たのだから。

亜弥は鼻歌まで歌っている。しだいに辛《つら》くなってきた。いたたまれなくなって、立っていって食器棚から汁椀《しるわん》を出して洗い、布巾《ふきん》で拭《ふ》いた。

「さあ、できた。具材は乾物だけだけどね」

亜弥は椀によそった味噌汁を、三つ食卓に置く。温かな湯気の向こうで、気分よく笑っている亜弥の顔をまともに見られなかった。

「いただきましょう」三人で箸《はし》を取った。

食物が何も喉を通りそうにない。そんなことで不審がられてはならないと思うが、どうしても箸が進まない。

「どうしたの？　鞠ちゃん、ちっとも食べてないじゃない」

鞠子の前の皿を見て、亜弥は言う。

「ええ……」

幹久の方は極力見ないようにしている。亜弥に処方されているリスペリドンという睡眠導入剤は液剤なので、これをハーブティーにやや多めに混入して飲ませるという手はずになっているのだ。幹久の見立てでは、ぼんやりした亜弥は、言いなりにハーブティーを口にするはずだった。だがここに来て、亜弥は気持ちがしゃんとして、口数も多くなってきた。気分が高揚しているようだ。こんなはずではなかった。手のひらにじっとりと汗が滲《にじ》む。

お菜《かず》に箸をのばしながら、亜弥は美味しい、美味しいと繰り返す。

「こんなに食が進んだのは、久しぶりだわ」

いたたまれなかった。これが最後の食事になるということを、姉は知らずにいるのだ。

亜弥はお椀を口に持っていく。味噌汁を啜る密やかな音がする。鞠子は目を伏せた。

「ねえ、鞠ちゃん、あの日記を読んだ？」

はっとして顔を上げた。

「あれよ、読んだんでしょ？　女遍路の日記」

歌うように軽やかに亜弥は言い、味噌汁の椀をゆっくりとかき混ぜた。幹久が不安そうな視線を送ってくる。

「面白かったでしょう？　あなたが好きそうだったから、わかりやすいように、二階の書斎の引き出しに入れておいたんだけど」

今度は、漬物をコリリと噛む。だんだん生気を取り戻していく姉が不気味だった。

「あれは、匡輝大伯父さんが書いたのよ」

「え？」

箸が止まった。

「やだ！　鞠ちゃん、あれ、ほんとにお遍路さんが書いたと思ったの？」

心底おかしそうに亜弥は笑った。

「何なんだい？　その——遍路日記ってやつは」

ようやく幹久が口を挟んだ。亜弥はいくぶん冷たい視線で夫を見た。

「この金亀屋の持ち主だった私たちの大伯父さんがね、戯曲も書いたことがあって、劇中で使う小道具として作ったものよ。確か、出演者が大声で読み上げる設定だったと思う」

さあっと血の気が引いた。

「本当よ。昭和三十年代に実際に松山で上演されたものよ。お父さんも見たって言ってたもの。匡輝大伯父さんは、文化人で才能溢《あふ》れる人だったたって」

「うそ……でしょ？」

「本当だって。確か『或《あ》る女遍路の手記』とかいうタイトルだったと思う。書斎を探したら、パンフレットがあるはずよ。お父さんに見せてもらったことがあるから」

ああ、そうだ、と亜弥は言って、スマホを取り出し、しばらく画像を調べていたが、「ほら」と鞠子に写メを見せた。色褪《いろあ》せたパンフレットの画像。父に見せられた時に写しておいたらしい。確かに『或る女遍路の手記』とある。

「ね？　あれ、ちょっと芝居がかってたでしょ？　ほんとのお遍路さんなら、あんなふうには書かないよ。第一、あの時代の女が自分の恥をさらすようなことをこと細かに書き記したりしない」

とても箸を持っていられなくて、テーブルの上にそっと置いた。小刻みに震えているのは、指だけではない。体も震え始めていた。この数か月、あの手記にのめり込んだ。女遍路の生きざまに自分を重ねていた。抑えられない自分の欲求に真っすぐに従う女遍路。女の情念。愛欲。あれが虚構だったなんて。リヨが生きていなかったなんて。

あれがあったからこそ、私は幹久と交わった。あれがあったからこそ、幹久の言いなりに実の姉を殺そうとした。

「どうしたの？　鞠ちゃん、顔色が悪いわよ」

「お姉ちゃん、私――」

視界の端に、狼狽して、姉妹の顔を交互に見る幹久の姿があった。亜弥もゆっくりと、手にした吸い物椀を置いた。きちんと箸を揃《そろ》えて置いて、すっと顔を上げた。上気した顔。ぽっと頬が赤らむほどに。

「で？　これからどうするの？　これでも三人で話し合う余地があるかしら」

鞠子と幹久はぎょっとして、思わず顔を見合わせた。亜弥はそんな二人を見て、ケラケラと笑った。白い首がのけ反る。

「いいわよ、それでも。あなたがそうしたいなら」

そう幹久に言い、鞠子に向き直った。

「鞠ちゃんが幹久と関係していることは知ってた」

しごく落ち着いた口ぶりだった。ここ一か月ほどの狂乱ぶりが嘘のようだった。いや、実際彼女の演技だったのか。「女がいるのよ」と鞠子に告げた時には、もうその女が妹だと知っていたのだから。

「それだけじゃない。あなたは大学生の時に、もうすでに私を裏切っていたんだからね」

言葉もなかった。軽井沢でのことまで、姉には勘づかれていたとは。初めて義兄に抱かれて乱れに乱れた姿態を見られたような気がして、俯いてしまった。幹久の口から、「グウ」というふうな唸《うな》り声が漏れた。が、亜弥はもはや夫の方を見向きもしなかった。

「苦しかったでしょうね。あの遍路日記を読むのは。自分の身の上と重ね合わせたかしら？」

離れられない相手を殺して四国遍路に逃げ込んで、それでも女の性《さが》から逃れられず、苦《く》悶《もん》の旅を続ける女の手記――。

「どうしてなの？　鞠ちゃん。どうしてあんなことをしたの？」

小さな子を諭すような口調で問われた。もとより答えられるはずもなかった。

「私が――私があの女からこの人を奪い取るのに、どれだけ苦労したと思ってるの？」

「あの女」が、幹久の前妻のことを指すのだと、すぐには理解できなかった。元モデルの美しい妻のことだとは。鈍くておっとりとした亜弥から程遠いと思っていた愛憎劇が、そこにはあったのか。この人も幹久のことが、焦がれるほどに欲しかったのか。

「だからね、あなたにこの人をあげるわけにはいかないの」

多くを語らず、ただ低く冷たい声の姉が、異形のものに思えた。顔を上げられなかった。亜弥の顔が、くわりと裂けた口の般若《はんにゃ》に変わってしまっているのではないかと恐ろしかった。

「あなたは、あの若い男で我慢しておけばよかったんだわ」

「若い――男？」

ひねり出すように声を発したのは、幹久だ。

「南雲紘太」

亜弥はゆっくりとその名を言い、夫の頭にそれが浸透したか確かめるように一瞥した。うろたえた。ここに至っても、まだ幹久の前で自分を取り繕おうとする浅ましさ。自分のせいで死を選んだ紘太を無情にも切り捨て、不義の相手を選び取ろうとしている。鞠子を見返す彼の目がまともに見られない。

亜弥は勝ち誇ったように言葉を継ぐ。

「ねえ、鞠子はね、南雲紘太とすぐに寝たのよ」

そして「そうなると思った」と吐き捨てる。「だってあの男を見たら、鞠子はいてもたってもいられないと思ったの。あなたに似ているもの」

あの指、あれでまさぐられたいと確かに思ったのだ。では亜弥は初めからそれを狙《ねら》って口を利いたということか。幹久にどこか似た面影を持つ紘太に、鞠子が惹かれると踏んで――？　夫を盗《と》られた亜弥が仕組んだ罠《わな》だったということなのだろうか。それにまんまと引っ掛かってしまった。愚かだ。あまりにも。

口に手を当て、いかにもおかしそうに亜弥は笑った。

「私は、あなたを元の奥さんから奪い、鞠子は私からあなたを奪った。あなた似の男と直前まで関係してたっていうのに」

そして、その男を死に追いやったのにもかかわらず――亜弥が言わない言葉を、自分の頭の中で呟いた。紘太が遂げた悲惨な結末は、亜弥には自分から告げた。滑稽《こっけい》な告白を、亜弥はどんな気持ちで聞いていたのだろう。

幹久は黙したままだ。勢いづいて止まらない妻の様子を、じっと見つめている。

「お気の毒だわ。私たち姉妹に関わったことが運の尽きだと諦めて」

そして、今度は体を鞠子の方に向けた。

「きっと、私たちには淫《みだ》らな血が流れているのよ」

淫らで強欲で奔放な血がね、と亜弥は強調した。

「ねえ、鞠ちゃん――」優しげな口調に、却《かえ》って背筋が凍った。「お母さんが死んだ時、隣には男が乗っていたの」

亜弥の言いだしたことがよくわからず、鞠子はぽかんと口を開いた。

「お母さんは、ずっと別の男と付き合っていたの。お父さんという人がいるのに」

「そんなこと……」

「本当よ。自動車事故で死んだのは、男とホテルに行った帰りだった。相手は同僚の高校教師。死んでから、長く関係してたってことがわかった。相手にも自分にも家庭があったのに。あの人は、ずっとお父さんを裏切り続けていたの。あなたが――」一瞬言い淀み、大きく息を吸った。「あなたが生まれる前から」

それが何を意味するのか、鞠子にもわかった。つまり鞠子は、母と不倫相手との間に生まれた子かもしれないということだ。

「あんたはお母さん似なんだし」という言葉の奥に巧妙に隠された小さな毒が見えた。

ようやく理解できた。父と亜弥の間の親密さに、割って入れないと感じていた本当の理由。私だけが竹内家にとっての異種の人間だった。他人の血が入っているかもしれない可能性。それに加えて姉よりももっと純粋な淫奔《いんぽん》の血を受け継いでいるかもしれないということ。

父がその事実を知ったのは、いつだったのだろうか。母の死と同時だったとしたら、その衝撃は大きなものだったろう。だが、父はすぐに決断しなければならなかった。鞠子に何も知らせないでおくことを。匡輝大伯父も持ち合わせていた四国人の懐《ふところ》の深さをもって。当時十七歳だった姉にもそれを強いた。二人は共同戦線を張った。

鞠子への心遣い、幼くして母を失った子への愛情だと感じていた彼らのやり方は、違った意味を含んでいたのかもしれない。父と姉は、二人して、母の不倫をなかったことにしようと必死だったのではないか。鞠子を守るという大義名分とすり替えて、彼らも葛藤《かっとう》していた。決してあってはならない妻の裏切り、信じたくない母親像を打ち消すために躍起になっていたのではないか。

鞠子を中心とした三人の有り様が、家族を支え、再生させていった。たとえ母が残していった子が、不義の末に生《な》された子であったとしても。

起こったことは起こったこと。起こったことは、後ろに流れていくだけ、という境地にまで自分を導いていった父の諦念《ていねん》を思った。再婚することなく、二人の娘と静かに暮らすことを選び、金亀屋を残すことに心を砕いた。そうしながら父は、長い時間をかけて妻の裏切りを自分の中で咀嚼《そしゃく》し、消化していった。

二階にある幼子の絵を、鞠子は思い浮かべた。

私は母にとって特別な子だった。亜弥とは明らかに違う子の姿をキャンバスに写し取りながら、母は何を思っていたのだろう。座らせた子とキャンバスとに交互に視線を走らせながら、何度もため息をついたか。時に手を止めて、宙を眺めていたか。

幼い鞠子は母の通常とは違う気配を感じ取り、油絵具の匂いとともに幼い記憶に押し込めた。それが母亡き後、高校の美術部室で渦巻く感情として噴き出したとしたら？

母が描き終えた油絵を家に置くことなく、学校で保管していた理由。母の死後、見つけたあの絵を、父が結局鞠子に見せることなく、だが処分することもなく、金亀屋の物置に移した理由。それがわかった気がした。

知らない間に頬を涙が流れていた。母はなぜ父以外の男と深い関係を結んでしまったのだろうか。物静かで穏やかな父では満ち足りなかったということか。そんな激しさ、熱情を内包した女だったのか。それとも夫婦にしかわからない不可解さが存在したのか。

今となってはもう知りようがない。母はもう一枚のキャンバスに描いた茫漠《ぼうばく》とした山野の一本道に消えてしまった。その背中を追いきれなかった家族を残して。

「わざとなの――？　わざと紘太と私が出会うように仕組んだわけ？」

「そうよ！　でも選んだのは鞠ちゃん、あなたなのよ」

その通りだった。これは私だけが負うべき罪だ。そして、これから為そうとしている罪だ。

でも――。亜弥に多めの睡眠導入剤を飲ませるという計画は、うまくいきそうにない。ここで縊死《いし》したと見せかけて、彼女を殺すことはもう無理だろう。

「どう？　わかった？　鞠ちゃん。自分のルーツが」

亜弥は、夫と妹を追い込むことに無上の喜びを感じているようだ。ここへ連れ込まれたのは亜弥ではなくて、幹久と鞠子なのだ。夫に裏切られて消沈する妻を演じ、謀略の蜘蛛《くも》の糸を張り巡らせた。

憎しみだけが人を駆り立てる。

きっと金亀屋が最上の舞台だったのだろう。二人を打ちのめす場所として。他人の夫を奪い取った上に、その相手を殺して四国に逃げ込むという虚構の物語が用意された屋敷。鞠子が父に買ってきた栞《しおり》を挟むという細工で、あの物語に不義を働いた妹を誘い込んだ。母が残した油絵が隠されていたのは、亜弥にとっては予期しない僥倖《ぎょうこう》だったかもしれない。

忘れていた。亜弥は演じることに長《た》けていた。どんな役割でもうまくやり遂げるのだ。

亜弥の望む通り、鞠子は完膚なきまでに叩《たた》きのめされた。幹久が立てた筋書きは破綻した。

「鞠ちゃん、あなたはお父さんと私にとってのスーパーヒーローだった。お母さんがいなくなった後の竹内家は、あなたを軸にして動いていた……」亜弥は大きく息を吸い込んだ。

「鞠ちゃんという妹を、ほんとに私は愛したの。お母さんの裏切りも、あなたを慈しむことで忘れられた。お父さんも同じだったと思う。なのに――」ぐっと声が低くなった。

「なのに、あなたはお母さんと同じことをした」

くらりと眩暈がした。

すっと背を伸ばした亜弥は、ちらりと壁の時計を見上げた。

「さてと――」てきぱきと食器を重ねて流しに下げる。「私はもう行くわ。市内のホテルに宿を取ってあるから。八時に二の門にタクシーを呼んであるの」

置いたままになっている自分のボストンバッグをさっと持ち上げた。

「じゃあ、もうこれからはどうぞお好きに。いくらでも幹久に抱いてもらいなさい。周囲に気兼ねすることないわ。思いっきり感じて声を上げればいいわ。でもね、やっぱりこの人は私のものなの。絶対に別れない。諦めてちょうだい。それだけは伝えたいと思ってここに来たの」

亜弥は台所から土間に下りた。一度振り返って、青ざめた妹に視線を投げる。広い玄関土間に向かって敷居をまたぐ。

ここまでは、亜弥の描いたシナリオ通りだ。話し合いは自分のペースで進んだと悦に入っているだろう。鞠子はごくりと唾を呑《の》み込んだ。

でも――妹が姉に殺意を抱いているとは思っていない。

「いいえ」鞠子は、亜弥の背中に声をかけた。

「いいえ、諦めない」

ゆっくりと亜弥が振り返る。

「諦めないわ。この人を、私にください」

流しの布巾の下から果物ナイフを取り出して、姉に向けた。これを取り出すことになるとは思わなかった。不測の事態が起こった時には、こうしようと決めていた。

私はリヨのように、愛しい男を殺したりはしない。私なら——邪魔な相手を殺してでも、男を手に入れる。たとえそれが実の姉でも。そう決意していたはずだった。

だが、亜弥は怯《ひる》まなかった。ふふんというように鼻で軽く笑った。

「ばかね、鞠ちゃん。それで私を脅しているつもり？　あなたが死に追いやった南雲紘太という人のことを考えたことがある？」

ガタガタと震えがきた。ナイフも揺れて定まらない。

「あなた、あの人の子供を妊娠したっていったわね。それを勝手に堕胎したのよね」

幹久が、ぎりっと歯ぎしりをする音が聞こえた。

——僕は鬼と交わっていたんだ。

母は私を産んでくれたというのに。私には、母のような強さがなかった。結婚という形にかっちり納まってしまうのが怖かった。誰にでもいい顔を向けて生きてきた。狡猾《こうかつ》で卑怯な生き方だった。父と姉に甘やかされ、いいい子のままで成長した未熟で矮小《わいしょう》な人間だった。

「南雲紘太を、私はあなたの会社に紹介したんだったわね。いい？　あの人はね——」

いきなり幹久が大きな声で叫んだ。憎しみに充ちた咆哮《ほうこう》だった。跳びかかってくる幹久を見て、ぎゅっと目をつぶった。彼は、鞠子の手からナイフをもぎ取った。刺されても仕方がないと、瞬間思った。鞠子が別の男と関係していて、妊娠堕胎したことまで知れば、彼が怒り狂って当然だろう。自分を一途に思ってくれていた義妹ではなく、淫蕩《いんとう》で多情な女だと思ったに違いない。

何が起きたかわからなかった。亜弥が自分の方に倒れかかってきた。生ぬるい液体を浴びても、まだ理解できなかった。幹久が亜弥を刺したのだということが。亜弥の体を支え切れずに共に床に倒れ込んだ。獣のような唸り声はまだ幹久の喉から発せられていて、彼は自分の妻の背中を滅多刺しにしているのだった。

ズンズンズンという重々しく忌まわしい衝撃を、全身で受け止めながら、鞠子は血まみれになっていた。知らず知らずのうちに、声を限りに叫んでいた。喉が潰れるかと思うくらいに。だが、空気が抜けるみたいに叫び声も消えていった。

「やめて……やめて」

潰れた喉からはかすれた声しか出ない。いつしか体で姉をかばっていた。

「お願いだから……やめて」

腕の中でごろりと亜弥の体が反転した。目は見開いたままだが、生命の光は宿っていなかった。自分がナイフを向けたくせに号泣して、亜弥に取りすがっていた。

「お姉ちゃん――お姉ちゃん――」

どくどくと溢れる血液が、土間を黒く染めた。カランと音がして、ナイフが投げ出された。亡霊のように立ちすくむ幹久が、自分を見下ろしていた。土間の天井の裸電球の揺れに連れて、幹久の影がぐるぐる回っている。

幹久は我に返って踵《きびす》を返すと、流しで手を洗った。激しく流れる水の音を、鞠子は呆然《ぼうぜん》と聞いていた。これが自分の望んだ結末だったのか？　これで満足すればいいのか？　欲しかった男を手に入れたと？

頭がよく働かない。もどって来た幹久は自分の荷物からロープを取り出している。亜弥を首吊り自殺に見せかけるために用意したものだ。それはもう不要になってしまった。こんな形で亜弥は死んでしまったのだから。ぼんやりとロープを手にした幹久を眺めた。

「亜弥は君が殺した」

「ええ」

それに間違いないと思った。そのつもりでここへ来たのだし、そのつもりでナイフを取り出したのだから。

「だから、君はここで首を吊るんだ」

土間の上の梁《はり》を見上げながら、幹久が言う。その意味すらわからない。

「姉を殺してしまったことを悔いて――」

「え？」びくとも動かなくなった亜弥の体をぎゅっと抱きしめた。「何て言ったの？」

「亜弥も君もここで死ぬ。僕が――」苦々しいものを口に含んだように、幹久が言った。

「僕が殺す。初めから、そうするつもりだった」

息を吸い込もうとするが、うまくいかない。酸素を失った肺が潰れていく。言葉もなかった。何を言えばいいのかわからない。

「初めからそうするつもりだった」幹久はもう一度、同じことを言った。「君と関係を持ったのは、そのつもりがあったから」

「どうして――」

呆《ほう》けたような顔を義兄に向けた。幹久は辛そうに顔を歪めた。

「南雲紘太は僕の息子だ」

聞き間違えたのだろうか。だが、幹久の頬に涙の筋がついているのを認めて息を呑んだ。どうしても立っていられないのか、ゆらりと体を揺らせた後、幹久は鞠子のそばに膝をついた。

「あいつは、父親との距離を取りかねていた。内緒で亜弥と連絡を取り合っていた。それを亜弥は利用したんだ」

母親に引き取られた紘太は、亜弥を通じていずれ父親との仲も回復させたいと思っていたのかもしれない。幹久の妻の旧姓が南雲だということを、鞠子は知らなかった。今は元妻も再婚して函館に住み、別の姓を名乗っているということを幹久は語った。旅行業に興味を持ち、資格も取った紘太を亜弥は鞠子に紹介して、「ディープインパクト」に就職させるよう仕向けた。なぜか。亜弥は二十年以上前に幹久と鞠子が深い仲になったことを知っていた。

幹久の面影を受け継いだ紘太に、もしかしたら鞠子が惹かれるのではないかと考えてのことだった。脆《もろ》くて繊細な紘太の性質も知っての企てだったかもしれない。巧妙な企てだ。

亜弥と鞠子が姉妹であることを、固く口留めしたことも含めて。

鞠子の中の淫奔《いんぽん》な血に紘太が翻弄され、二人が男女の愛憎の泥沼にはまるところまでは亜弥も想像したかもしれない。しかし、そうならなかったかもしれないのだ。すべては鞠子が導き出したものだった。

イギリスにいた幹久には何も知らされなかった。東京に一時帰国した際に、元妻から呼び出された。そこですべてを聞かされた。自殺する前に紘太は母親に会いに行き、そうしたいきさつを語っていた。鞠子の名前を聞いて、元妻はすべてを悟った。母親から、鞠子が父の現在の妻である亜弥の妹だと知らされた紘太は、さらに深く傷ついた。生きていく最後の希望が絶たれた。

紘太の骨は、元妻の実家がある静岡の墓に納められた。そこまでは亜弥も知らなかった。静岡に知人に会いに行くといった夫を行かせてしまったのだ。

イギリスから戻って来た幹久は、どこかが変わっていた。陰鬱な翳をまとわりつかせていた。あれは、自分の息子の身に起こったことを知ったゆえの変化だったのか。

「結局、君たち姉妹に紘太は殺された。そうだろ？」

そこから幹久の復讐《ふくしゅう》が始まったわけだ。とうに吹っ切っていたはずの義妹に気がある振りをして誘惑した。

「紘太と別れた時、あいつは八歳だった」

私が母を喪《うしな》った年頃だ、と鞠子はぼんやりと考えた。

「ひどい父親だった。どんなふうに成長したかも知らなかった。知った時には、もう遅かった」

「ああ……」

何を言ってももうこの人を慰められない。この人の魂は救えない。愛しいはずの男は、私を憎んでいる。私はその憎しみに値する人間だ。

幹久はロープを両手で持ち、ぴんと張った。体が反応した。姉の体を土間に横たえると、ついさっき彼女が向かおうとした方向へ駆けだした。高い敷居に躓《つまず》く。膝と胸をしたたかに打ちつけながらも、まだ這《は》って逃げようとした。どうしてだかわからない。最後の最後まで生に執着している。

幹久は難なく追いついてきて、鞠子の首にロープをかけた。

「だから、君とはイギリスには行けない」

耳のそばで囁きかける。ぐっと力が入り、ロープが引き絞られた。

「グ、グゥ」

答えたいが、もう声が出なかった。気が遠くなっていく。どこかで遍路の鈴が鳴った気がした。手を伸ばした先の玄関戸が、ガタガタと激しく揺れている。風の音を聞きながら、鞠子の視界は狭まっていった。

真っ暗に閉ざされる寸前、玄関口が大きく開いた。外の闇《やみ》がどっと流れ込んできた。動いて流れる闇と、滞る闇。それが吾郎とふき江だとわかったと同時に、鞠子は土間に投げ出されていた。首に巻かれたロープが緩んだのだった。

唸り声を上げているのは、吾郎だった。たくましい腕を一振りすると、幹久の顔にまともに当たった。ロープがだらりと土間に落ちた。がむしゃらに振り回す幹久の腕を難なく避《さ》けて、吾郎は渾身《こんしん》の一発を幹久の腹に打ち込んだ。細身の幹久の体がふたつに折れ曲がった。その背中を膝で押さえて、吾郎はまた唸った。

鞠子は大急ぎで肺に空気を取り込もうとして咳《せ》き込んだ。ふき江は、玄関の内側に立ったまま、身じろぎもせず、鞠子が正常な呼吸を取り戻すのを見下ろしていた。異変に気付いて急いで駆けつけて来たせいか、割烹着も毛糸の帽子も付けていなかった。

「あんたさんの――」ふき江は手首のブレスレットをぐるりと回して言った。

「あんたさんの声が聞こえたもんですけん。びっくりしたまげて。そりゃあ、凄《すご》い叫び声でしたけんな」

感情を露わにしない老女は、いくぶん昂った声を出した。

「なんぞあったに違いないいて。あんた、あれはまるで――」くぼんだ目をぎょろりと動かす。

「まるで地獄に落とされたような声やった」

床に顔を押し付けられた幹久が、「もういい」と小さな声で呟いた。

もういいのは、抵抗をする気がなくなったということか、それとも息子の復讐を果たして気が済んだということか、鞠子との関係をおしまいにするということか、あるいはその全部なのだろうか。

吾郎はまだ手を緩めない。彼の耳には誰の言葉も届かない。ただ母の意思だけがこの聾《ろう》唖《あ》の男を動かすのだ。土間の奥で血みどろになって倒れている亜弥を見ても、表情を変えることはなかった。

たった一人きりの姉は息を止めている。

この世で見た地獄――。

――いきぢごく

どこからか、鐘の音が響いてきた。澄んだ空気が余韻に震えている。鞠子はふと足を止めた。気のせいだったかもしれない。また歩き始めた。施設の門を入ると、庭の花壇にコスモスがまばらに咲いていた。もう花が終わりに近いのか、あるいはこの前の台風でやられたのか、一方向に向かって傾き、花びらを散らせていた。鞠子が花壇の前を通ると、切れ切れに鳴いていた虫の声がぱたりとやんだ。

庭を横切って、クリーム色の建物の入り口に向かった。自動扉が背中で閉まる寸前、やっぱり鐘の音を聞いた。近くに寺があるのだろう。

狭山《さやま》丘陵の山裾にある『かたくりホーム』は、住宅地が途切れた場所にある。平地の部分には住宅や商店がぎっしりと並んでいて、よその町と変わらない風情だ。狭山丘陵は、一番高い六道山《ろくどうやま》でも標高二百メートルにも満たない小さな山の連なりだが、季節を濃く感じる。この辺りは襞《ひだ》のように小さな谷があり、それぞれから小川が流れ出している。施設の名前になった「かたくり」の自生地も近くにある。

十月に入った今は、都の中心部からここに来ると風もひんやりとしているようだ。

ガラス戸の向こうに中庭が見えた。ここの花壇には秋バラが咲き誇っていた。

バラの間を施設の入居者たちが、思い思いに散策している。廊下を歩いてきた馴染みのスタッフが挨拶をして通り過ぎた。エレベーターで三階に上った。三三一号室の引き戸は開いていた。スタッフが出入りする昼間は、たいてい開け放たれている。それでも鞠子は、小さくコンコンと扉を叩いて入った。

ベッドの上で、亜弥が振り向いた。

「お姉ちゃん、どう？　調子は」

それには答えず、亜弥は満面の笑みを返してくる。鞠子も返事を期待しているわけではない。もう長い間、二人の間にはまともな会話は成立していない。

「栗を蒸してきたの」

手提げからタッパーを取り出す。妹の手元を、亜弥は目を輝かせて見ている。大粒の栗は家で蒸して、割れ目を入れてきた。切り口にスプーンを差し込んで、実をすくう。亜弥は待ちきれなくて、口を開けて待っている。白っぽい舌の上にそれを載せてやる。

「ゆっくり噛んで呑み込んで」

嚥下《えんげ》能力の衰えた亜弥の口元を注視した。もごもごと唇を動かして、亜弥はもう一回口を開ける。長い時間をかけて、栗を三個食べた。

「これくらいにしておこうね」

また下痢《げり》が止まらなくなったらやっかいだ。

「外に行ってみる？」

ウェットティッシュで口元を拭《ぬぐ》ってやりながら、鞠子は言った。

「今日はとってもいいお天気だから、気持ちがいいよ」

ベッドの横に車椅子をつけた。亜弥の足をベッドから下ろし、抱きかかえるようにして乗り移らせた。肉の薄くなった亜弥の体は軽い。風邪を引かないように、ダウンのベストを着せ、ひざ掛けも掛けた。

「さあ、できた。じゃあ行くよ」

部屋の中で方向転換すると、車椅子の車輪がキュルッと鳴った。


幹久に全身十何か所も刺された亜弥は、一命をとりとめた。それでも意識を取り戻すまでに二か月近く昏々《こんこん》と眠り続けていた。傷のひとつが脊髄《せきずい》を傷つけていて、自力で歩くことはできなくなった。肉体も傷ついたけれど、精神的な打撃も大きかった。他人とコミュニケーションを取ることが難しいので、はっきりとは診断することが難しいのだが、重要な記憶がすっぽりと抜け落ちているようだった。

夫に刺し殺されかけた恐ろしい事実から目を背けたかったのか、体の衰えと同調して脳に何らかの異変が現れたのか、亜弥は自分の殻に閉じこもってしまった。鞠子のことをどう認識しているかはわからない。他人とは区別しているようだが、まだらな過去の記憶を一方的に繰り返すだけで、会話とはとても言えない。病院での治療が一段落した後も、自立した生活はとうてい望めないので、鞠子が探し出してきたこの施設に入居した。

まだ亜弥は幹久の妻のままだ。結婚を解消する意志が亜弥にあるのかどうか、それを知る術《すべ》もない。何より、彼女に幹久という夫の記憶があるのかどうかも疑わしい。が、愛憎が渦巻く記憶を失くした今の方が幸せなのかもしれないとも思う。

幹久を元の妻から奪い取り、それをまた妹に盗られた悔しさ。その妹を陥れるために策を弄《ろう》したこと。愛人の車で事故死した母への思いなど、亜弥が忘れたいと願う記憶は多いだろう。

吾郎によって取り押さえられた幹久は逮捕され、起訴された。裁判では懲役六年の判決が出た。「ねじれ竹」の伝説の残る土地で、それを実地でなぞるような事件が勃発《ぼっぱつ》したわけだ。一時はマスコミが押し寄せて大変な騒ぎだったと曽我から聞いた。しかしそれも長くは続かなかったようだ。世の中には、衆目を集める事件や事故、スキャンダルはいくらでも湧《わ》いてくる。

鞠子は、「ディープインパクト」での仕事に忙殺されている。ここへ来るのは、せいぜい二週間に一度だ。亜弥は、妹の来訪よりも、彼女が持って来る食べ物やちょっとしたプレゼントを楽しみにしているようだ。季節のフルーツやケーキや、肩掛けや、髪飾り。地方へ出張した時の土産。そんなちょっとしたものを喜ぶ。だんだん子供に戻っていく。

事件以来、鞠子は金亀屋には行っていない。あの元遍路宿は、「ディープインパクト」直営の遍路宿として生まれ変わろうとしている。管理をまかされていたふき江と吾郎の生活の糧を奪わないよう、彼らにも何らかの仕事を回してくれるよう、白川真澄には頼んである。

あそこを片付けに行った真澄が、匡輝大伯父が書いた戯曲が上演された時のパンフレットを探し出してきてくれた。何十年もの月日を経て、古びてしまった白黒印刷の『或る女遍路の手記』のパンフレットを、鞠子はじっくりと眺めた。脚本のところには、確かに竹内匡輝の名が印刷されていた。昭和三十二年の松山市民文化祭で上演されたものらしい。パンフレットには、上演されたことを報じる新聞記事の切り抜きまで挟んであった。

「あの手記をあなたの大伯父さんが書いたのは、間違いないようね」

すべてを打ち明けた真澄は、手渡してくれながらそう言った。父が亜弥に伝えたように、戯曲の小道具として書かれ、劇中で読み上げられたのだろう。

手記に埋没し、リヨに自分を重ねてしまっていた月日を思った。女の性から逃れられず、四国を遍路して回っていた多情な遍路、リヨに。

手記が虚構のもので、リヨが実在しないとわかった時、足下の地面が崩れていくような感覚を覚えた。あの先のページが、書斎の本のどこかに挟まっているのではないかとふと思う時がある。まだリヨは旅を続けているのではないかと。そして菩提の国、伊予の第五十二番札所で、匡輝氏と会うのだ。あの手記を彼に託して先を急ぐ。そんな幻想を自分の中で紡いでいる。

愛しい幹久に殺されかけたけれど、鞠子の精神は清明だ。すべての記憶は細部まで鮮やかに残っている。それを忘れようとは思わない。肉体という檻《おり》からは抜け出せないということも悟った。女である限り、己の肉体や欲求を捨てようともがくことは不毛で虚しいことだ。ありのままの自分を見つめようと思った。何もかも受け止めて、生きていくしかない。聾唖の子を抱えて、霊験《れいげん》を信じてお四国を回ろうとしたふき江のように。

あの晩、不愛想な親子に命を助けられた。ふき江と吾郎が駆けつけてくれなかったら、亜弥も鞠子も今生きてはいなかったろう。ふき江は、図らずも匡輝大伯父への恩返しをしたわけだ。

一段高いところにある屋敷のただならぬ気配に駆け付けて来たふき江は、家でくつろいでいたのか、帽子を被っていなかった。警察が来て事情を聴かれている間、鞠子は呆然自失の格好で、ふき江を見ていた。彼女の左側頭部から左の耳にかけて、赤い痣があるのが見て取れた。そのせいで、いつも頭になにかしらを被っていたのだとわかった。

この人は――随分後になって考えた。もしかしたら、リヨが農婦に託したあの時の赤ん坊だったのではないか。リヨは実在していて、手記も本物で、手記を託された匡輝氏は、それを元に戯曲を書いたのではないか。ふき江がいつも手首に巻いていた開運ブレスレット。黒っぽい地に、淡い金色の筋の縞模様《しまもよう》が入ったストーンをつなげたものだった。ふき江は、無意識のうちにさすったり手繰ったりしていた。たいして注意を払わなかったが、あれはストーンではなかったのかもしれない。磨き上げた木の球のように見えなくもない。もしかしたらリヨが我が子に残した鉄刀木《たがやさん》の数珠から作られたものではないのか。

名前も付けずに手放してしまった子は、やがて親になる。生まれた子は障害を持っていた。その子を連れて、母と同じように遍路旅に出た。金亀屋で偶然親子を見かけた匡輝大伯父は、彼らに救いの手を差し伸べずにはいられなかった。ただ同然で土地を分けてやり、彼らの面倒をみた。それが四国に住まう人が持つ性分なのだ。弘法大師を信じ、敬う国の。

ふき江にそのことを質《ただ》してみようかと思ったりもした。が、すぐにその考えを退けた。あの強直で無骨な老女が腹を割って身の上話をするとは思えなかった。鼻で笑っておしまいにされても仕方のないほどの途方もない想像の産物だ。なら、まだその余地があるくらいの曖昧さで放っておいた方がいい。

ふき江と吾郎は、これからもこの地で何かしらの口すぎをしながら寄り添って生きていくことだろう。匡輝大伯父が用意してくれた地盤に頼って。匡輝氏の血を引く者としては、彼らが望むひっそりとした生活を見守り、支えていくのが最良のやり方だろう。

エレベーターで一階に下りた。日当たりのいい中庭を抜けて、スロープを上った。車椅子を、力を込めて押した。

「よいしょ、よいしょ」

鞠子の掛け声に、亜弥が唱和する。

中庭の先は、敷地の中でも一段高くなっている。武蔵野《むさしの》特有の切れ込んだ谷を見下ろせる。日光《にっこう》街道や多摩川《たまがわ》、その間に立ち並ぶ家並みや田畑、雑木林が見渡せた。ここからの景色には、いつも心を癒される。

「お姉ちゃん、今日はほんとにいい天気。空を見て。あんなに青いよ」

秋の空はどこまでも澄み渡っている。

「ほら、あれ！」

空の高みを一群の鳥が渡っていく。亜弥も首をくいっと上げて、鳥の渡りを見ていた。

「うちの庭にサンシュユの木があって……」呟くように亜弥が語り始めた。「そこにムクドリがきてね、まだ青い実をつついてた。私は一人で朝ごはんを食べて……」

「そう」

「あの日、私には妹が生まれたんだ」

「うん」

「あの子、ハナっていう犬を飼っていてね……」

妹が、今自分の後ろにいる人物だと認識しているとは思えなかった。

亜弥の話は延々と続く。この人にはもう過去しかないのだ、と思う。それが姉の選び取った幸福だった。今、亜弥は涅槃の国にいるのだ。ようやくたどり着いた安らぎの国に。

今度ははっきりと鐘の音を聞いた。

空にはもう渡り鳥の姿はなかった。

昭和十五年　十月三日

第五十二番札所太山寺へは、差し交はす木々の枝の下を歩んで上る。参道らしき参道。家の庭で柿が熟してゐたり、道端に曼珠沙華《まんじゆしやげ》が群れ咲いてゐたり、秋が満ちてゐる。

この寺は、古寂《ふるさ》びた可《か》なりに大きい霊場である。目を見張るほどの伽藍《がらん》に一心に般若心経を唱へた。さうするうちに、煩悩の欲念に左右されたる苦しさがすうつと消えていくやうである。

人間は、罪悪に汚れ罪悪に閉ぢられ、狂ほしい感情のまゝに生きてゐる。妾はそこから脱《のが》る、ことばかりを考へてゐた。然《しか》し、心怖《お》びえざれ。憂へざれ。其《そ》れこそが人間である。妾は此《こ》の現在の限りない情念と悲哀とに生きていけばいゝ。危げな世の塵に染まつて。本然の我に帰れ。後悔だの憤りだのに決して累《わずらわ》されてはならぬ。

心放たれてあれ、自由なれ。

天気晴朗、秋気清爽《せいそう》にして、誠に心地がよい。石段を降りる足も軽い。

「お遍路さん、お休みなされ」

参道脇の茶屋でお接待をしてゐる。大勢の遍路が座敷に上がり込んで、あんころ餅《もち》を頬ばつたり、茶を飲んだりしてゐた。妾にも大きな接待盆が差し出された。握り飯が沢山のせてある。つい手が出て、ひとつ貰つた。

庇《ひさし》の下に腰を掛けさせてもらひ、有難く頂いた。

「これはこの家の旦那さんからのお接待です」

紙に包んだ十銭を、さつきのおなご衆が渡してくださる。

「否《いいえ》、これは貰へませぬ。結構なお接待を既《も》う頂きましたから」

「お持ちなされ。皆さんに差し上げて居りますので」

茶屋のご亭主も出て来て、然《そ》う云はれる。見れば慈しみに充ちたお顔である。

「有難いのですが、頂いても妾には、遣う当てがありません」

丸い顔のご亭主は、可《か》ら〳〵と笑ふ。その声に重なるやうにお寺の鐘が鳴つた。恰《あたか》も天来の福音のやうだ。

「まあ、お持ちなさい」

「い、え、本当《ほんとう》に。他のお遍路さんに上げてください」

ご亭主の顔に微《かす》かな愁《うれ》ひが浮かんだ。

「まあ、矢鱈《やたら》に問うてもいけませんが、お宿はお極《き》まりか」

「妾は何処《どこ》にも宿は取りません。野宿をいたしますから」

「それでは体に障りませうが。満願成就が成りませんよ」

「そんなものはいゝのです。生も死もお大師様に預けております。妾はお四国でコロリと死ねたら仕合はせですから」

ご亭主は静かに「滅相な事、仰有《おつしや》るな」と云ふ。それきり黙つて、二人並んで晴れた空を見てゐた。高い処に黒い点がいくつも並んでゐた。

「渡り鳥ですな」

「えゝ」

お座敷から、楽しい団《まど》ゐをするお遍路さんらの声が響いてくる。夢のやうなひと時。世の一切の気楽悲愁を超越して、妾は今、不安も憂愁もない。

涅槃の國にゐるやうだ。

「お生きなさい」

ポツリとご亭主が云はれた。

「えゝ」

また鐘の音がする。

空には既う渡り鳥の姿はなかつた。

寺内先生への謝辞

本書を執筆するにあたり、愛媛大学法文学部附属四国遍路・世界の巡礼研究センターの寺内浩先生より、四国遍路に関する専門的なアドバイスをいただきました。

この場を借りてお礼を申し上げます。

〈参考文献〉

『娘巡礼記』　高群逸枝／著　朝日選書
『四国八十八札所遍路記』　西端さかえ／著　大法輪閣
『四国遍路記』　橋本徹馬／著　紫雲荘出版部
『お四国まいり』　草繋光子／著　高野山出版社
『おへんろさん　松山と遍路の民俗』　松山市教育委員会文化財課／編　松山市教育委員会
『四国遍路　救いと癒やしの旅』　真鍋俊照／著　ＮＨＫ出版
『巡礼の社会学　西国巡礼四国遍路』　前田卓／著　ミネルヴァ書房
『技と形と心の伝承文化』　岩井宏實／編　慶友社

解説

杉江松恋

宇佐美まことは囚《とら》われの心を描く名手である。

人の心は自由であるかに見えて実はそうではない。

しがらみに足をとられ、因縁に抱きすくめられ、物思いに目を塞がれる。

さながら霞網《かすみあみ》に絡まった鳥のようなもので、心はいつも何かの虜囚なのである。

『恋狂ひ』は、そうした有り様を熟知する作者が、心に導かれるままに不可避の運命へと突き進んでいく女性の姿を描いた物語だ。元版の単行本は『いきぢごく』の題名で角川春樹事務所から刊行された。奥付の刊行日は二〇一九年三月十八日となっている。今回が初の文庫化である。

主人公の竹内鞠子《まりこ》は、友人の白川真澄と共に「ディープインパクト」という旅行代理店を創設した。年齢は四十二歳で、部下でもある年下の南雲紘太と深い仲になっている。そのことを知るのは、付き合いの長い真澄だけだ。物語は初め、職場と私生活における鞠子の日常を追いかける形で進んでいく。注意深い読者は、その中にどこか不安定な要素があることを感じ取るだろう。年少の愛人である紘太以外にもう一人、かつての想《おも》い人と見られる男性についての言及がある。それがどのような関係だったかについて詳《つまび》らかに語られるのは中盤以降だ。だからここでは書かないが、その男性が口にした言葉について、鞠子が回想する場面が冒頭近くにある。「瓶覗《かめのぞき》」という色についての言及だ。「瓶の底に溜《た》まった水の揺らぎ。空の色を映しとったような、そんなはかない色。空を恋う色」なのだという。

この言葉を聴いた途端に、読者の脳裏には自分が大きな瓶の中を覗《のぞ》きこんでいるような映像が浮かぶのではないだろうか。暗い容器の中、青色の円が浮かび上がっている。そこだけ空間を切り取ったような、場違いな空の色である。それは希求の象徴だ。どんなに願っても手に入れられないとわかっているものが世の中には存在する。だからこそ欲しい。もがくほどに願う。そうした心の動きが「瓶覗」に投影されているのである。

鞠子が希求したものが何であったかは第三章で明らかにされる。信じられないことに、彼女はそれを手にしたのだった。ただし、三日間だけ。そのために鞠子の心には、一生消えない烙印《らくいん》が押されてしまった。本来はありえない形に、人生がねじれてしまった。

——だけど、どうしようもなかった。後悔はしていない。あれは迸《ほとばし》り出た嘘偽《うそいつわ》りのない欲望だった。どうにも止めようもなく溢《あふ》れ出た情念——。あんなものが自分の中にあったとは信じられない。

つまり『恋狂ひ』とは、その三日間とすべての人生を引き換えにしてしまった女性の物語なのだ。鞠子にとっては三日間の体験以外はすべてよそごとだと言ってもいい。本当の自分はそこでしか生きていないからである。第一章で彼女の姿を見ていた読者は、それゆえの生き方なのか、と納得するに違いない。自分の虚《うつ》ろな内面とどうにか折り合いをつけていた鞠子だったが、第三章でそれを根底から覆してしまう出来事が起きる。本当の自分と、今を生きる自分とに引き裂かれ、どちらかを選ばなければならなくなるのが第四章だ。やがて鞠子は決断を下す。

小説は全四章で構成されており、「発心《ほっしん》」「修行《しゅぎょう》」「菩提《ぼだい》」「涅槃《ねはん》」という題が付されている。八十八ヶ所の霊場を巡る遍路においては、順に阿波《あわ》・土佐《とさ》・伊予《いよ》・讃岐《さぬき》を辿《たど》ることになる。国を道場と見立てたときに指し示されるのが「発心」「修行」「菩提」「涅槃」というそれぞれの二字なのである。作中ではこの四国遍路が重要なモチーフとして話の内容にもかかわってくる。鞠子の父の伯父、つまり大伯父にあたる竹内匡輝《まさてる》は、松山の五十二番札所太山寺《たいざんじ》門前にある古民家で一人暮らしをしていた。元は金亀《きんき》屋といって、お遍路の接待宿だったのである。この建物が主舞台の一つになる。

小説には鞠子の物語とは異なる叙述が随所に挿入されているが、それは昭和十五年に四国を遍路として経巡ったある女性の手記だ。〈妾《わたし》〉という一人称の書き手は名が明かされない。手記がなぜ入っているのか、というのが構成上の大きな謎だ。現在を生きる鞠子と、戦前の昭和に四国を旅している〈妾〉とは、同じ女性だという以外になんの共通点もないように見える。しかし読み進めていくうちに、二人の生き方には対になる要素があることがわかっていくのである。では、両者の交点とはいったい何か。

手記の中にも印象的な一文がある。ある残忍な出来事のあと、〈妾〉は、なにごともなかったように再び歩き始める。

——起こつたことはもう元には戻らぬ。たゞ流るゝ様に、漂泊の旅を続けるのみ。四国はよい。幾らでも廻はれる閉ぢた環だから。

「幾らでも廻はれる閉ぢた環」とはすなわち、永遠にそこに留《とど》まるしかない牢獄《ろうごく》ということでもある。〈妾〉にとっての四国とは自身の心そのものであり、遍路が己の心と向き合う行為になっているのである。第四章で初めて出てくる言葉だが、本作の原題である「いきぢごく」という言葉もこのことから導き出されてくる。それは「漂然と生きられぬ」心のありようであり、「抜け出せない愛憎の輪環に取り込まれ」た囚われの姿なのだ。「いきぢごく」に生きていることに気づいた主人公がそこから抜け出そうと抗《あらが》うのか。それとも流されるまま運命に身を委ねるのか。そこは実際に読んで確かめていただきたい。

宇佐美のデビュー作は、二〇〇六年に第一回『幽』怪談文学賞を短編部門で獲得した「るんびにの子供」だった（二〇〇七年に刊行された同題の短篇《たんぺん》集に収録。現・角川ホラー文庫）。幻想文学に分類される作品で小説家としての第一歩を踏み出したが、その後はミステリーとホラーを股にかけて創作活動を行っていく。というよりも、両ジャンルの仕切りを意識せずに物語を綴《つづ》っている、というほうが作家から見た現実に近いだろう。物語を紡ぐときに宇佐美が見ているものは、哀《かな》しい人間の心のありようだからだ。誤っていると知っていながらその道を行ってしまう。愚かだと判っているのに何度も同じことを繰り返す。人間の心の不思議さを描くやり方が現実に近ければミステリーに、それを少し俯瞰《ふかん》したり、別の角度から眺めたりすれば、作品はホラーになる。そうしたやり方でこれまで宇佐美は創作活動を行ってきた。

　二〇一六年に発表した『愚者の毒』（祥伝社文庫）は宇佐美にとって一つの転機になった。この作品で第七十回日本推理作家協会賞長編及び連作短編集部門を授与されたのである。同作ではある女性の人生が描かれる。その中では、産業の花形であった炭鉱に斜陽の時代が訪れた昭和三十年代から平成期までという、長い時間が経過するのである。中核にあるのは一つの犯罪なので、それが遂行されて露見するまでの物語である。同時に、犯罪という極端な行為に出てまでもある思いを貫きたかった、哀しいほどに一途《いちず》な思いを描いた小説ということもできるだろう。

　経過した時間が長ければ長いほど、そこには動かせない事実の重みが生じ、人を縛るしがらみも強いものになっていく。宇佐美はそうした時の流れを物語の構造に利用するのが巧みな作家だ。少年時代の不可解な思い出の真相を解くために主人公たちが過去を遡っていく『骨を弔う』（二〇一八年。現・小学館文庫）、過去の因果が巡って報いが降りかかってくる『黒鳥の湖』（二〇一九年。祥伝社）などの秀作があるが、本作もそうした物語の一つだと言っていい。主人公である鞠子の過去と現在以外にもう一つ、〈妾〉の生きた戦前という大過去を組み込んだ点に工夫があり、それらを結ぶものが何かが判ったときに、ひたひたと押し寄せる波のようにある感慨が湧き上がってくる。ミステリーとしては、時間に関する意識を利用した仕掛けと考えることもできるのである。

二〇二〇年に発表された『夜の声を聴く』（朝日文庫）を読んだとき、複数のテーマを盛り込んで破綻させないように作品をまとめ上げる手腕に感心した記憶がある。建物でいえば屋内に何本もの主柱が立てられているような構造なのだが、実は『恋狂ひ』にも共通する部分がある。異なるのは、終盤になるまで物語に複数の柱があることがわからないように配慮されている点だ。作中に登場する土岐屋《ときや》のねじれ竹のように、いくつかの仕掛けが進行しているのだが、撚《よ》り合わさって一本に見えるような書きぶりなので、それと判らないのである。結末近くになって位相が異なる事実が明かされるため、読者は複数回の衝撃を味わうことになる。

この擬装が成り立つのは、本作が情痴小説の性格を帯びているからだ。身体《からだ》を疼《うず》かせる快感の記憶、それへの期待が鞠子の心を縛っている。官能に関する叙述は素晴らしく、たしかにこれならば搦《から》めとられて抜け出すことは難しかろうと読者に思わせるだけの力がある。特に鞠子が執着する男性の「指」に関する表現は、ぜひ味わっていただきたい。その上さらに、自然描写の美が重なる。宇佐美は松山出身であり、『恋狂ひ』は故郷の情景を描いた小説でもあるのだ。だからなのか、作中で描かれる動植物には瑞々《みずみず》しい生気がみなぎっている。なるほど、これだけの筆力があるからこそ成立する小説なのか、と納得されることは請け合いだ。

一口で言えば哀しい物語ということになるだろう。だが、目を背けたくなるような悲惨さではない。人間ならば誰でも背負っているような弱さ、生きることの宿痾《しゅくあ》を描いた小説である。物語の結末は奇妙に穏やかだ。人とはそうしたものだという諦念、いや悟りの境地にたどりつくからだろう。長い長い旅の果てに。

（すぎえ・まつこい／書評家）

本書は２０１９年3月、小社より刊行された単行本
『いきぢごく』を改題し、文庫化したものです。

Haruki Bunko
ハルキ文庫

う 11-1

恋《こい》狂《ぐる》ひ

著者　宇《う》佐《さ》美《み》まこと

2021年5月18日第一刷発行

発行者　角川春樹

発行所　株式会社角川春樹事務所
〒102-0074 東京都千代田区九段南2-1-30 イタリア文化会館

電話　03(3263)5247(編集)
03(3263)5881(営業)

印刷・製本　中央精版印刷株式会社

フォーマット・デザイン　芦澤泰偉
表紙イラストレーション　門坂 流

ISBN978-4-7584-4406-4 C0193 ©2021 Usami Makoto Printed in Japan
http://www.kadokawaharuki.co.jp/[営業]
fanmail@kadokawaharuki.co.jp[編集]　ご意見・ご感想をお寄せください。

鎌田敏夫の本

新・里見八犬伝〈上〉

名作映画「里見八犬伝」の原作が時を超えて蘇る——室町の世、手柄を挙げた飼犬・八房《やつふさ》の妻になった安房《あわ》里見家の伏姫《ふせひめ》。姫を八房からとり戻そうとした家来の手で、命を落としたその体から八つの光の玉が飛び散った。〈仁・義・礼・智・忠・信・孝・悌〉その玉を持つ運命となった八人の戦士たち。彼らと悪の軍団との凄絶な戦いが、今始まる！『南総里見八犬伝』をベースにしながらも波乱のドラマを加え、大きく変身させた疾風迅雷《しっぷうじんらい》の大伝奇エンターテイメント・ノベル。（全2巻）

ハルキ文庫